Monica McCarty

Après avoir étudié le droit à Stanford et exercé le métier de juriste, elle s'est tournée vers l'écriture. Passionnée depuis toujours par l'Écosse médiévale, elle se consacre au genre des Highlanders avec des séries à succès comme *Les MacLeods*, *Le clan Campbell* ou *Les chevaliers des Highlands*. Elle est aujourd'hui une autrice incontournable de la romance historique.

Le proscrit

DE LA MÊME AUTRICE AUX ÉDITIONS J'AI LU

Le clan Campbell

1 – *À la conquête de mon ennemie*

Les chevaliers des Highlands

1 – *Le chef*
2 – *Le faucon*
3 – *La vigie*
4 – *La vipère*
5 – *Le saint*
6 – *La recrue*
7 – *Le chasseur*
8 – *Le brigand*
9 – *La flèche*
10 – *Le frappeur*
11 – *Le roc*
12 – *Le spectre*

Les MacLeods

1 – *La loi du Highlander*
2 – *Le secret du Highlander*
3 – *La fierté du Highlander*

MONICA
McCARTY

LE CLAN CAMPBELL – 2

Le proscrit

Traduit de l'anglais (États-Unis)
par Julie Guinard

J'AI LU

J'AI LU POUR elle

Titre original
HIGHLAND OUTLAW

Éditeur original
Ballantine Books, an imprint of The Random House Publishing
Group, a division of Random House, Inc., New York

À Reid, mon grand gaillard en puissance.
Puisses-tu devenir aussi fort, aussi beau
et aussi aimant que les héros de mes livres
(bon, d'accord, que ton père aussi,
mais ne le lui dis pas !).

La lune est sur le lac, la brume sur la fougère,
Et le clan a un nom qui de jour disparaît ;
Alors, rassemblez-vous, rassemblez-vous,
rassemblez-vous, les MacGregor !
Rassemblez-vous, rassemblez-vous,
rassemblez-vous.

Le signal de notre combat,
qui nous vient tout droit des rois,
Ne doit être entendu que la nuit dans notre cri vengeur
Alors, criez, les MacGregor, criez, les MacGregor !
Criez, criez, criez, les MacGregor.

Les fières montagnes de Glen Orchy,
Coalchuirn et ses tours,
Glenstrae et Glenlyon ne nous appartiennent plus :
Nous sommes sans terres, sans terres, sans terres,
les MacGregor !
Sans terres, sans terres, sans terres.

Mais même damné et soumis aux vassaux
et aux seigneurs,
Un MacGregor garde son cœur et son épée !
Alors, courage, courage, courage, les MacGregor,
Courage, courage, courage.

S'ils nous dépouillent de notre nom,
lancent leurs meutes à nos trousses,
Qu'on livre leurs toits aux flammes,
et leur chair aux aigles !
Alors, vengez-vous, vengez-vous,
vengez-vous, les MacGregor !
Vengez-vous, vengez-vous, vengez-vous.

Tant qu'il y aura des feuilles dans la forêt,
de l'eau dans la rivière,
Les MacGregor, malgré eux, renaîtront indéfiniment !
Alors venez, les MacGregor, venez, les MacGregor,
Venez, venez, venez.

Dans les profondeurs du loch Katrine
les destriers caracoleront,
Sur les sommets de Ben-Lomond
les navires vogueront,
Et les rochers de Craig Royston fondront telle la glace,
Avant que nos torts soient oubliés,
ou notre vengeance désarmée,
Alors, rassemblez-vous, rassemblez-vous,
rassemblez-vous, les MacGregor,
Rassemblez-vous, rassemblez-vous,
rassemblez-vous.

Sir Walter Scott,
Le Rassemblement des MacGregor

Prologue

« Dieu ne saurait être apaisé… tant que cette race de malheur n'aura pas été entièrement chassée et exterminée. Ils ne trouveront dans tout le pays ni repos ni répit… Ils seront harcelés, persécutés, traqués, et poursuivis par le feu et par le fer… »

Édit d'extermination du clan Gregor
Ordre donné au comte d'Argyll par le Conseil privé,
24 février 1603

Château d'Inveraray, juin 1606

Un jour, son cousin les ferait tous tuer. Patrick MacGregor espérait de tout cœur que ce jour-là n'était pas venu. Mais Alasdair était incapable de résister à un défi, dût-il les conduire jusque dans l'antre du diable. En l'occurrence, le château d'Inveraray, bastion du clan Campbell dans les Highlands. Les épais murs de pierre de l'austère donjon dépassaient la cime des arbres et s'effaçaient dans le ciel gris, menaçant rappel de la domination exercée par leur ennemi depuis plus de cent cinquante ans.

Aujourd'hui, cependant, les grilles de l'impénétrable forteresse avaient été levées en signe de bienvenue, et le vallon qui s'étendait du château au chapelet de chaumières nichées le long de la côte du loch Fyne grouillait d'hommes venus de toutes les Highlands. Une bouffée d'excitation flottait dans le crachin matinal. Les jeux allaient commencer.

Tandis qu'ils quittaient le couvert de la forêt pour s'approcher du terrain où se déroulaient les épreuves, les sens de Patrick se mirent en alerte, aiguisés par des années d'exclusion et de fuite. La méfiance et la vigilance étaient gravées dans son être et, en cet instant précis, son instinct l'exhortait à la prudence.

Il examina rapidement la foule et jaugea la situation. Personne n'avait prêté attention aux trois nouveaux venus… pour l'instant.

Les MacGregor étaient une fois encore accusés d'être des criminels. Par la faute des Campbell, cela leur était arrivé à bien des reprises au cours des soixante-dix années écoulées. Pourtant, son cousin Alasdair Roy MacGregor, chef des MacGregor de Glenstrae, avait insisté pour participer à la compétition de tir à l'arc. Connu comme « la Flèche de Glenlyon », Alasdair était un archer réputé. Mais pas le meilleur. Ce titre revenait à Rory MacLeod. C'était cette occasion de lui damer le pion qui les avait arrachés à leur cachette. Le fait que la rencontre ait lieu cette année-là à Inveraray, chez leurs plus farouches ennemis, ne faisait qu'accroître le danger.

Les trois hommes avaient atteint l'extrémité du champ bourbeux. Son cousin se tourna vers lui.

— Sais-tu ce que tu as à faire ?

— Assurément, répondit Patrick. C'est mon idée. Mais es-tu sûr de toi ?

Malgré le heaume métallique qui cachait ses cheveux roux, caractéristique que les MacGregor partageaient avec leurs ennemis Campbell, et la capuche le protégeant de la pluie et dissimulant son visage, si quelqu'un le reconnaissait avant qu'ils ne puissent mettre en œuvre leur plan, le chef des MacGregor était un homme mort.

L'œil de son cousin s'éclaira.

— Sûr et certain.

Il regarda Gregor, le frère de Patrick :

— Il est temps que Rory MacLeod soit confronté à un adversaire digne de ce nom, et le faire au nez et à la barbe du clan d'Argyll...

Sa bouche s'ourla du sourire coquin qui avait fait de lui la coqueluche de leur clan.

— ... est une tentation trop irrésistible.

— Nous aurons disparu avant même qu'ils n'aient compris ce qui leur arrive, ajouta Gregor.

— Mais pas trop vite, rectifia Alasdair. Je veux que tout le monde sache qui a gagné.

Patrick posa un regard d'acier sur son intrépide cousin.

— Afin que tu puisses recevoir la flèche d'or des mains de dame Marianne ?

Alasdair éclata de rire et lui donna une vigoureuse bourrade dans le dos. Il avait la réputation d'être un Robin des Bois.

— Ta façade sombre cache un esprit narquois, mon cousin. Je n'ai pas l'intention de rencontrer des Campbell aujourd'hui, mais je compte bien leur donner matière à jaser.

Patrick n'en doutait pas. Son cousin avait un tempérament audacieux qui frôlait parfois l'inconscience. Le chef du clan Campbell, Archibald le Sinistre, comte d'Argyll, n'y allait pas avec des pincettes : de ses adversaires, il ne faisait qu'une bouchée. Sachant cependant qu'il ne découragerait pas Alasdair, Patrick hocha la tête.

— Alors je te souhaite bonne chance, cousin. Et sois prudent. Si les choses devaient mal tourner…

— Avec mes deux plus valeureux guerriers pour me couvrir, qu'est-ce qui pourrait mal tourner ?

Patrick fronça les sourcils.

— Tiens-tu réellement à ce que je réponde ?

Son cousin rit et partit en direction des concurrents.

Patrick admirait son assurance désinvolte. Il s'était lui-même trop souvent trouvé face à une arquebuse ou à la pointe d'une flèche pour ne pas savoir reconnaître l'odeur du danger. Ici, elle était pestilentielle.

Gregor et lui prirent discrètement leurs places. Patrick s'efforça de se fondre dans la foule, ce qui, étant donné sa taille et sa stature, n'était pas chose aisée.

Si son visage n'était pas aussi identifiable que celui de son cousin, malgré ses cheveux noirs il était soulagé d'être dissimulé par la capuche et le heaume. Ils avaient espéré qu'il pleuvrait et les cieux ne les avaient pas déçus. Une pluie froide au printemps était monnaie courante. La cape de laine brune aidait à dissimuler son manteau de guerre et son grand kilt usés jusqu'à la corde et maculés de boue.

Il s'acheta une chope de bière et resta dans un coin sombre du pavillon dressé pour abriter les spectateurs.

C'était sur cette tente que reposait leur plan. Pendant plusieurs jours, ils avaient étudié la colline de Duniquoich dominant le château afin de trouver un moyen de créer une distraction. Lorsque la tente avait été montée, Patrick avait compris qu'il avait trouvé.

Dès qu'Alasdair aurait remporté la compétition, il donnerait le signal en ôtant sa capuche et en montrant son bonnet orné d'une pousse de sapin, *Giuthas nam mor-shliabh*, l'emblème des MacGregor. Ensuite,

Patrick et Gregor feraient tomber les pieux qui soutenaient la structure de toile. En principe, il aurait fallu plus d'un homme pour mettre à terre chacun des larges piliers en bois, mais Gregor et lui possédaient une force hors du commun.

Une fois la tente renversée, les hommes de leur clan qui attendaient dans la forêt déploieraient un barrage de flèches en direction du château, et lanceraient leur cri de guerre. Perturber la tranquillité des jeux constituait une sérieuse offense et un grave manquement aux coutumes des Highlands, mais puisqu'il ne s'agissait pas d'un réel assaut, l'honneur de leur clan, ou du moins ce qu'il en subsistait, resterait intact.

La foule se précipiterait vers les grilles pour s'abriter dans le donjon, ce qui rendrait inaccessibles les écuries et les chevaux. Les trois hommes profiteraient de la confusion générale pour fuir dans les bois, où leurs compagnons les attendaient avec les chevaux. Ils seraient certes suivis, mais dans la forêt, les MacGregor avaient l'avantage.

Être chassés, ils connaissaient.

De son poste, Patrick voyait parfaitement bien la rangée de concurrents qui s'apprêtaient à lancer leur première série de flèches sur les cibles. Il ne restait plus qu'à attendre et observer. À chaque tir, le risque croîtrait, à l'instar de la curiosité manifestée envers l'étranger au si grand talent. Dès l'instant où son cousin rabattrait sa capuche, le temps serait compté.

D'ici là, il était important qu'il n'attire pas l'attention. Au moindre faux pas, ils finiraient tous au bout d'une corde.

Le chahut de la foule s'intensifiait au rythme des bières bues. Un groupe d'hommes, en particulier, se faisait remarquer. Patrick reconnut celui qui avait la voix la plus forte. C'était John Montgomery, frère du comte d'Eglinton. On disait que ce dernier cherchait à s'allier avec Argyll afin d'accroître ses chances dans sa querelle mortelle avec les Cunningham.

La rumeur semblait fondée. Montgomery s'était récemment fiancé à Elizabeth Campbell, cousine d'Argyll et sœur de Campbell d'Auchinbreck et du bras droit d'Argyll, James Campbell, dit Jamie l'Exécuteur. Si la pauvre fille n'avait été une Campbell, Patrick l'aurait sincèrement plainte. Elle devait bégayer, car il les entendit l'affubler du sobriquet d'Elizabègue.

— Mais je croyais que tu voulais épouser la belle Bianca, s'étonna l'un des hommes. L'autre ne soutiendra pas la comparaison.

— Elle est bien assez jolie. Pour une alliance avec le comte d'Argyll, je me marierais avec un cheval à moitié édenté, répliqua Montgomery.

Sa remarque fut saluée par de bruyants éclats de rire.

— Et sa conversation ? demanda un autre. N'as-tu p-pas p-peur qu'elle m-mette toute une journée p-pour te d-d-dire b-b-bonjour ?

Patrick devina à la réaction de Montgomery que les plaisanteries des autres l'embarrassaient, mais il cacha sa gêne sous une grossièreté :

— Eh bien, je n'aurai qu'à occuper sa bouche à autre chose.

Son humour paillard provoqua l'hilarité de l'assistance.

Quels imbéciles ! Patrick s'efforça de les oublier et reporta son attention sur le champ. Il ne restait plus que quelques concurrents, parmi lesquels Alasdair, Rory MacLeod et Jamie l'Exécuteur. Il pria le Ciel pour que son cousin soit prudent. Jamie Campbell était un ennemi formidable, plus dangereux encore que son cousin le comte. Heureusement, Alasdair se trouvait de l'autre côté et n'avait pas attiré son attention.

Patrick accrocha le regard de Gregor et lui fit signe de se tenir prêt.

À cet instant, il aperçut une jeune femme qui franchissait la grille du château et se dirigeait vers le pavillon. Il n'aurait su dire ce qui attira son attention. Peut-être la légèreté de sa démarche, l'esquisse du sourire sur le visage qu'il distinguait à peine sous le capuchon qui la coiffait. Elle lui parut particulièrement jeune et insouciante. Mais le manque d'assurance qu'elle semblait éprouver l'intrigua.

Il reporta son attention sur la compétition, vit que son cousin s'était qualifié pour le tour suivant et, inexplicablement, il se tourna de nouveau vers la jeune fille. La richesse de ses vêtements dénotait une fortune considérable. Il aperçut une robe de cour sous une élégante cape en velours bleu nuit aux revers sertis de pierres précieuses. Elle était si menue qu'elle semblait perdue dans les larges jupes et les épaisseurs d'étoffe.

Elle marchait dans sa direction, et il put bientôt observer le visage que dissimulait la capuche.

Elle était plus âgée qu'il ne l'avait cru. Vingt-deux ou vingt-trois ans. Mais ce furent ses yeux bleus qui le fascinèrent, si clairs et si limpides qu'ils semblaient presque irréels, mis en valeur par ses traits délicats, sa carnation pâle, sa petite bouche rose. Il ne put voir la couleur des cheveux, mais il aurait juré qu'ils étaient blonds. Elle n'était pas d'une beauté classique, ni même frappante, mais son charme discret était remarquable. C'était le genre de visage dont la beauté se révélait à mesure qu'on le contemplait.

L'inclinaison de sa tête ou la vue d'un profil pouvait apporter une perspective entièrement nouvelle, et ravissante.

Elle s'arrêta tout près de lui, et son doux parfum féminin l'enveloppa. Elle avait l'odeur du printemps, fraîche comme la rosée sur un bouton de rose. Cela faisait bien longtemps que Patrick n'avait senti quelque chose d'aussi doux et d'aussi pur.

Ses yeux étaient fixés sur John Montgomery. Son sourire s'éteignit tandis qu'elle surprenait leurs propos.

— Mais comment as-tu convaincu Elizabègue d'accepter de t'épouser ?

Elle tressaillit et son visage devint livide.

Montgomery éclata de rire et se rengorgea comme un paon.

— Avec son handicap, les prétendants ne se bousculaient pas aux grilles du château. C'est fou, les mensonges qu'on est prêt à débiter pour une dot composée de terres et de vingt-six mille marcs.

Patrick en resta bouche bée. Vingt-six mille marcs ! Une fortune. Et des terres en sus ? Il était inhabituel pour une femme de posséder des terres.

— Il m'a suffi de quelques mots doux enrobés de gentils compliments, se vanta Montgomery. La jouvencelle a gobé ça comme du petit lait avec une reconnaissance éperdue.

La jeune femme émit un son étranglé. Devant son expression choquée, il était facile de deviner qu'elle n'était autre qu'Elizabeth Campbell.

Zut ! Sa haine pour tout ce qui touchait aux Campbell rendit son impulsion de compassion inattendue.

Son fiancé dut l'entendre, car il tourna brusquement la tête. Patrick lut la consternation sur le visage de Montgomery lorsqu'il réalisa qu'il avait été pris à son propre piège. Il venait de perdre sa promise, tout en s'attirant peut-être même de redoutables ennemis.

L'humiliation et la douleur de la jeune femme étaient poignantes. Le groupe d'hommes se tut en comprenant ce qui venait de se passer. Elle avait le cœur manifestement brisé ; tout un monde d'illusions venait de disparaître sous ses yeux. Ce sentiment-là, Patrick le connaissait bien. Le menton tremblant, elle semblait au bord des larmes.

Il fit un pas vers elle, mais s'immobilisa. L'incident ne le concernait pas. Cette fille était la cousine d'Argyll et la sœur de l'Exécuteur, bon sang !

Un silence gêné s'installa, et les hommes de Montgomery commencèrent à danser d'un pied sur l'autre.

Elizabeth Campbell demeura de marbre, le regard rivé à son fiancé. Patrick se surprit à l'encourager silencieusement tandis qu'elle bataillait avec sa fierté, redressait le dos et le menton. Malgré sa frêle silhouette, on sentait une certaine force chez elle.

Son expression était impénétrable, mais il avait l'impression que la plus infime tape suffirait à la fissurer.

— Pas éperdue au point de me m-ma-ma…

Les mots restèrent coincés dans sa gorge, et sa voix se brisa. Elle se couvrit la bouche avec la main, mortifiée. L'un des hommes étouffa un rire ; Patrick l'aurait tué. Les joues en feu, elle pivota et repartit en courant vers la grille. Elle ne fit que quelques pas avant que la catastrophe survienne.

Une motte de boue glissante la fit trébucher, perdre l'équilibre et tomber en arrière. Elle atterrit dans une gerbe d'éclaboussures.

— Ma parole, ses pieds s'empêtrent autant que sa langue, marmotta un homme.

Quelques petits rires nerveux suivirent, et Patrick espéra qu'elle n'avait pas entendu. Mais il comprit que si en voyant ses épaules s'affaisser.

Ce fut la goutte d'eau. Il n'avait pas l'habitude d'endosser le rôle de champion, mais il ne pouvait plus rester les bras ballants. Malgré les risques, quelque chose lui ordonna de réagir. Aucune fille, pas même une Campbell, ne méritait une telle cruauté.

En trois foulées, il parcourut la distance qui les séparait. Dans sa chute, sa capuche s'était écartée et laissait échapper une lourde masse de cheveux dorés que même le crachin ne parvenait pas à rendre ternes. Cette beauté simple le frappa. Bien qu'elle lui tournât le dos, il devina au tressaillement de ses épaules qu'elle pleurait. Une émotion brûla dans sa poitrine dont il se croyait incapable : le besoin inexplicable de la protéger.

Il aurait volontiers tué ces hommes à mains nues.

— Par ici, jeune fille, dit-il doucement. Prenez ma main.

Il crut d'abord qu'elle ne l'avait pas entendu. Puis elle tourna légèrement la tête, et il aperçut l'éclat d'une larme sur sa joue blanche. La perle minuscule fit l'effet de l'acide à travers la cuirasse métallique qui enserrait sa poitrine. Lentement, elle leva la main et la glissa dans la sienne. Elle était si menue et si douce qu'il faillit avoir un mouvement de recul. Puis ce fut la gêne qui le gagna lorsqu'elle saisit sa peau calleuse et couverte de boue.

Mais elle ne sembla rien remarquer.

Gentiment, il l'aida à se relever. Elle était si frêle qu'il aurait pu la soulever d'un doigt. Il garda sa main dans la sienne, étrangement réticent à lâcher, jusqu'à ce qu'elle se dégage délicatement.

Elle garda les yeux baissés, embarrassée.

— Merci, dit-elle si doucement qu'il faillit ne pas entendre.

— Ce sont des imbéciles, bon débarras... commença-t-il, mais déjà elle se sauvait.

L'arrière de sa jolie robe était maculé de boue.

Il fit un pas vers elle, puis s'arrêta. Il la laissa partir. Même si cela avait été possible, il n'avait aucune idée de la façon dont il fallait s'y prendre pour réconforter une jeune fille. L'idée qu'un hors-la-loi MacGregor console une héritière comme elle était si absurde qu'il en aurait ri en d'autres circonstances.

Il se détourna de la silhouette solitaire qui disparut derrière les grilles du château.

Juste à temps pour découvrir Jamie l'Exécuteur ainsi que d'autres hommes menaçants qui se dirigeaient droit sur lui. L'Exécuteur avait dû voir trébucher sa sœur et venait aux nouvelles. En l'aidant, Patrick s'était placé en ligne de mire.

Il jura et jeta un coup d'œil à Gregor. Son frère le regardait comme s'il était à moitié fou, et, en vérité, Patrick commençait à se poser la question.

Quelle mouche l'avait piqué ?

Il savait qu'il devait agir vite. Campbell se rapprochait dangereusement.

Une poussée d'excitation traversa ses veines à la perspective d'un combat qu'il avait envie de livrer depuis longtemps. Tous les MacGregor rêvaient de voir Jamie Campbell mort, et Patrick aurait adoré avoir l'honneur d'envoyer l'Exécuteur dans les flammes de l'enfer.

Il replia les doigts sur la crosse de sa dague. Un seul coup...

Seigneur, quelle tentation ! Mais la raison prit le pas sur son impatience. Un tel acte signifierait sa mort : trois hommes contre une centaine n'avaient aucune chance.

Il reporta rapidement son regard sur Alasdair. Il restait trois archers en lice, mais il n'avait pas le choix. Le chef devrait attendre pour se mesurer à MacLeod, tout comme Patrick devrait attendre pour se mesurer à Jamie Campbell.

La vengeance est un plat qui se mange froid.

Il articula silencieusement « Maintenant » à son frère, et donna un coup sec dans le pilier le plus proche. Celui-ci vacilla, oscilla comme un pendule, avant de se fracasser bruyamment.

Un véritable tohu-bohu s'éleva parmi la foule. Patrick courut vers la forêt pour rejoindre son frère et son cousin, mais quelque chose le fit se retourner vers le château d'Inveraray.

La nostalgie, peut-être, d'une chose qu'il ne pourrait jamais connaître. D'une vie qui lui avait été dérobée. Une vie où un guerrier MacGregor et une Campbell n'étaient pas séparés par la fortune et la haine.

Après un dernier coup d'œil en direction de la forteresse, Patrick s'enfonça sous les arbres et disparut.

1

« Ô château des Ténèbres ! Ton sombre défilé
Ne regorge-t-il pas de récits écossais ;
Sur d'autres tours, ô fier Argyll
Rayonne encore ta gloire d'antan.
Mais du passé, il reste peu,
À qui chemine dans le vallon
Pour imaginer, flottant au vent,
Tes bannières, château Campbell ! »

William Gibson, *Château Campbell*

Non loin du château Campbell, Clackmannanshire, juin 1608

Le cœur lourd, Elizabeth Campbell posa sur ses genoux le parchemin froissé et regarda par la petite fenêtre l'ombre imposante du château se fondre au loin. Elle avait beau lire et relire la lettre, cela n'en changeait pas les mots.

Le carrosse secoué par les cahots du chemin avançait à une lenteur insupportable. Les pluies récentes avaient rendu la route vers les Highlands encore plus difficile ; à cette allure, il leur faudrait une semaine pour atteindre le château de Dunoon.

Lizzie se retourna et surprit le coup d'œil furtif de sa servante, Alys, mais cette dernière reporta vivement les yeux sur son ouvrage en feignant de se concentrer sur les points grossiers.

Alys se faisait du souci pour elle. Pour lui changer les idées, Lizzie déclara :

— Je me demande comment tu peux coudre, avec toutes ces secousses.

À cet instant, un nid-de-poule les secoua à tel point qu'elle fut soulevée du siège. Son épaule heurta la cloison lambrissée de la voiture.

— Ouille, gémit-elle en se frottant le bras. Ça va, Alys ?

— Oui, madame, répondit la femme en se redressant contre les coussins de velours. Pas trop mal. Mais si les routes ne s'arrangent pas, nous arriverons avec les os tout en désordre à l'intérieur de nos corps cabossés !

Lizzie sourit.

— J'ai bien peur que cela ne s'aggrave encore. C'était probablement une erreur de partir en carrosse.

Elles devraient continuer leur route à cheval pour traverser les Highlands, où les chemins devenaient plus étroits.

— Au moins, nous sommes au sec, déclara Alys, toujours prête à voir le bon côté des choses.

Peut-être était-ce la raison pour laquelle Lizzie appréciait tant sa compagnie. À cet égard, elles se ressemblaient.

Alys ramassa la lettre par terre.

— Vous avez fait tomber votre missive.

Lizzie la prit en s'interdisant de la lui arracher des mains et la glissa dans ses jupes.

— Merci.

Alys était légitimement intriguée au sujet de la lettre du comte, et des raisons pour lesquelles elles se rendaient si brusquement au château de Dunoon. Elle le découvrirait bien assez tôt. Son cousin le comte d'Argyll avait l'intention de lui trouver encore un mari ; ce ne serait bientôt plus un secret.

Manifestement, trois fiançailles rompues ne suffisaient pas. Son devoir consistait à se marier, et elle se marierait.

Son cœur se serra au souvenir de son dernier engagement. La douleur, même deux ans plus tard, demeurait aiguë.

L'humiliation avait été cuisante. Elle avait été sotte de croire qu'un bel homme comme John Montgomery pouvait avoir d'autres intérêts vis-à-vis d'elle qu'une alliance de clans et sa fortune. Sa meilleure amie avait trouvé le bonheur ; Lizzie en avait rêvé. Au point de faire taire son instinct lui soufflant que cet homme était animé de puissantes ambitions.

Entendre celui auquel elle avait donné son cœur parler d'elle si cruellement était déjà terrible, mais sa chute dans la boue... Elle ferma les yeux. Les sarcasmes continuaient à résonner dans sa tête et le sel de ses larmes lui brûlait encore les yeux.

Seul un homme l'avait aidée. Elle avait été trop gênée pour le regarder, mais elle se rappelait la gentillesse et non la pitié dans sa voix, et la solidité réconfortante de sa main. Elle fronça les sourcils. Étrange que son chevalier servant eût été un MacGregor.

Son frère lui avait raconté les événements et le désordre qui avaient suivi son départ du pavillon. Alasdair Roy MacGregor et ses hommes s'étaient enfuis sous leur nez. Cela n'avait pas plu à Jamie. Il n'avait pas compris pourquoi un hors-la-loi avait couru le risque d'être démasqué en lui prêtant assistance. Elle non plus, mais elle lui était reconnaissante pour cet acte de bonté.

Jamie en savait davantage sur cet homme, elle le sentait, mais il avait refusé de satisfaire sa curiosité.

Elle avait aussitôt rompu ses fiançailles avec John Montgomery, trop honteuse pour raconter l'incident à sa famille. Mais quand, peu après, il avait été attaqué par des bandits de grands chemins, qu'il avait perdu une oreille et une partie du bras qui lui servait à tenir son épée, Lizzie s'était demandé si sa famille n'avait pas appris la vérité et organisé ces représailles. Ils étaient beaucoup trop protecteurs envers elle.

Lizzie s'était efforcée de tourner la page et d'oublier, mais par moments, le passé lui revenait en vagues comme s'il datait de la veille. Et lorsqu'on saurait que le comte d'Argyll cherchait à nouveau une alliance pour sa cousine, les rumeurs iraient bon train.

Elle approcha le parchemin de la fenêtre pour le relire.

Ma chère cousine,

L'été approche. Je sollicite le plaisir de ta compagnie à Dunoon au plus vite, afin de discuter d'un sujet d'importance. Comme nous l'avons évoqué l'hiver dernier, en remerciement de ta bonté suite à la mort de la comtesse l'année dernière et de l'attention que tu as portée au petit Archie et aux filles, je t'ai fait don d'un lopin de terre conséquent.

Archibald, septième comte d'Argyll.

Encore des terres. Quelle humiliation ! Malgré ce que prétendait son cousin, Lizzie savait que sa sollicitude n'était pas la véritable raison de ce don. Archie jugeait manifestement nécessaire d'accroître encore sa dot pour convaincre quelqu'un de l'épouser. L'intention était louable, mais elle était déjà l'une des femmes les plus riches du pays : cela ne suffisait-il donc pas ?

Ses épaules s'affaissèrent. Apparemment, non. C'était en partie sa faute. En été, avait-elle promis. Était-on déjà en juin ? Quand son cousin avait abordé le sujet de nouvelles fiançailles, des mois auparavant, les jours étaient courts et la neige blanchissait les environs de Inveraray. L'été avait paru très loin. Cela lui laissait beaucoup de temps pour trouver elle-même un homme approprié. Beaucoup de temps pour tomber amoureuse.

Après la bouffonnerie de ses dernières fiançailles, elle s'était juré de ne se marier que par amour... Ce qu'elle avait cru trouver chez John. Mais cela n'avait été qu'un rêve de jeune fille.

Deux années s'étaient écoulées et Lizzie devait se montrer pratique. À vingt-six ans, l'amour n'était probablement pas pour elle.

Probablement.

Elle soupira de sa niaiserie. Elle ne pouvait écarter complètement cette éventualité de son esprit. Pourtant, il était temps de renoncer à ce rêve. Elle ne voulait pas vivre seule. S'occuper des maisons de son cousin et de son frère ne pourrait durer indéfiniment, et elle avait beau adorer le petit Archie et les filles, ce n'étaient pas ses enfants. Elle aspirait à un foyer et à une famille... suffisamment pour accepter de nouvelles fiançailles organisées par son cousin.

Une pointe de nostalgie la piqua. Ses deux plus proches amies, Meg Mackinnon et Flora MacLeod, avaient toutes les deux eu la chance de trouver l'amour. Détail amusant, Meg avait épousé le frère de Flora, Alex. Meg avait deux petits garçons, et Flora venait de donner naissance à des jumelles. Lizzie était heureuse pour elles, mais cela ne faisait que remuer le couteau dans la plaie.

Cependant, même si elle aspirait à un tel bonheur, elle ne pouvait plus se permettre d'être idéaliste.

Tant pis, je me forgerai mon propre bonheur, songea-t-elle. Mariage arrangé ou non.

— Quelque chose ne va pas, maîtresse ?

Perdue dans ses pensées, Lizzie n'avait pas réalisé qu'Alys l'observait à nouveau. Elle fronça un sourcil.

— Je croyais que tu brodais ?

Cette fois-ci, Alys insista :

— Vous contemplez cette lettre comme s'il s'agissait d'une sentence d'exécution.

Un sourire narquois ourla les lèvres de Lizzie.

— Oh, ce n'est rien d'aussi tragique.

— Le voyage vous inquiète-t-il, avec tous ces horribles MacGregor qui fourmillent dans les campagnes ?

Alys se pencha pour lui tapoter le genou.

— N'ayez crainte. Mon Donnan veillera à ce qu'il ne nous arrive rien de mal.

Le mari d'Alys était capitaine des gardes au château de Campbell, et elle était très fière de son guerrier.

— Non, ce n'est pas le voyage, assura Lizzie.

Elles étaient protégées par une douzaine d'hommes. Du reste, elles étaient encore dans les Lowlands, loin de Lomond Hills où le clan banni s'était réfugié, disait-on, après la bataille de Glen Fruin.

Les récits des atrocités commises par les MacGregor à Glen Fruin s'étaient propagés dans tout le pays, et Lizzie avait du mal à croire que l'homme venu à son secours faisait partie de cette bande de brigands sans foi ni loi qui avaient perpétré un véritable massacre. Son cousin avait été chargé par le roi Jacques de traduire les MacGregor en justice, et il s'attelait à cette mission à laquelle s'étaient joints ses frères Jamie et Colin. Sous peu, les hors-la-loi seraient tous arrêtés.

Qu'arriverait-il à son chevalier servant ? Elle connaissait la réponse, et s'efforçait de ne pas y penser.

Lizzie croisa le regard de sa servante et lut l'inquiétude dans ses doux yeux marron. Elle poussa un soupir. Comme Alys ne lisait pas le gaélique, elle lui en fit la lecture.

— Et qu'est-ce qui vous embête avec ces terres supplémentaires ? s'étonna Alys.

— Tu ne comprends donc pas ? Ce n'est qu'un appât. Mon cousin veut me trouver un nouveau mari.

— Eh bien, il est grand temps, si vous voulez mon avis, renifla Alys.

Lizzie s'attendait à cette réaction. Elle esquissa un sourire en coin.

— Ta compassion me fait chaud au cœur.

— Bah ! Ce n'est pas de compassion dont vous avez besoin, mais d'un mari et de bébés. Une belle fille comme vous avec un si grand cœur, se retirer du monde à cause d'un imbécile qui...

Lizzie la fit taire d'un regard.

— À cause d'un détestable prétentieux, marmonna Alys. Je ne sais pas ce qu'il vous a fait, ce bonhomme, mais il ne méritait pas les larmes que vous avez versées à cause de lui.

Lizzie renonça à essayer de lui expliquer. Sa famille et ses proches la considéraient comme une femme d'exception, qu'un homme devrait être fier d'avoir à ses côtés. Ils l'aimaient trop pour voir en son bégaiement autre chose qu'un inconvénient négligeable. D'une façon générale, ils avaient raison. Lizzie ne bégayait qu'en présence d'un grand nombre de gens ou lorsqu'elle était nerveuse ou inquiète, et c'était devenu de plus en plus rare. Grâce à John, du reste : depuis deux ans, elle s'était entraînée afin d'éviter un nouvel affront.

— Peut-être, concéda-t-elle.

— Eh bien, qu'y a-t-il donc ? Craignez-vous que votre cousin ne vous fasse épouser un homme que vous n'aimerez pas ? Il vous aime trop pour vous voir malheureuse.

— Non, je sais qu'il ne le ferait pas, reconnut Lizzie.

Elle avait de la chance. Non seulement sa famille l'aimait, mais tous la respectaient comme rarement on respectait une femme dans ce monde. Elle avait reçu une bonne éducation, à l'instar de ses frères, et s'y connaissait aussi bien en politique que n'importe quel homme.

Non, le problème ne venait pas du choix des maris. C'était elle qui avait jeté son dévolu sur John Montgomery. Les deux hommes que son cousin avait envisagés pour elle auraient constitué de bien meilleurs prétendants, mais le sort en avait voulu autrement.

Ses premières fiançailles, avec James Grand, avaient été rompues à cause de la trahison de Duncan.

Duncan. Le frère qu'elle avait idolâtré, perdu pour elle depuis presque dix ans. Seigneur, comme il lui manquait ! Malgré les preuves retenues contre lui, Lizzie ne l'avait jamais cru coupable de la trahison qui avait coûté aux Campbell la bataille de Glenlivet et avait causé la mort de leur père.

Lizzie avait aussi été heureuse de ses deuxièmes fiançailles. Elle connaissait Rory MacLeod depuis qu'elle était enfant, et toute jeune fille normalement constituée ne pouvait qu'être sensible à sa beauté. Malheureusement, le roi lui avait ordonné de se marier avec Isabelle MacDonald et il était tombé amoureux de sa ravissante épouse.

— Alors, qu'est-ce qui vous tracasse ? demanda Alys. Vous ne voulez pas vous marier ?

— Bien sûr que si. Simplement...

Lizzie se tut, embarrassée. C'était si bête, surtout après sa désillusion avec John. Les femmes de son rang se mariaient par devoir, non par amour. Sentant monter l'anxiété familière qui annonçait le bégaiement, elle prit une profonde inspiration, compta silencieusement jusqu'à cinq, et s'obligea à parler lentement :

— Je voudrais ce que tu as.

Alys arrondit les yeux. Elle étudia longuement le visage de Lizzie avant de répondre.

— Oui, mon petit, moi aussi je vous le souhaite. Mais vous n'avez pas à vous inquiéter. Le comte vous trouvera un brave mari, et quand il vous connaîtra, cet homme-là ne pourra plus jamais cesser de vous aimer.

Alys avait parlé avec une telle conviction que toute discussion était inutile. Sa mère aurait pu lui faire la même remarque, et les larmes lui montèrent aux yeux. Elle dut détourner la tête. Pas un jour ne s'écoulait sans que Lizzie regrette sa mère. Sa mort, quelques mois seulement avant celle de son père, avait été un coup cruel.

Elle reporta son attention sur le paysage pour se distraire des souvenirs. Les heures passèrent, la lumière baissa, et elles s'enfoncèrent dans la forêt. Le carrosse ralentit et un silence surnaturel sembla soudain les avaler. Inconsciemment, Lizzie resserra les doigts autour de la dague qu'elle portait contre son flanc, remerciant en pensée ses frères d'avoir insisté pour qu'elle apprenne à s'en servir.

La voiture fut projetée sur le côté, mais cette fois, au lieu de se redresser, elle s'arrêta brutalement.

Quelque chose n'allait pas. Le silence, trop profond, évoquait le calme avant la tempête. Son pouls s'accéléra et un frisson lui donna la chair de poule.

Le véhicule était immobilisé de telle façon que les deux femmes avaient été projetées du côté droit. Elles mirent un certain temps à se redresser.

— Vous allez bien, madame ? s'enquit Alys d'une voix haut perchée. Une roue a dû se coincer et...

Un cri primitif déchira la voûte des arbres et glaça l'échine de Lizzie. Grands dieux ! On les attaquait !

Elle entendit les voix des gardes dehors, qui criaient des ordres, puis un nom :

— Les MacGregor !

C'était impensable. Il fallait qu'ils soient fous pour risquer... ou réellement aux abois, songea-t-elle avec horreur, au point de n'avoir rien à perdre.

Elle s'efforça de ralentir le rythme de son cœur.

Un coup de feu claqua. Puis un autre.

— Donnan ! hurla Alys en s'élançant vers la poignée.

— Non ! s'écria Lizzie. Il ne craint rien, dit-elle plus doucement. Si tu sors, tu risques de le distraire. Nous devons rester à l'intérieur afin qu'il nous protège.

Alys acquiesça de la tête, et le cœur de Lizzie se serra. Comme il devait être difficile de rester là sans rien faire pendant qu'au-dehors, l'homme de votre vie était en danger !

— Tout va bien se passer, affirma-t-elle autant pour elle que pour sa compagne.

Si seulement Jamie était là, songea-t-elle. Les gardes d'Argyll étaient bien entraînés, mais les MacGregor étaient réputés pour leur adresse de guerriers. Son cousin lui-même en avait parfois engagé, avant que les relations entre les clans ne se détériorent à nouveau.

Elles essayèrent de voir ce qui se passait par la petite fenêtre, mais la fumée des tirs de mousquets était épaisse et l'échauffourée semblait se dérouler à l'avant de la voiture.

Le vacarme était assourdissant.

Alys se mit à pleurer doucement. Lizzie lui prit les mains et, incapable de trouver des mots réconfortants, lui fredonna une chanson. La musique opéra sa magie, et la bonne se détendit.

— Oh, madame. Même en plein enfer, vous avez la voix d'un ange, dit-elle, les larmes aux yeux.

Lizzie esquissa un sourire. Quelle ironie... La bègue avait ce don : son chant était d'une pureté miraculeuse.

Elles se serrèrent l'une contre l'autre, aux aguets. Lizzie n'avait jamais eu aussi peur. Pourtant, curieusement, en cet instant de danger extrême, elle ne s'était jamais sentie aussi vivante.

Mais pour combien de temps ?

La poignée de la porte grinça, et elle sursauta. Un visage menaçant apparut à la fenêtre, et son cœur se mit à cogner contre sa poitrine.

Alys hurla. Lizzie en aurait fait autant, mais aucun son ne sortit de sa bouche. Elle était incapable de respirer. La seule chose qu'elle arrivait à faire était de regarder de l'autre côté de la vitre le visage de l'homme sauvage, ses longs cheveux hirsutes et son visage maculé de crasse. Deux yeux noirs la fixaient avec haine. On aurait dit une bête sauvage.

Pour la première fois, elle songea à ce dont ces hommes seraient capables s'ils les capturaient. L'idée qu'ils la touchent… Elle eut un haut-le-cœur.

Plutôt se trancher la gorge.

La portière s'ouvrit. Lizzie saisit la poignée de son côté et tira de toutes ses forces, se découvrant un sursaut d'énergie inattendu.

— Aide-moi ! cria-t-elle à Alys.

Mais alors, un coup de feu retentit et l'homme se figea. Ses yeux s'agrandirent, puis son visage s'écrasa contre la vitre en produisant un bruit de succion répugnant. Le poids mort de son corps l'entraîna à terre.

Les muscles de Lizzie se détendirent. Le souffle court, elle sentit l'air essayer de rentrer dans ses poumons. La menace immédiate était passée, mais le combat continuait à faire rage.

Elles n'avaient que deux solutions : ne rien faire ou essayer de se cacher.

La voiture, qui semblait sûre quelques instants plus tôt, lui faisait à présent l'effet d'un cercueil. Lizzie se tourna vers Alys.

— Sauvons-nous !

— Où aller ?

— Nous nous cacherons dans la forêt jusqu'à ce que tout soit terminé.

Trop choquée pour discuter, Alys fit un signe de tête, laissant sa maîtresse décider pour elle.

— Reste près de moi et suis-moi, et surtout ne regarde pas. Promets-le-moi, ajouta Lizzie avec force en lui secouant les épaules.

— Je vous le promets.

— Bien.

Lizzie respira un grand coup, baissa la poignée et ouvrit la portière. Elle passa la tête dehors. Ce fut d'abord l'odeur âcre qui la saisit, celle de la poudre et celle, métallique, du sang. Elle toussa et se couvrit la bouche et le nez avec sa main.

Elle aurait dû suivre le conseil qu'elle avait donné à Alys, mais s'en trouva incapable.

Et elle eut beau s'armer de courage, cela ne suffit pas à la préparer : les morts jonchaient le sol, les yeux ouverts. Du sang partout. Tant de sang…

L'horreur l'aurait paralysée si elle avait regardé les visages, familiers pour certains. Mais elle s'obligea à tourner les yeux vers ceux qui continuaient à se battre.

Comme elle le craignait, les Campbell étaient inférieurs en nombre. L'effet de surprise avait donné l'avantage aux MacGregor, aisément reconnaissables avec leur costume des Highlands et leur allure barbare. Aucun ne disposait d'armure. Ils se battaient avec des pieux, des épées, des arcs, elle distingua même une vieille hache, mais ils n'avaient pas d'armes à feu. Avec leurs grandes claymores tranchantes, ils étaient redoutables.

Soudain, elle s'immobilisa en apercevant le mari d'Alys, engagé dans un corps à corps ne laissant guère d'espoir sur son issue. Quand le MacGregor lui lacéra le ventre, un sanglot monta dans sa gorge.

L'homme releva les yeux, croisa son regard, et elle eut l'impression que la mort elle-même la contemplait.

Elle ne recommença à respirer que lorsque l'un des gardes de son cousin se plaça entre eux.

— Partons vite, ordonna-t-elle à Alys.

Elle lui prit la main et sortit de la voiture. Sous leurs pieds, le sol était rendu spongieux par la boue et la mousse humide. Ses mules en cuir délicat dérapaient, aussi avançait-elle précautionneusement.

Brusquement, la main d'Alys fut arrachée à celle de Lizzie.

Et cette dernière se retrouva nez à nez avec l'homme qui avait tué Donnan. Malgré le froid, sa peau devint moite. Il était encore plus grand et plus inquiétant, de près.

— Où détalez-vous si vite, mes jolies ?

Sa voix était épaissie par un fort accent du Nord.

Alys se débattit pour s'extraire du cercle d'acier formé par ses bras, mais au bout d'un moment, elle poussa un cri de douleur.

— Lâchez-la ! ordonna Lizzie en faisant un pas vers lui, se découvrant un courage insoupçonné.

— Sinon quoi ? siffla-t-il en rapprochant son couteau de la gorge d'Alys. Je ne crois pas que vous soyez en position de donner des ordres, mademoiselle Campbell.

Lizzie en eut le souffle coupé. Il savait qui elle était. Du coin de l'œil, elle vit les hommes de son clan qui se battaient encore essayer de la rejoindre, mais ils étaient trop peu nombreux.

— Laissez-nous partir ! Si vous nous faites du mal, vous mourrez.

— Je mourrai de toute façon, répliqua-t-il. Mais au moins, je m'amuserai un peu avant d'aller rôtir en enfer.

Il avança d'un pas vers elle, desserrant légèrement son étreinte sur Alys.

Sans réfléchir, d'un mouvement souple, Lizzie saisit sa dague et la projeta de toutes ses forces. Il écarquilla les yeux avec stupeur et lâcha un cri étranglé en sentant la lame s'enfoncer dans son ventre.

Elle manquait d'entraînement. C'était son cœur qu'elle avait visé.

Il s'écroula à genoux et porta les mains à son ventre.

— Sale petite garce, je vais te tuer… Attrapez-la ! s'écria-t-il à la cantonade.

Elle s'apprêtait à reprendre la main d'Alys et lui dire de courir lorsqu'elle entendit un tonnerre de sabots qui s'approchait.

L'homme l'entendit également.

Personne n'eut le temps de réagir : déjà, les cavaliers étaient sur eux. Des guerriers. Une demi-douzaine environ. Mais qui ? Amis ou ennemis ?

Elle distingua leurs visages…

Et cessa de respirer, le regard fixé sur l'homme qui devançait les autres de quelques longueurs. Un seul coup d'œil suffisait pour se dire qu'on ne voudrait pas de lui comme ennemi. L'homme ressemblait à un ange noir, d'une beauté aussi ravageuse qu'inquiétante.

Un frisson la parcourut. Sa cuirasse de cuir noir moulait une large poitrine et des bras aux muscles puissants, et se terminait sur un ventre plat.

Il était bâti pour la destruction, son corps n'était qu'une arme de guerre redoutable.

Mais ce n'était pas sa seule force physique qui le distinguait des autres. C'était la férocité de ses yeux, sa mine déterminée. Son casque d'acier laissait tout juste dépasser ses cheveux d'un noir d'encre. Épais et bouclés, ils encadraient son visage à la perfection. Sa mâchoire carrée et volontaire, ses pommettes hautes, sa bouche large, étaient rehaussées par sa peau tannée. Quelques fines cicatrices zébraient ses joues. C'était un dieu taillé non dans du marbre, mais dans du granit écossais.

L'espace d'un instant, il croisa son regard et Lizzie eut impression d'avoir été frappée par un éclair émanant de Zeus lui-même, qui la transperça tel un courant chaud, de la tête aux pieds, avec une intensité fulgurante.

Verts, se dit-elle stupidement. Au beau milieu de l'expérience la plus terrible de son existence, elle remarqua la couleur de ses yeux. Non la virtuosité avec laquelle il brandissait son épée, ni la façon dont il ordonnait d'un geste à ses hommes de se mettre en formation. Non, ce qu'elle remarqua, ce furent ses yeux qui brillaient au soleil comme deux précieuses émeraudes.

Il soutint son regard un instant encore, avant de se tourner vers l'homme qu'elle avait poignardé.

En une fraction de seconde, elle revint au présent. Quelles étaient ses intentions ?

Le soulagement la balaya lorsqu'une flèche tirée par l'un de ses hommes frôla la tête de son assaillant.

C'est un ami ! Dieu merci !

— Aidez-nous ! Je vous en supplie, aidez-nous ! cria-t-elle.

Mais ces mots étaient superflus. Les guerriers avaient déjà dégainé leurs épées et s'attaquaient aux hors-la-loi. Il ne leur fallut pas longtemps pour prendre l'avantage. Les gardes de son cousin encore valides se battirent avec une ardeur renouvelée.

On aurait dit que le vent avait tourné : les agresseurs étaient devenus les agressés.

Le chevalier noir mit pied à terre, et vint en aide à l'un de ses hommes dans un heurt métallique. Lizzie aurait pu jurer que la forêt avait tremblé sous la force du coup. Il se battait avec une grâce sauvage, ferraillait avec aisance.

Seigneur ! songea-t-elle. Voilà un combattant capable de rivaliser avec Jamie...

Un petit cri détourna son attention. Alys ! Sa bonne cherchait désespérément des yeux son mari.

— Alys, viens, dit-elle en s'emparant de sa main glacée. Écartons-nous.

— Mais Donnan...

Elle se tourna vers Lizzie, le visage décomposé par l'inquiétude. Le cœur de la jeune femme se serra à l'idée de la souffrance qui l'attendait.

— Je ne vois pas mon mari...

— Il doit se battre un peu plus loin, mentit Lizzie. Nous ne pouvons pas le chercher dans cette pagaille. Attendons que ce soit fini.

Elle s'apprêtait à l'emmener à l'écart, mais le MacGregor qu'elle avait blessé avait réussi à se remettre debout et à tirer son épée. Dressé devant elle, il la brandissait à bout de bras, se ceignant toujours la taille de l'autre pour étancher le flot de sang qui coulait de sa blessure. Il leva l'arme au-dessus de sa tête et...

Tout s'arrêta. Le temps. Le cœur de Lizzie. Sa respiration. Elle ne sentait plus rien. Pendant un instant, tout lui parut irréel. Elle aurait aussi bien pu être spectatrice d'une pièce de théâtre. Elle était trop jeune pour mourir. Elle avait à peine vécu. Tant de choses encore l'attendaient. Un homme à aimer. Un enfant à tenir dans ses bras. Tout ce qu'elle avait encore à faire se refléta dans l'acier de l'épée.

Je ne veux pas mourir.

Le désir de vivre lui procura le sursaut nécessaire, et Lizzie retrouva l'usage de ses jambes et se mit à reculer, prête à tout pour les protéger, Alys et elle.

L'épée s'abattit.

— Non ! rugit un homme de l'autre côté du sentier.

Sa voix profonde et rocailleuse recelait une autorité naturelle. Lizzie sut que c'était le chevalier noir avant même de le regarder. Lorsqu'elle se retourna, elle le découvrit à quelque distance. Il avait troqué son épée pour un arc et visait le cœur du guerrier MacGregor.

— Je ne manquerai pas ma cible, prévint-il.

Les deux hommes s'affrontèrent silencieusement. La tension grandit, pesante. Enfin, le MacGregor baissa son épée.

L'un de ses hommes apparut à son côté avec un cheval.

— Partons !

Le guerrier MacGregor semblait indécis, mais après s'être retourné une dernière fois en direction de Lizzie, il monta en selle et lâcha un cri féroce.

— *Ard Choille !*

Probablement le cri de guerre de leur clan, songea Lizzie.

Ses hommes répondirent aussitôt. Tels des spectres, ils disparurent dans la forêt aussi soudainement qu'ils étaient apparus. Seul le chuintement des feuilles sur leur passage prouvait qu'ils étaient bien réels.

Ainsi que les corps des hommes du clan Campbell dispersés sur le sol de la forêt.

Lizzie étouffa un sanglot.

C'était fini. Mais elle était trop hébétée pour éprouver du soulagement. Trop hébétée pour éprouver une quelconque émotion. Elle ferma les yeux et inspira profondément.

Respire. Contente-toi de respirer.

Quand elle rouvrit enfin les yeux, ce fut pour chercher l'homme à qui elle devait la vie.

2

Le combat était terminé, mais le martèlement du sang qui courait dans ses veines ne ralentissait pas. Patrick était hors de lui.

Il abaissa son épée et grimaça sous la douleur qui lui vrilla le flanc. Il sentit l'humidité chaude et caractéristique qu'absorbait sa chemise sous la cuirasse en cuir. C'était une vieille blessure, reçue des mois auparavant à la bataille de Glen Fruin. Elle s'était rouverte.

À cause de son satané frère.

Patrick ôta son casque d'acier et passa la main dans ses cheveux tout en contemplant la scène de désolation.

À la vue des victimes, il réprima un haut-le-cœur. Il en avait vu, des cadavres, et pourtant la mort avait toujours le pouvoir de l'affecter.

Personne n'était censé être blessé.

Du moins, tel était le plan, avant que Gregor ne prenne cette atterrante initiative. Son maudit frère était allé trop loin. Gregor avait toute l'intrépidité de leur cousin Alasdair – sans son charme ni sa fortune – à laquelle s'ajoutait une dangereuse mesure de témérité.

Patrick jura lorsque son regard se posa sur le corps mutilé d'un de ses hommes. L'amertume lui monta aux lèvres. Connor avait été un beau jeune homme au sourire facile, caractéristique rare parmi les hors-la-loi. Le tir de mousquet l'avait atteint à la joue et lui avait arraché la moitié du visage. Il avait à peine dix-huit ans.

Patrick serra les poings. Le fait que son frère payait pour ses péchés avec la blessure qu'il avait reçue au ventre ne le réconfortait guère. Pourquoi diable Gregor avait-il attaqué la fille ?

Quatre MacGregor et deux fois plus de Campbell étaient morts aujourd'hui. Il ne pleurerait pas ses ennemis, mais il n'avait pas voulu leur mort. Ce jour-là, il ne s'agissait pas de tuer des Campbell. Il pensait que Gregor l'avait compris. Depuis que le roi et ses partisans les pourchassaient, ils avaient été suffisamment décimés. Les déposséder de leurs terres n'avait pas suffi : le roi ne serait satisfait que lorsque le dernier des MacGregor serait éliminé.

Les MacGregor avaient vaincu les Colquhoun, mais cela avait provoqué la colère du roi et du comte d'Argyll. Certes, la tactique des Colquhoun n'avait pas aidé : qui aurait imaginé que leurs veuves exhiberaient sur des lances les chemises rougies par le sang de leurs maris, sous le nez du roi qui avait la réputation d'être une âme sensible ? Les rumeurs des monstruosités soi-disant perpétrées par les MacGregor n'avaient fait qu'ajouter au déchaînement à leur encontre, et le clan était traqué avec férocité.

Il était devenu de plus en plus difficile de se cacher. Même si beaucoup, dans les Highlands, étaient solidaires de la cause des MacGregor, la punition pour qui les accueillait était la mort, ce qui faisait hésiter la plupart des gens. Les autres n'attendaient qu'une occasion pour toucher la prime offerte par le Conseil privé à quiconque apporterait la tête coupée d'un MacGregor.

Et c'était lui qu'on traitait de barbare ?

Patrick mit de côté la colère qu'il ressentait envers son frère. Il s'en occuperait plus tard. Pour l'instant, il avait une mission à accomplir.

Depuis des années, les Campbell essayaient systématiquement de les détruire. Ils les avaient dépouillés de leurs propriétés, bannis, brisés, et ils les poursuivaient maintenant après en avoir fait des hors-la-loi. Mais leur ennemi n'avait pas compté sur l'esprit tenace du clan. Telle l'hydre mythique, chaque fois que les MacGregor perdaient une tête, une autre repoussait à la place, plus forte encore.

Patrick et les hommes de son clan étaient prêts à tout pour reprendre possession de leurs terres. La terre était le sang de leurs veines ; sans elle, ils mourraient.

Il contracta la mâchoire et reporta son attention sur les vivants. Sur la fille.

Elizabeth Campbell était agenouillée devant son garde blessé, à côté de l'autre femme. Comme si elle avait perçu son regard, elle se retourna et leva les yeux vers lui.

Il sursauta. Tout à l'heure, il avait cru à une coïncidence. Cet étrange tressaillement qu'il avait ressenti au moment où leurs yeux s'étaient croisés au-dessus du champ de bataille. Sans l'inquiéter outre mesure, cela ne lui plaisait pas. D'autant que son attitude avait été inhabituellement irréfléchie lors de leur première rencontre.

De prime abord, elle était exactement identique au souvenir qu'il avait gardé d'elle : jolie et fraîche comme une fleur de printemps. Mais, après un examen plus approfondi, il vit la tension du combat et le choc qui tiraient ses traits, la pâleur de sa peau, ses yeux vitreux. Ce qui ne l'empêchait pas de réconforter les hommes et de s'occuper des blessés.

La plupart des femmes se seraient évanouies, ou du moins auraient éclaté en sanglots, mais manifestement, Elizabeth Campbell ne ressemblait pas à la plupart des femmes. Sa faiblesse apparente cachait une grande force. Un tel courage l'emplit d'admiration.

Avec un petit mot rassurant pour l'homme blessé, elle se leva et vint vers lui d'un pas qui trahissait à peine sa fatigue. Sa démarche était aussi gracieuse que son corps. Cette fois, sans les habits de cour élaborés, il put voir la douce courbe de ses hanches. Elle portait une simple robe de laine et une veste en lainage, des vêtements sobres qui mettaient en valeur sa silhouette.

Mais ce furent ses cheveux qui lui coupèrent le souffle. Détachés, ils tombaient sur ses épaules en un magnifique nuage d'or filé. Jamais il n'avait vu quelque chose d'aussi soyeux.

Il se raidit tandis qu'elle approchait. Elle était plus menue que dans son souvenir. Si fine et si délicate… On l'aurait crue en porcelaine.

Elle était trop svelte pour lui. Il l'écraserait. Ce qui ne l'empêchait pas d'imaginer cette douceur sous son corps, ses mains emmêlées dans la masse de boucles blondes. Une bouffée de chaleur l'assaillit.

Bon sang ! Il n'était qu'un animal. Cela faisait si longtemps qu'on le traitait comme un chien qu'il se mettait à se conduire comme tel. Vivre en marge de la société n'était pas sans conséquence pour un homme. Cela faisait rejaillir ses instincts les plus primaires.

Elle s'arrêta en face de lui et le considéra avec incertitude. Son regard le mit mal à l'aise. Il était si limpide que Patrick eut l'impression d'être nu.

C'était ridicule. Par tous les diables, il devrait détester cette fille ! La haine, l'amertume et la colère étaient des émotions qu'il connaissait bien. Ses beaux habits, ses bijoux, son charme adorable avaient été forgés avec le sang de son clan. Il devrait lui en vouloir. Il devrait voir les visages sales et affamés des MacGregor se refléter dans son œil. Il devrait la considérer comme l'instrument de sa vengeance.

Mais tout ce qu'il voyait, c'était une jeune femme qui paraissait aussi inoffensive qu'un chaton, mais se débattait comme une tigresse et le dévisageait avec la même vénération que s'il était un héros.

Elle se raviserait bien assez vite.

— Je tiens à vous remercier, dit-elle doucement.

Sa voix avait une intonation lente et musicale qui aurait fait pâlir d'envie un barde. Il se rappela qu'elle bégayait, pourtant.

— Je ne sais pas ce que nous serions devenus si vous n'étiez pas arrivés à point nommé.

En songeant à ce qui se serait produit, elle se tut, et la pâleur de son visage s'accrut.

— J'aurais aimé arriver plus tôt, dit-il sincèrement.

Pour entretenir la conversation, il demanda :

— Que s'est-il passé ?

— Nous sommes tombés dans une embuscade, répondit-elle en montrant la voiture. Mes hommes pensent que cette ornière a été creusée délibérément et recouverte de branchages afin que le cocher ne la voie pas. Dès que les gardes se sont arrêtés, les MacGregor nous ont attaqués.

— Comment êtes-vous sûre qu'il s'agissait des MacGregor ?

Elle pencha la tête de côté et le considéra d'un air songeur.

— De qui d'autre pourrait-il s'agir ? Du reste, ils portaient sur leurs bonnets la pousse de pin d'Écosse.

Ses yeux se posèrent sur sa tête nue et son visage rasé de frais. Effacer des mois de vie sauvage lui avait fait beaucoup plus de bien qu'il ne l'aurait imaginé.

— Pardonnez-moi, je ne me suis pas présentée, reprit-elle en lui tendant la main. Je suis Elizabeth Campbell.

Ce geste courtois le désarma un instant. Cela faisait une éternité qu'on ne l'avait pas pris pour un gentilhomme. Les yeux fixés sur la main délicate et gracieuse aux doigts fins, à la peau ivoire aussi lisse que celle d'un enfant, il ne savait trop que faire. Enfin, il la prit dans la sienne. Réprimant le désir incongru de réchauffer ses doigts glacés, il se pencha dessus gauchement.

— Patrick, dit-il. Patrick Murray de Tullibardine.

C'était son nom… en partie. Murray était le nom de famille qu'il avait adopté lorsque le clan avait été proscrit.

Elle inclina la tête et le considéra d'un air intrigué :

— Nous sommes-nous déjà rencontrés ?

Il masqua sa tension avec un rapide sourire.

— Je ne crois pas, madame. Je n'oublie jamais un joli visage.

Elle haussa les sourcils, comme si le compliment ne lui plaisait guère.

— Êtes-vous en train de rentrer chez vous avec vos hommes ?

Il secoua la tête.

— Non, nous nous rendons à Glasgow, puis nous traverserons la mer pour aller sur le continent.

Elle sembla vouloir poser une autre question, mais quelque chose l'en empêcha.

— Et quelle est votre destination, madame Campbell ?

Il avait prononcé son nom comme pour se rappeler qui elle était.

Elle se mordit la lèvre, et ses petites dents blanches se pressèrent sur le coussinet rose et tendre de sa lèvre inférieure. Ce geste charmant, féminin, le fascina. Le désir fit fourmiller son entrejambe. Il se secoua et remonta les yeux vers les siens.

Cette fille lui avait déjà posé suffisamment de problèmes. Il ne comprenait toujours pas pourquoi il lui était venu en aide deux ans plus tôt. Une fois retombée la colère d'Alasdair, son cousin l'avait taquiné sans relâche, parlant d'elle comme de « la Campbell de Patrick »...

Le destin de son clan était lié à cette fille, et il ferait bien de se le rappeler.

— Nous nous rendions au château de Dunoon. À Argyll, précisa-t-elle.

Cette précision était superflue. Rares étaient ceux, dans les Highlands, qui ignoraient où se situait ce château d'une importance stratégique, et le fait qu'il appartenait au comte d'Argyll.

— Mais nous devons retourner chercher de l'aide au château Campbell pour nos blessés. Par chance, nous commencions tout juste notre voyage. Le château n'est qu'à une demi-journée de route.

Patrick désigna l'homme dont elle s'était occupée.

— Est-il très mal en point ?

Elle hocha la tête, les yeux emplis de larmes.

— Mais pour l'instant, il est vivant. Je l'ai vu tomber et j'ai cru qu'il avait...

Sa voix se brisa.

— C'est le mari de ma servante et le capitaine des gardes. Il faudrait le ramener au château Campbell, mais il ne peut s'y rendre à cheval.

— Et le carrosse ?

Elle secoua la tête.

— La roue est sortie de l'essieu. Il sera inutilisable tant qu'on ne l'aura pas réparé.

— Qu'allez-vous faire ?

— Emmener quelques gardes et retourner au château Campbell chercher de l'aide. Les autres hommes s'occuperont ici des blessés.

— Et votre servante ?

Elle esquissa un sourire.

— Je crains de ne pouvoir l'arracher à son mari. Alys ne voudra jamais quitter Donnan.

Il fronça les sourcils en comptant les gardes restants.

— Cela ne vous laisse que quelques hommes en guise d'escorte.

— Je n'ai pas besoin d'une grande escorte. Nous nous débrouillerons. Ce n'est pas si loin.

Il leva les yeux vers le ciel.

— Il fera nuit dans quelques heures.

Elizabeth Campbell releva vivement la tête.

— Croyez-vous que... ?

— Ils ne reviendront pas.

Instinctivement, il avança pour la rassurer. Il était maintenant assez proche d'elle pour déceler la délicatesse de son parfum, pour tendre une main et la glisser sur la courbe laiteuse de sa joue. Mais il ne le fit pas. Il garda les mains le long de ses flancs.

À mille lieues de ses pensées, elle s'étonna :

— Vous êtes bien sûr de vous.

— Leur chef aura d'autres chats à fouetter. Par exemple, réparer ce trou dans son ventre.

Une étrange expression apparut sur le visage de la jeune femme, mi-embarrassée, mi-incertaine.

— Je sais que c'est idiot, mais c'est la première fois que je blesse quelqu'un.

Elle se mordit la lèvre à nouveau, petite habitude qu'il commençait à apprécier beaucoup trop.

— Il voulait nous enlever.

Patrick maudit son frère une fois de plus.

— Vous vous êtes bien défendue. Très bien. Où avez-vous appris à utiliser une lame ?

— Ce sont mes frères. J'avais douze ou treize ans lorsqu'ils m'ont enseigné à manier la dague, en me disant qu'un jour j'en aurais peut-être besoin.

Il remarqua le petit frisson qui la secoua.

— Et ma foi, ils avaient raison.

Il fit taire l'étincelle de colère qui l'avait saisi et concentra son attention sur la jeune femme. Sur sa mission.

— Vous avez été très courageuse.

Cette remarque la surprit. Elle pencha la tête et étudia son visage comme si elle se demandait s'il plaisantait.

— Vous trouvez ? Je n'ai jamais eu aussi peur de ma vie.

— C'est précisément pourquoi vous êtes une vraie brave.

— Je ne comprends pas.

— Eh bien... Un jeune homme va s'entraîner durant des années pour devenir un guerrier, il apprendra à se servir de ses armes, à être en forme physiquement, à devenir plus fort. Mais c'est seulement quand il se trouvera pour la première fois sur un champ de bataille que l'on saura à quel genre de guerrier on a affaire. La bravoure et le courage sont faciles à trouver tant qu'il s'agit d'exercices, ce n'est qu'au combat que se manifeste la véritable personnalité. Ce qui compte n'est pas que vous ayez eu peur, mais la façon dont vous avez réagi face à cette peur.

Un coin de sa bouche se retroussa.

— Pour moi, vous avez un cœur de guerrier, conclut-il.

Le sourire de la jeune femme fut d'abord timide, puis il s'étendit à ses joues et ses yeux avec une intensité lumineuse qui lui coupa le souffle. Ce fut comme si le soleil venait de percer les nuages et dardait un rayon sur un endroit resté enfoui dans les ténèbres au fond de lui depuis très longtemps.

— C'est l'éloge le plus gentil qu'on m'ait jamais fait.

La façon dont elle le regardait était dangereuse. Un homme risquait de se perdre dans ce regard. Il remua d'un pied sur l'autre et se tourna vers les gardes qui préparaient les chevaux.

— Nous allons vous escorter jusqu'au château Campbell et veiller à ce que vous rentriez sans encombre.

Elle secoua la tête.

— Non, vous en avez déjà fait beaucoup. Je ne puis vous demander cela.

— Vous ne demandez rien, c'est moi qui le propose.

— Mais, votre voyage à Glasgow ?

Une ombre voila son visage.

— Cela peut attendre.

Il n'était pas le héros qu'Elizabeth Campbell imaginait et ferait bien de s'en souvenir.

Lizzie observait sous ses cils baissés l'homme qui chevauchait à côté d'elle, plus soulagée qu'elle ne voulait l'admettre. La nuit tombait, et elle commençait seulement à prendre vraiment conscience de ce qui avait failli leur arriver. Le visage de MacGregor, ses yeux froids dénués d'humanité resteraient gravés dans sa mémoire. Mais, en présence de Patrick Murray, elle se sentait en sécurité.

À plusieurs reprises, elle se surprit à l'étudier, sans trop savoir que penser de ce formidable guerrier. À n'en pas douter, c'était l'un des plus beaux hommes qu'elle eût jamais vus. Au point de ressentir des frémissements dans le ventre et une faiblesse dans les genoux.

Sa première impression s'était confirmée. Durant le combat, elle avait remarqué les épais cheveux noirs coupés court qui encadraient ses traits parfaits, mais ce fut seulement de près que la magie de cette combinaison s'était révélée. Quant à ses yeux... ils étaient d'un vert extraordinaire. Un vert sombre qui faisait penser aux sapins éclairés par le soleil de l'après-midi. À des vallons verdoyants. Aux Highlands.

Physiquement, il était saisissant. Une poitrine et des épaules massives, des jambes puissantes, les bras musclés d'un homme qui vivait l'épée à la main. Elle avait l'habitude des colosses athlétiques ; ses frères en étaient. Mais jamais elle n'avait été troublée à ce point par la force d'un homme. Sa virilité brute exacerbait sa féminité.

Les jolies femmes devaient se presser autour de lui. Pourtant, Lizzie aurait pu jurer avoir décelé dans ses yeux une émotion qui dépassait la simple politesse. Une émotion brûlante et intense. Une émotion qui accélérait les battements de son cœur et lui donnait la sensation que sa peau avait rétréci.

Ce n'était probablement que le fruit de son imagination. Elle n'était pas le genre de femme à inspirer davantage qu'un sourire poli. D'ailleurs, cela ne la dérangeait pas. Elle compensait son absence de beauté par d'autres qualités, et tirait le meilleur profit de l'éducation qu'elle avait eu la chance de recevoir. L'admiration qu'elle suscitait naissait en général avec le temps, non aux premiers regards.

Quelque chose en lui l'intriguait. Cet air de danger et de mystère... Il lui faisait l'effet d'une énigme qu'elle ne pouvait résoudre. Mais qui attisait sa curiosité...

Il semblait si dur, si distant, un redoutable guerrier dans toute sa splendeur. Un Highlander de la tête aux pieds. L'opposé des hommes suaves et raffinés auxquels elle s'adressait habituellement à la cour. Pourtant, leur brève conversation l'avait touchée de façon inattendue. Son compliment avait été plus troublant que les centaines d'éloges bien tournés qu'elle avait déjà entendus. Tantôt son intensité la terrifiait, tantôt il se montrait plus galant que le plus assidu des courtisans.

Qui était cet homme ?

Sa cuirasse de cuir et ses chausses dénotaient qu'il n'était pas riche. Mais son épée était fine, et son cheval exceptionnel. Il était vêtu comme un homme d'armes, mais se battait comme un chevalier. Il semblait diriger la demi-douzaine d'hommes avec lesquels il était arrivé, cependant il ne s'était identifié ni comme un seigneur, ni comme un chef de clan. Son autorité ne faisait néanmoins aucun doute.

Elle avait déjà fréquenté des gardes, les guerriers chargés de défendre son cousin, mais elle les avait toujours trouvés plutôt frustes et intimidants. Patrick Murray présentait les mêmes caractéristiques, mais il était beaucoup plus attirant.

Lorsqu'il reprit la parole, elle sursauta. Son intonation un peu rauque à la sensualité inattendue contrastait avec son allure.

— Vous sentez-vous bien ? Je connais un endroit un peu plus loin où nous pourrons nous arrêter, si vous désirez vous reposer. Nous en profiterons pour faire boire les chevaux.

Avait-il remarqué qu'elle l'observait ? Ses joues la brûlèrent, et elle se félicita que le jour décline.

— Je vais bien, assura-t-elle rapidement avant de changer de sujet : Cela fait longtemps que je n'ai pas vu sir John et lady Catherine.

Il tourna vivement la tête vers elle.

— Connaissez-vous le seigneur de Tullibardine et sa dame ?

— Assez bien, quoique je ne les aie pas vus depuis quelque temps. Le comte, la comtesse et moi avons séjourné au château de Balvaird, il y a deux ou trois ans. N'y étiez-vous donc pas ?

— Je devais être en voyage, à l'époque.

Elle sourit.

— Quel âge a le petit John, maintenant ? Je ne crois pas avoir jamais vu l'arrivée d'un enfant autant fêtée.

Son sourire s'évanouit. À l'exception du fils de son cousin l'année précédente, se dit-elle, mais cet événement avait été entaché par la mort...

Lizzie sentit les larmes perler au bord de ses paupières. La comtesse, guère plus âgée qu'elle mais qui était devenue presque une mère pour elle, lui manquait encore. Le comte, lui aussi, avait beaucoup souffert du décès de son épouse.

Le visage de Patrick s'assombrit.

— Cinq ans, je crois.

Lizzie compta les années.

— J'aurais dit quatre ans, mais je crois que vous avez raison.

— Il va bientôt être confié à une famille adoptive, qui veillera à son éducation.

Elle acquiesça de la tête.

— Ce sera un crève-cœur pour sa mère.

— Ce sera un crève-cœur pour ses deux parents, je pense.

Elle plissa les yeux. Une fois de plus, il l'avait surprise. La plupart des pères enverraient leurs enfants dans une famille d'adoption sans état d'âme. C'était dans l'ordre des choses. Elle découvrait en Patrick Murray une profondeur inattendue.

— Vous rendez-vous à Glasgow régler des affaires pour le compte de votre seigneur ?

— Non.

La brusquerie de sa réponse l'ébranla.

— Pardonnez-moi, je ne voulais pas être indiscrète.

Ils chevauchèrent en silence un moment, si longuement qu'elle crut qu'il ne reprendrait plus la parole. Enfin, il expliqua doucement :

— Je quitte les Highlands pendant quelque temps.

Le cœur de Lizzie effectua un drôle de petit saut.

— Vous quittez... Mais pourquoi ? laissa-t-elle échapper malgré elle.

Il marqua une pause.

— Besoin de changer d'air.

Lizzie pinça les lèvres afin de ne pas poser la question qui lui brûlait la langue, et reporta son attention sur ses mains qui tenaient les rênes. Bien qu'elle les ait rapidement lavées dans un ruisseau, de la poussière et du sang maculaient encore ses doigts.

— Ces contrées sont chargées de trop nombreux souvenirs, ajouta-t-il.

Elle se tourna de nouveau vers lui, croisa son regard, l'encourageant silencieusement à poursuivre.

— J'ai perdu ma femme il y a quelques semaines. Elle est morte en donnant naissance à notre premier enfant.

Lizzie étouffa un cri, le cœur empli de compassion. Cela expliquait l'expression sinistre qui avait traversé son visage à l'évocation de l'enfant de sir John.

— C'est terrible ! Je vous présente toutes mes condoléances. Vous deviez l'aimer profondément.

Il acquiesça d'un signe de tête et ramena les yeux sur la route, évitant les siens. Hormis sa mâchoire contractée, il ne trahissait aucune émotion, mais Lizzie le sentait frémir sous la carapace.

— Qu'allez-vous faire ? demanda-t-elle.

Il haussa les épaules.

— Je ne sais pas. Me battre, je suppose. J'en ai l'expérience. Un homme sachant manier l'épée trouve toujours à s'occuper.

Un mercenaire. Comme son frère Duncan. Elle ne comprit pas pourquoi cela la contrariait autant. Qu'un homme puisse gagner sa vie et se faire un nom d'une telle manière...

Un silence gêné tomba entre eux. Quelques minutes plus tard, le groupe s'écarta de la route pour emprunter un chemin plus étroit qui partait en sinuant à travers la forêt, jusqu'au bord d'un petit lac.

Lizzie retint son souffle devant la splendeur naturelle déployée sous ses yeux. Le lac était d'un arrondi presque parfait, encerclé d'arbres hauts dont les branches alourdies par les feuilles pendaient au-dessus de l'eau en un arceau foisonnant. Dans le crépuscule, la pleine lune s'y reflétait déjà tel un disque d'albâtre sur de l'onyx poli.

Il dut remarquer sa réaction.

— Cela vous plaît ?

Il avait mis pied à terre et se tenait à côté d'elle, la main levée pour l'aider à descendre. Elle glissa sa main dans la sienne. Malgré le fourreau neutre des gants entre eux, elle ressentit un étrange crépitement. Une étincelle.

Leurs regards se nouèrent. Le cœur de Lizzie se mit à voltiger comme un oiseau en cage. Grand Dieu ! Il était magnifique. C'était un visage capable de faire perdre la tête à une femme...

Non ! Plus jamais.

Elle détourna les yeux et descendit rapidement de cheval, ôtant sa main et s'efforçant de maîtriser la rougeur de ses joues.

Elle était si consternée de sa fébrilité qu'elle ne savait que faire. Lizzie se comportait généralement sans aucune gêne en présence des hommes. Pourtant, elle se surprenait maintenant à vouloir impressionner Patrick Murray, et son assurance semblait l'avoir désertée.

Il la considérait curieusement, et elle se rendit compte qu'il lui avait posé une question. Elle déglutit et fit un effort pour se la rappeler... Ah oui, le lac.

— C'est charmant. Comment se fait-il que nous soyons à quelques milles du château Campbell et que je ne sois jamais venue ici ? Pourtant vous, qui n'êtes pas d'ici, connaissez cet endroit.

— Il existe encore quelques acres de forêts, dans ces contrées, que je ne connais pas.

Ces mots semblaient dissimuler quelque chose, mais avant qu'elle ne puisse l'interroger, il ajouta d'une voix cassante :

— Faites ce que vous avez à faire, mais ne vous aventurez pas trop loin. La nuit va tomber.

Il se détourna abruptement et s'éloigna vers les arbres, laissant Lizzie contempler son dos et ses larges épaules crispées. Elle prit une inspiration. Cet homme était un roc.

Elle se demanda ce qu'elle avait pu dire pour le mettre en colère et voulut le rappeler, mais elle y renonça. C'était un étranger. Un simple garde. Non un homme auquel elle devait s'intéresser. Cependant...

Non. Elle s'extirpa du fil dangereux de ses pensées. Lizzie savait quel était son devoir. Elle soupira en regardant disparaître le beau guerrier.

Les heures passaient, et Patrick saignait toujours. Au lieu de faire un numéro de charme à Elizabeth Campbell, il ferait mieux de s'occuper de sa blessure avant de se trouver mal. S'il s'évanouissait, elle risquait de ne plus vouloir de lui comme garde du corps.

Comment, d'ailleurs, pouvait-il s'imaginer qu'il avait du charme ? Peut-être avait-il plus de prestance que la plupart des hommes de son clan, mais ce n'était pas difficile. Les MacGregor étaient tous brutaux et endurcis par des années de persécution acharnée.

Mais quelque chose chez Elizabeth Campbell le désarmait. Elle était si simple et si naturelle qu'il avait envie de bavarder pendant des heures avec elle. Lorsqu'elle levait vers lui ses grands yeux bleus qui mangeaient son visage pâle et sérieux, elle paraissait si vulnérable que l'idée de la berner lui faisait horreur.

C'était une femme à protéger et à chérir. Un objet de porcelaine fragile et délicat.

Avant de s'éloigner, il l'avait aperçue qui parlait à ses hommes et leur tendait de la nourriture. Comme il l'avait déjà remarqué auparavant, elle faisait passer les besoins des autres avant les siens. Une femme de devoir. Une véritable châtelaine.

Pressé de se soigner avant que quelqu'un ne remarque son malaise, il longea le lac à la recherche d'un coin tranquille. Après s'être délesté de ses armes et de sa cuirasse, il ôta le linge imbibé de sang. Il ne s'était pas trompé : les boyaux d'animaux avec lesquels on avait recousu sa blessure s'étaient rompus. S'il avait le temps de faire un feu, il poserait une lame incandescente contre la blessure pour faire cesser l'hémorragie. Et tant pis s'il enfermait le poison à l'intérieur.

La douleur, bien qu'aiguë, ne l'empêchait pas de bouger. Il avait connu pire. Bien pire, songea-t-il en grimaçant. Le froid en permanence, l'humidité, la faim, les privations… Le simple confort d'un foyer et d'une maison lui était refusé depuis trop longtemps.

Mais cela changerait bientôt.

Rapidement, il s'occupa de sa plaie. Après l'avoir rincée à l'eau claire, il déchira un morceau d'une chemise en coton et s'en ceignit étroitement la taille.

Il était imprudent de laisser la blessure ainsi, mais Patrick n'y pouvait pas grand-chose pour l'instant. Il n'osait pas courir le risque qu'on lui demande comment elle lui avait été infligée.

Constatant que le sang ne tachait pas immédiatement son bandage, il estima que ses efforts étaient couronnés de succès. Cela suffirait pour l'instant. Après s'être rhabillé, il rejoignit ses hommes.

Il promena son regard autour de lui. Les quelques gardes des Campbell qui les avaient accompagnés étaient assis au bord du lac. Il ne pensait pas les avoir déjà croisés, mais il devait rester prudent. L'un d'eux en particulier, Finlay, ne lui inspirait rien de bon.

Robbie, l'un de ses plus jeunes guerriers qui se battait à ses côtés depuis trois ans, plissa les yeux lorsqu'il revint.

— Ça s'est rouvert ?

— Ce n'est rien.

Robbie jura.

— On vous couperait les deux jambes et vous traîneriez vos boyaux derrière vous, vous continueriez à prétendre que tout va bien ! Votre sœur va me traiter de tous les noms si la fièvre vous emporte.

— J'ignorais qu'Annie avait envoyé un de ses soupirants pour m'espionner.

Robbie piqua un fard. Le béguin du jeune guerrier pour la sœur cadette de Patrick était connu de tous. Cependant, Annie avait donné son cœur depuis longtemps à Niall Lamont. Mais le deuxième fils de Lamont d'Ascog était un homme ambitieux, désireux de se faire un nom comme guerrier. S'il se mariait, ce serait pour consolider les alliances de son clan. Il ne choisirait pas pour épouse une MacGregor. La pauvre Annie allait au-devant d'une grande désillusion, pourtant elle refusait d'entendre raison.

— C'est elle qui vous a recousu, elle ne voulait pas voir son travail gâché.

— Ma sœur ferait mieux de s'occuper de ses affaires.

Robbie éclata d'un petit rire.

— C'est un trait de famille, lança-t-il, avant de baisser la voix : Au moins, votre plan a l'air de porter ses fruits.

— Pour l'instant, oui.

— Aucun problème ?

— Un seul, reconnut-il.

Il aurait dû se douter qu'elle connaîtrait Tullibardine et son épouse. Par chance, le souvenir qu'avait Patrick de l'âge de l'enfant avait été presque juste. Il n'avait vu le seigneur qu'une fois, et assez longtemps auparavant.

— Je m'en suis sorti.

Comme il l'avait prévu, s'inventer une veuve et un enfant lui avait épargné d'autres questions. Mais il n'aimait pas le mensonge, si nécessaire soit-il.

Robbie regarda autour d'eux.

— Où est-elle passée ?

Ils la cherchèrent des yeux, et Patrick fronça les sourcils.

— Je n'en sais rien. Prépare les chevaux. Je pars à sa recherche.

Il se mit à marcher dans la direction qu'elle avait empruntée. Elle ne s'était pas absentée depuis plus de dix minutes, mais elle aurait dû être revenue.

Il fit quelques pas et l'appela. Le cri qu'il entendit en retour glaça le sang dans ses veines. Il tira l'épée de son fourreau et se précipita.

3

Agenouillée au bord du lac, Lizzie nettoyait ses mains des dernières traces de l'échauffourée. Si seulement les souvenirs étaient aussi faciles à éliminer... Elle pleurait les hommes qui étaient morts aujourd'hui, plaignait leurs familles et la douleur qu'elles connaîtraient lorsqu'elle leur apprendrait la nouvelle.

Au début, elle prit les bruits qu'elle perçut derrière elle pour ceux des feuilles agitées par le vent. Mais elle sentit soudain le poids d'un regard sur elle. Le duvet sur sa nuque se dressa comme autant de sentinelles l'alertant d'un danger, pourtant elle s'efforça de garder son calme.

Ce n'était sûrement rien.

Elle sécha ses mains dans ses jupes, se releva lentement, puis se retourna. Et s'immobilisa, pétrifiée. Ce n'était pas « rien ». À quelques mètres d'elle, dans l'ombre des arbres, se dressait un loup solitaire. Ses yeux dorés la fixaient, et lui rappelèrent étrangement le regard du guerrier MacGregor. C'était le regard d'un chasseur, un regard qui ne laissait place à aucune pitié.

Il était assez près pour qu'elle voie l'humidité de sa truffe noire et les reflets gris de son pelage sombre. Ses babines retroussées sur un rictus sinistre dévoilaient de longues dents acérées. Il était immense.

Le cœur de Lizzie battait si vite qu'il en était douloureux.

Elle entendit Patrick l'appeler et, en réponse, le loup hurla. Elle garda le silence, de crainte de provoquer la bête féroce.

En entendant le bruit des pas qui s'approchaient, le loup gronda et sa fourrure se hérissa. Il se ramassa sur lui-même, l'écume à la gueule, prêt à bondir.

Elle retint son souffle.

— Ne bougez pas.

La voix grave et calme de Patrick Murray était le son le plus doux qu'elle eût jamais entendu.

Bouger ? Elle en aurait été incapable. Ses pieds semblaient cloués au sol.

— D-d-d'accord, chuchota-t-elle.

Patrick jeta un caillou dans la direction du loup. Au lieu de l'effrayer, cela parut le rendre plus féroce encore. Sans doute croyait-il que l'homme voulait empiéter sur son territoire. La bête avait jeté son dévolu sur Elizabeth et était prête à en découdre.

Le loup attaqua sans prévenir ; en quelques secondes, il fut sur Lizzie. Elle n'eut pas le temps de respirer, ni même de proférer le cri qui s'étranglait dans sa gorge. Deux pattes avant lui heurtèrent brutalement la poitrine et l'écrasèrent au sol, lui coupant le souffle.

L'espace d'une terrible seconde, elle sentit son poids étouffant sur elle. L'horrible odeur de sa fourrure et de son haleine la submergea. Ses dents étaient si tranchantes...

Soudain, le poids disparut.

Patrick s'était jeté sur la bête, un bras replié sous son cou, comme s'il s'agissait d'un adversaire humain. Les dents de l'animal étincelaient au clair de lune tandis qu'ils se débattaient tous les deux dans un grondement furieux. L'homme et la bête rivalisaient en force et en détermination.

Fascinée, Lizzie regarda le guerrier soumettre l'animal féroce aussi aisément qu'il l'aurait fait d'un lapin. Elle n'avait jamais rien vu de tel ; sa force était extraordinaire. Le muscle de son bras saillant sous sa cuirasse, il lutta jusqu'à ce que le loup retombe, inerte.

Alors seulement il le lâcha, avant de se précipiter vers elle.

— Allez-vous bien ?

Elle fit oui de la tête tandis qu'il l'aidait à se relever.

— Je... Je vais bien.

Mais la tension eut raison d'elle. Elle tenait à peine debout. Son corps se mit à trembler, incontrôlable, sa gorge se noua et des larmes brûlantes perlèrent à ses cils.

Il était si près d'elle, tout en force virile, solide et sûr. Son vaillant défenseur. Naturellement, elle chercha l'étreinte rassurante de ses bras. Elle se jeta à son cou et enfouit la tête contre la muraille de sa poitrine. Son odeur était merveilleuse. Chaude. Il sentait le cuir, les aiguilles de pin. Elle ferma les yeux en savourant ces senteurs masculines. Et cette fois, les larmes coulèrent.

Patrick MacGregor, connu pour sa froide autorité, son aptitude au combat et sa dureté, se trouva complètement désemparé. Il baissa les yeux vers la tête blonde lovée contre lui. Il ne savait absolument pas quoi faire. Sa poitrine fut saisie d'un pincement étrange. Une bouffée de chaleur s'apparentant à... de la tendresse. Une émotion qui lui était totalement étrangère.

Au bout d'un instant, il se détendit et agit instinctivement, laissant ses bras l'envelopper et la serrer contre lui.

C'était probablement la seule chose à faire, se dit-il malgré les sanglots qui redoublèrent, car tous les muscles de la jeune femme semblèrent pousser un soupir de soulagement et elle se ramollit contre lui.

Un puissant désir de la protéger le taraudait. Quelle ironie, avec la mission qu'il s'était fixée !

Il était heureux qu'elle lui ait fait confiance. Il ne devait pas s'y fier cependant, car les événements de la journée avaient poussé la pauvre fille à bout. N'empêche, il aimait cela.

La tenir ainsi était... agréable.

Plus qu'agréable. Il remarqua malgré lui comme ils s'emboîtaient bien ; la tête de la jeune femme se logeait parfaitement sous son menton, et ses bras à lui faisaient le tour de son corps. Ses cheveux embaumaient la lavande, ils étaient si doux qu'il ne put résister à l'envie de les toucher ; il lui caressa doucement la tête.

Il aurait été incapable de décrire la panique qui l'avait traversé en entendant le hurlement du loup. Pendant une seconde d'angoisse, son cœur s'était paralysé. S'il arrivait malheur à la jeune femme, ce serait lui le coupable. C'était lui qui l'avait entraînée dans cette situation. Elle était sous sa responsabilité.

Au bout de quelques minutes, ses sanglots s'espacèrent, et il prit conscience des effets que produisait cette étreinte. Son incroyable douceur lui mettait le sang en feu. Cela faisait trop longtemps qu'il n'avait pas couché avec une femme, et ce détail se rappelait à lui de façon douloureuse.

Elle renifla et leva vers lui des yeux embués aux longs cils mouillés. Au clair de lune, son visage baigné de larmes luisait d'un éclat opalescent presque surnaturel. Pendant un instant, il n'y eut plus qu'eux deux, un homme et une femme, dans une bulle hors du monde. Une bulle où une héritière Campbell pourrait accepter un prétendant MacGregor. Où la duplicité n'était pas nécessaire. Où l'embrasser paraissait la plus naturelle des choses.

Sa bouche aux lèvres roses et entrouvertes était ô combien tentante... Un dessert sucré et fondant pour un homme affamé. Oui, elle était prête à être séduite. Mais il n'aurait jamais imaginé que son désir pour elle serait aussi fort. Il rêvait de prendre ses lèvres, de glisser sa langue dans sa bouche jusqu'à ce que les battements de son cœur s'accélèrent, jusqu'à ce qu'elle gémisse son nom.

Il baissa la tête.

Et s'interrompit.

Un geste déplacé risquait de tout gâcher. C'était une pauvre jeune fille effrayée, il ne pouvait abuser de sa vulnérabilité. Pas encore.

Il sut qu'il avait eu raison lorsqu'elle agrandit les yeux, semblant soudain prendre conscience de leur intimité, et s'écarta.

— Je suis désolée. Je n'aurais pas dû... Je ne voulais pas...

Un long moment de gêne s'installa, durant lequel elle rajusta maladroitement ses jupes et prit soin de brosser la poussière et les feuilles accrochées à la laine de sa robe.

— Qu'allez-vous penser de moi ?

Elle était confuse, songea-t-il en la voyant éviter son regard.

— Je vais penser que vous aviez peur. Que j'étais là. Il n'y a rien d'autre à penser.

Elle leva les yeux vers lui, timidement. Et esquissa un sourire.

— Me voici à nouveau votre obligée. Merci une fois de plus de m'avoir sauvé la vie. Si vous n'étiez pas arrivé…

Elle frissonna en jetant un coup d'œil à l'animal mort.

Sa gratitude le mit mal à l'aise.

— Je ne vous aurais jamais laissée venir ici, si je m'en étais douté. Mais il est rare de voir des loups dans les parages. Et plus rare encore d'en voir un tout seul.

Lizzie fit une grimace.

— Je préfère ne pas en voir d'autres.

— Votre vœu sera bientôt exaucé, dit-il d'une voix plus dure qu'il n'en avait eu l'intention, avant d'expliquer : Si le roi parvient à ses fins, il n'en restera plus un seul dans les Lowlands. Il y a quarante ans, on devait construire des abris sur les routes pour les voyageurs. Aujourd'hui, on ne croise presque plus jamais de loup.

Peut-être était-ce la raison pour laquelle il se sentait étrangement proche de cet animal. Le roi désirait l'extinction de leur race. Les lois décrétant qu'il fallait éradiquer les MacGregor ne différaient guère, dans leur formulation, de celles visant à supprimer les loups.

— On dirait que leur sort vous inspire de la compassion. Mais vous avez vu ce qui s'est passé. Il faut bien faire quelque chose pour nous protéger d'eux.

— Il n'est pas dans la nature du loup d'attaquer l'homme, en général. C'est uniquement à cause de nous qu'ils sont obligés de se défendre.

— Je ne comprends pas.

— On détruit leurs forêts, on empiète sur leur habitat, on les traque. Ils ont un droit séculaire de vivre sur ces territoires, et on les en prive. Que peuvent-ils faire d'autre que se battre ?

Comme les loups, le clan des MacGregor, dont la devise proclamait qu'ils descendaient des rois (« Royale est ma race »), avait été dépossédé de ses terres, acculé, rendu sauvage et féroce pour protéger ce qui lui appartenait. Rien d'étonnant à ce qu'on les appelle les Fils du Loup.

Intriguée, elle étudia son visage en penchant la tête. Il craignit que son discours enflammé n'en ait révélé plus qu'il ne le souhaitait.

— Un droit séculaire ? Voilà une notion intéressante.

Un petit sourire ourla ses lèvres.

— Elle déplairait fort à l'un de mes cousins, qui détient l'acte de propriété de ces terres.

Elle avait parlé sur le ton de la plaisanterie, mais ses mots étaient on ne peut plus justes. C'était avec cet argument que le comte d'Argyll et son parent Black Duncan Campbell de Glenorchy, Duncan le Noir, avaient spolié les MacGregor de leurs terres. Des centaines d'années de propriété piétinées parce qu'ils n'avaient pas pu exhiber un morceau de parchemin attestant qu'ils en étaient les détenteurs.

Ces paroles lui rappelèrent brutalement pourquoi il était ici : à cause des terres.

Quand il posa de nouveau les yeux sur elle, ce fut avec une froide résolution. Malgré toute sa douceur et son charme, il ne pouvait oublier qui elle était et ce qu'elle pouvait lui apporter. Il avait attendu trop longtemps de récupérer son dû.

Elle est mûre pour être séduite, se rappela-t-il. Elle constitue le moyen de parvenir au but que je me suis fixé.

— Nous devrions retourner au campement. Les autres doivent nous attendre et se demander ce qui s'est passé.

Lizzie lui adressa un grand sourire. Ses yeux pétillaient.

— Nous avons beaucoup de choses à leur raconter. Je crains que vos exploits du jour ne prennent des proportions héroïques.

Peut-être était-ce son sourire, l'étincelle dans ses yeux, ou la force avec laquelle elle avait enduré cette journée éprouvante en réussissant à garder sa bonne humeur, mais Patrick comprit que sa mission s'annonçait plus difficile qu'il ne l'avait escompté.

Voleur, brigand, hors-la-loi, fléau : voilà les qualificatifs qu'il connaissait bien. Pas héros. Pourtant, pendant un moment, cette jeune fille lui donna envie de croire qu'il pouvait en être un. Envie de croire qu'il restait une étincelle dans les braises éteintes de son âme. Qu'il subsistait encore en lui une émotion qui n'était pas ténébreuse.

Hélas, bientôt, il devrait lui prouver le contraire.

4

Peu après leur départ du lac, l'ombre massive du château Campbell apparut. Ses murs de pierre grise se dressaient sur une colline entourée de bois touffus.

À l'instar d'Inveraray, son équivalent dans les Highlands, le bastion du comte d'Argyll dans les Lowlands rappelait de façon imposante la puissance de son clan. La forteresse s'appelait jadis château des Ténèbres, et l'on comprenait aisément pourquoi en voyant son décor majestueux et ses murs austères. Mais pour Lizzie, c'était la maison la plus accueillante qui soit.

Après la journée qu'ils venaient de passer, elle serait soulagée d'atteindre la sécurité du donjon. D'entendre couler les deux rivières à l'ouest et à l'est du promontoire sur lequel avait été bâti le château. Pourtant, curieusement, elle aurait aimé que ce voyage continue. Sans doute une telle pensée n'était-elle pas étrangère à la présence de l'homme qui chevauchait à son côté.

Un homme qu'elle connaissait à peine, mais au cou duquel elle s'était jetée comme… comme… Elle rougit. Comme une vulgaire marie-couche-toi-là.

Ce pauvre homme pleurait encore sa femme et son enfant mort-né !

Avait-elle donc tant besoin d'amour, pour se précipiter dans les bras du premier homme séduisant et gentil qu'elle croisait ?

Malgré la délicatesse dont il avait fait preuve, elle était mortifiée. Avec un physique pareil, il devait avoir l'habitude de plaire aux femmes, mais Lizzie était stupéfaite de son inconvenance. Elle n'avait encore jamais oublié ses bonnes manières au point d'aller chercher le réconfort dans l'étreinte d'un inconnu.

Pourtant, ce moment hors du temps avait été incroyable. Chaud. Confortable. Rassurant… Elle avait eu conscience d'un lien entre eux. Dans ses bras, elle s'était sentie vivante. Comme si son corps se réveillait après un long sommeil.

Cela lui avait fait l'effet d'une révélation, et elle avait éprouvé le désir intense de le toucher. De glisser les mains sur ses bras, de sentir les muscles puissants sous ses doigts, d'effleurer les lignes dures de sa poitrine et de son dos. D'absorber sa force.

Pendant un instant, son cœur avait cessé de battre lorsqu'elle avait cru qu'il allait l'embrasser. Sa bouche était si proche… Ses lèvres larges, sensuelles, le chaume sombre de sa mâchoire, la chaleur épicée de son souffle sur sa main…

Et pourtant, non. Il ne l'avait pas embrassée. Lizzie ne pouvait nier la pointe de déception qu'elle avait ressentie.

Mais cela valait mieux, se disait-elle. Maintenant qu'il les avait raccompagnés en sécurité, il partirait, poursuivrait son voyage au-delà des mers pour échapper aux souvenirs. Sa femme avait eu de la chance, en vérité, d'avoir un homme qui l'aimait tant. Qui l'aimait jusqu'à vouloir quitter son pays après l'avoir perdue.

À l'évidence, il n'avait pas fait son deuil. S'il se montrait aimable et charmant, Lizzie percevait la tristesse qui l'habitait.

Après tout ce qu'il avait fait pour elle, la jeune femme aurait aimé faire quelque chose pour lui.

Elle avait espéré qu'une autre occasion de converser avec lui se présenterait, mais pour s'approcher de leur destination, ils durent chevaucher les uns derrière les autres sur l'étroit sentier semé d'embûches qui contournait le château en arrivant du nord.

Déjà, trop vite, ils avançaient sous l'ombre du grand platane dominant l'entrée et la grille en fer forgé.

Elle le perdit de vue dans la confusion qui suivit leur arrivée. Soudain la cour fut remplie de gens, et un groupe se mit en route sur-le-champ pour aller au secours de ceux qui avaient dû rester près de la voiture. Ce fut seulement lorsque la carriole destinée à ramener les blessés fut partie, et qu'elle eut fini d'annoncer la mauvaise nouvelle aux familles des victimes, que Lizzie put s'assurer qu'on s'était occupé de Patrick et de ses hommes.

Elle scruta la cour encore grouillante de monde. Il faisait nuit, mais des torches allumées sur tout le périmètre éclairaient les visages. Aucune trace de Patrick et des siens.

Ils avaient disparu.

Son pouls s'accéléra. Ils n'étaient tout de même pas déjà partis ?

Elle arrêta l'un des gardes qui passaient devant elle.

— Finlay…

Finlay était le garde le plus fidèle de son cousin. Elle ne le connaissait pas bien, mais devinait chez lui une ambition certaine. C'était un homme fruste et brutal dont le visage correspondait au caractère. Le dôme de sa tête chauve se confondait avec son cou épais ; il lui faisait penser aux phoques des îles Hébrides. Son nez était aplati. Il compensait sa taille modeste en largeur. Il était bâti comme un taureau. Sa poitrine était aussi large et aussi ronde qu'un tonneau de bière.

— Madame ?

Son sourire dévoilait une bouche aux chicots jaunes tachetés de marron.

Lizzie réprima son dégoût et parvint à lui rendre son sourire.

— Avez-vous vu les hommes avec lesquels nous sommes arrivés ?

— Les hommes de Murray ?

Elle hocha la tête en dissimulant son impatience.

— La dernière fois que je les ai vus, ils étaient à l'écurie.

Soulagée, elle le remercia brièvement et s'éloigna.

La porte de l'écurie était ouverte, et une forte odeur d'humus l'assaillit lorsqu'elle franchit le seuil. La paille sur le sol s'accrochait à l'ourlet de ses jupes.

— Pourquoi pas ? disait l'un des gardes de son cousin à un autre. Quelques hommes d'armes supplémentaires et leur épée ne seraient pas de trop.

Son interlocuteur ne répondit pas car, en la voyant, il s'éclaircit la gorge et la conversation s'arrêta. Un peu trop vite pour éviter qu'un malaise ne s'installe.

Tous les yeux étaient tournés vers elle.

Lizzie s'efforça de ne pas rougir. Elle se sentait parfaitement déplacée dans ce lieu éminemment masculin. La châtelaine, rôle qu'elle endossait depuis la mort de la comtesse, n'avait pas pour habitude de se rendre dans les écuries.

Sachant qu'être l'objet de l'attention générale réveillerait son bégaiement, elle prit le temps de respirer profondément avant de parler :

— On a disposé de quoi boire et manger dans la grande salle.

Elle se tourna vers Patrick.

— Et on vous installera des paillasses.

— Nous serons heureux de nous restaurer, mais nous ne voulons pas déranger. Nous allons repartir.

Lizzie fronça les sourcils et plissa les yeux. Était-ce son imagination ou était-il un peu pâle ?

— Cela ne dérange personne. Après tout ce que vous avez fait pour nous, c'est la moindre des choses, déclara-t-elle en souriant. Vous pouvez certainement attendre demain avant de reprendre votre voyage.

— Certes, mais...

— C'est tout naturel, coupa-t-elle pour l'empêcher de refuser.

Il fallait absolument qu'il reste. Au moins un peu. Elle se tourna vers le jeune homme brun qui se tenait à son côté.

— Vos hommes seraient heureux de dormir au sec sur une paillasse confortable, n'est-ce pas ?

Son sourire encourageant ne fit qu'embarrasser l'intéressé.

— Je...

Il se tourna vers son chef, désemparé. Patrick eut pitié de lui. Il s'inclina en signe de reddition, et un sourire ourla ses lèvres.

— Comment décliner une requête aussi charmante ?

Lizzie lui adressa un sourire espiègle.

— D'aucune manière.

— Dans ce cas, nous acceptons avec plaisir votre hospitalité pour la nuit.

Elle battit des mains.

— Merveilleux !

Leurs regards se croisèrent, et un étrange frémissement parcourut à nouveau son corps. Elle avait l'impression d'être sur le point de fondre comme la neige sous le soleil.

— Y avait-il autre chose, madame ? demanda-t-il poliment.

— Non, je...

Elle baissa les yeux, les joues en feu, comprenant soudain qu'elle était en train de le contempler fixement. Par chance, la plupart des autres étaient repartis vaquer à leurs affaires. Elle déglutit et reprit, plus posément :

— Vous êtes impatient de partir, dirait-on.

Il avait sorti une brosse de la sacoche attachée à sa selle et commença à étriller son étalon à la robe noire et luisante. Impossible de ne pas remarquer sa puissante musculature.

La bouche un peu sèche, Lizzie dut s'humecter les lèvres pour terminer :

— Un travail vous attend-il sur le continent ?

Il la regarda, et elle sentit son ventre se nouer.

— Rien de particulier, non, mais il y a toujours de la demande pour qui manie bien l'épée. Pourquoi ?

Elle toussota nerveusement.

— Je souhaiterais pouvoir vous remercier pour tout ce que vous avez fait.

Il balaya sa gratitude d'un geste.

— N'importe qui en aurait fait autant.

Jamais elle n'avait rencontré un homme qui détestait à ce point les louanges.

— Laissez-moi au moins vous payer pour…

Le regard du guerrier devint glacial.

— Ce ne sera pas nécessaire.

Lizzie comprit qu'elle l'avait offensé. C'était un homme orgueilleux, et l'idée d'une récompense avait atteint son honneur. Curieuse réaction, songea-t-elle cependant, de la part d'un homme prêt à vendre son épée au plus offrant.

Elle lui prit le bras. Ses muscles étaient durs sous ses doigts.

— Pardonnez-moi, je ne voulais pas vous blesser.

Son expression était impénétrable. Il baissa les yeux sur sa main.

Elle l'ôta, gênée.

Il releva alors la tête et reprit sa tâche, qu'il termina quelques minutes plus tard.

— Puis-je me laver avant le repas ?

— Bien entendu. Je vais vous montrer vos quartiers. Emportez vos affaires, si vous voulez.

Il opina de la tête, détacha sa sacoche et la plaça en travers de ses épaules. Ses hommes en firent autant et le suivirent dans la cour. Elle les conduisit dans l'un des bâtiments en bois construits à côté du donjon, qui abritait les gardes du château. C'était une vaste pièce dotée d'un plancher. Un feu était allumé dans la cheminée. Les lieux étaient sobres, mais chauds et secs.

— Une servante va vous apporter de l'eau.

Elle jeta un coup d'œil aux hommes fatigués et sales, et ajouta :

— Puis vous viendrez manger.

Il s'apprêtait à discuter, mais elle le réduisit au silence d'un regard et croisa les bras. Il esquissa un sourire :

— Merci.

Elle allait partir quand elle s'immobilisa à nouveau et l'examina avec attention :

— Êtes-vous sûr que vous vous sentez bien ?

— Il ne me manque qu'un repas et une bonne nuit de sommeil.

Habilement, il dévia la conversation.

— Et vous ? Cela fait des heures que vous êtes debout à vous occuper de tout le monde.

— Il y a beaucoup à faire, répliqua-t-elle.

— Mais tout ne doit pas être fait par vous, j'espère ? Vous devez être épuisée, et pourtant je ne vous ai pas vue vous asseoir. La châtelaine n'a-t-elle donc pas droit au repos ?

Il l'avait observée, et semblait réellement soucieux. C'était la première fois qu'un étranger se faisait du souci pour elle. Quelque part au milieu de son ventre, naquit une onde de chaleur.

— La journée a été difficile, reconnut-elle. Toutes ces vies perdues… Mais cela aurait été bien pire sans vous.

Soudain, une idée la frappa. Une évidence. Pourquoi n'y avait-elle pas songé plus tôt ?

Lizzie ouvrit la bouche, puis hésita. Que savait-elle vraiment de lui ?

— Je…

— Oui ?

Elle se redressa. Elle en savait suffisamment.

— J'ai une proposition qui pourrait nous convenir à tous les deux.

— Quelle proposition ?

— Je sais que vous comptez quitter l'Écosse, mais la mer est bien loin d'ici.

— En effet.

— Vos hommes et vous cherchez à travailler, or, avec les MacGregor à l'affût et les pertes que nous avons subies aujourd'hui, nous avons besoin de davantage de protection.

Il plongea les yeux dans les siens.

— Suggérez-vous que nous restions à votre service ?

— Ne serait-ce pas la solution idéale ?

Il ne paraissait pas convaincu.

— Je ne sais pas, hésita-t-il.

— Y réfléchirez-vous, au moins ? Vous n'êtes pas obligé de me donner une réponse sur-le-champ. Restez quelques jours, découvrez les environs, rencontrez les autres hommes, puis vous vous déciderez.

Il la dévisagea un instant, insondable, puis :

— Soit. J'y réfléchirai.

Lizzie sourit. C'était la solution idéale. Comme elle était heureuse d'avoir eu cette idée !

Tout avait été encore plus facile qu'il ne l'avait espéré... et, pour comble, elle pensait que l'idée venait d'elle.

Il aurait dû être content, songeait Patrick en regardant Elizabeth Campbell s'éloigner. Non seulement il avait réussi à s'infiltrer dans la maison, mais il ne lui était pas indifférent. Pourtant, ce qu'il éprouvait n'était pas de la satisfaction, mais un sentiment qui s'apparentait à la culpabilité. Quelle ironie pour un homme réputé impitoyable !

Insensible. Froid. Distant. Il avait entendu tous ces qualificatifs, et généralement de la part du sexe féminin. Mais il ne faisait jamais de promesses. Au contraire, il était d'une franchise cruelle. Ce n'était pas sa faute si les femmes refusaient de croire la vérité.

Tenir au loin les émotions ne lui avait jamais été difficile, il en serait de même cette fois-ci. Son attirance pour Elizabeth Campbell ne l'empêcherait pas de faire ce qu'il avait à faire.

Robbie vint se placer à côté de lui.

— Félicitations, capitaine. Vous allez vite en besogne. Et vous jouez merveilleusement la comédie.

Patrick entendit un de ses hommes grogner et se tourna vers lui.

— As-tu quelque chose à dire, Hamish ?

L'homme, plus âgé que lui, secoua la tête avec dégoût.

— Vite en besogne ? Tsss… vous ne l'avez même pas prise ! Du temps de mon père, quand on voulait une fille, on la prenait. Un point c'est tout.

— Certes, le bétail se laisse monter, pourquoi pas une femme ? ironisa Patrick.

L'autre ne saisit pas le sarcasme.

— Ça lui a bien suffi comme cour, à ma mère. Pas besoin de regards énamourés et de toutes ces histoires de séduction.

Robbie et Patrick échangèrent un clin d'œil. Difficile d'imaginer quelqu'un courtiser la pomme fripée qu'était la mère de Hamish.

— Pauvre vieux, lui lança Robbie. C'était le bon temps. Mais n'oublie pas ce qu'a dit le capitaine. Un mariage forcé entraîne trop de problèmes, et serait facilement annulé. Nous voulons être propriétaires des terres, et pour cela, il faut le consentement de la fille.

Patrick acquiesça. Pour récupérer leurs terres, il leur fallait faire preuve de stratégie et s'adapter au monde présent. Un monde dans lequel l'autorité du roi ne pouvait être contestée. Aussi, plutôt que de kidnapper Elizabeth Campbell et l'obliger à l'épouser, il userait d'un moyen de persuasion plus subtil.

— Fourrez-lui un bébé dans le ventre et elle n'aura plus rien à dire, grommela Hamish.

C'était grossier, mais juste. Un enfant consoliderait leur union. Et la dot d'Elizabeth Campbell resterait entre ses mains.

— Notre capitaine va la séduire, et elle l'épousera très vite, croyez-moi, déclara Robbie avec assurance.

— Je trouve ma méthode plus simple, s'obstina Hamish.

Patrick éclata de rire, mais il devait admettre que son propre plan lui avait paru plus simple quelques semaines plus tôt. À l'époque, après la bataille de Glen Fruin, ils avaient dû prendre leurs jambes à leur cou et se terrer sur l'une des petites îles du loch Katrine.

Quatre cents MacGregor s'étaient battus à Glen Fruin contre des Colquhoun deux fois plus nombreux et, s'ils ne déploraient que peu de pertes humaines, l'une avait été particulièrement cruelle : Black John, le frère de leur chef suprême Alasdair et, tant que ce dernier n'avait pas de fils, son héritier et second. Position qui revenait, pour l'instant du moins, à Patrick. Or il ne désirait nullement prendre la tête de cette bande de brigands. Les MacGregor, y compris certains des hommes de sa famille, étaient tout simplement incontrôlables.

Alasdair avait décidé de séparer ses hommes. Il essayait ainsi de protéger l'avenir de leur clan. Car s'ils restaient ensemble, ils risquaient de périr jusqu'au dernier.

On disait, sur l'île, que le roi avait appelé tous les hommes âgés de seize à soixante ans à Lennox pour venir exterminer les MacGregor. Apparemment, cette fois, le terrain ne les en dissuadait pas. Les rives du loch Katrine étaient pratiquement inaccessibles, tout en falaises et forêts impénétrables.

Où aller ? Ils n'avaient guère le choix. Peu de gens accepteraient de les accueillir sur leurs terres et risquer la colère du roi, qui avait rendu passible de la peine de mort l'hospitalité accordée aux MacGregor. Pire, Argyll avait nommé l'Exécuteur, Jamie Campbell, responsable de leur traque. Patrick l'avait croisé suffisamment de fois pour savoir qu'il ne lâcherait jamais prise.

Il regrettait amèrement l'occasion manquée de les avoir débarrassés de cet homme deux ans plus tôt, lors des jeux.

Un soir autour du feu, Patrick avait révélé son plan.

— Mes hommes et moi irons à Balquhidder.

Alasdair lui avait adressé un regard appuyé.

— Glenorchy ne possède plus ces terres.

Patrick s'était figé.

— Explique-toi, cousin.

— Argyll et Glenorchy sont à nouveau ennemis.

Les deux branches du clan Campbell se querellaient régulièrement, ce qui n'était pas pour déplaire aux MacGregor. Tant qu'ils se battaient, ils ne s'uniraient pas contre eux.

— Qu'ont à voir leurs querelles avec mes terres ?

Alasdair avait hésité. Il savait Patrick déterminé à reprendre possession des propriétés de son père.

— Argyll a récupéré ces terres pour la dot de sa cousine.

Patrick avait serré les poings. Des terres appartenant aux MacGregor depuis des centaines d'années ! Des terres qui leur avaient été volées deux fois, d'abord par Argyll, qui avait fait d'eux les métayers de leurs propres terres, puis par Glenorchy, qui refusait même de les reconnaître en tant que métayers.

Il s'était contraint à garder son calme, à oublier la haine et l'amertume familières. Les Campbell avaient payé pour leur injustice, mais ce ne serait jamais assez.

Brusquement, il avait sursauté et dardé les yeux sur son chef.

— Quelle cousine ?

Alasdair et leur oncle Duncan avaient échangé un regard.

— Elizabeth.

— Elizabeth Campbell, celle de Patrick ? avait demandé Gregor.

— Oui, répondit Duncan.

Patrick était demeuré impassible. La fille qu'il avait jadis aidée était devenue propriétaire de ses terres...

— À qui est-elle fiancée, cette fois ? avait interrogé le plus jeune frère de Patrick, Iain.

— À personne. Pour l'instant. Je soupçonne Argyll d'avoir ajouté ce terrain à la dot pour lui donner plus de chances de trouver un mari. Moi-même je l'épouserais, si je n'avais pas à craindre les foudres de Maihri, avait plaisanté Alasdair.

— Elle te trancherait les bourses et te les servirait au dîner, avait répliqué Duncan avec sérieux.

Les hommes s'étaient esclaffés.

L'esprit de Patrick s'enflammait. L'occasion était idéale. Non seulement cela lui procurerait la satisfaction de voir ses terres rendues à sa famille, mais cela offrirait un refuge à son clan. Sans terres, ils avaient dû voler et se nourrir de leur chasse et de leur cueillette. Mais jamais la situation n'avait été aussi terrible. Ses gens allaient mourir de faim, ils ne survivraient pas à un nouvel hiver.

Il fallait agir.

— Je m'en charge, avait décrété Gregor hardiment.

— Pas question ! avait tonné Patrick.

La force de son éclat avait imposé le silence. Lui-même en avait été surpris. Mais la pensée de son frère avec cette fille raffinée…

Il avait modéré son ton :

— C'est moi qui m'en chargerai.

Alasdair n'avait pas eu l'air surpris.

— As-tu un plan ?

— Oui.

Il avait pincé les lèvres.

— Récupérer mes terres.

Alasdair avait froncé les sourcils.

— Tu vas prendre la fille de force ?

Patrick avait secoué la tête.

— Non. Ce serait trop facile pour Argyll d'annuler le mariage.

Il fallait qu'Elizabeth Campbell soit consentante.

— Ce diable de Campbell ne laissera jamais un MacGregor approcher sa précieuse cousine, avait fait remarquer Duncan. Comment comptes-tu l'épouser ?

— Par la ruse, avait-il répondu avec une détermination farouche.

— Et comment comptes-tu t'y prendre ? avait insisté Alasdair.

— Je la séduirai. À son âge, cette fille est certainement mûre pour être séduite.

Elizabeth Campbell était vulnérable. Il le savait. Il avait vu sa déception quand Montgomery l'avait blessée. On aurait presque dit qu'elle s'y attendait. De cela, Patrick pouvait profiter. Quelques mots gentils. Des compliments. Une attention prévenante.

Il se rappelait sa beauté délicate, sa fragilité. Le désir qu'il avait éprouvé de posséder une femme hors de sa portée, une femme qu'il n'avait pas le droit de toucher.

Il la voulait.

Le chef n'avait pas paru convaincu.

— Si quelqu'un découvre ton identité…

— Je sais, avait rétorqué Patrick. C'est un risque. Mais mon visage est moins reconnaissable que le tien.

— C'est vrai, avait concédé Alasdair. Mais la fille ne risque-t-elle pas quand même de te reconnaître ? Peut-être vaudrait-il mieux laisser Gregor s'en charger. Maintenant que mon frère est mort, tu es mon bras droit.

— Pas Gregor, avait rétorqué Patrick.

Il n'avait pas eu besoin de regarder Gregor pour percevoir son ressentiment.

— La fille ne me reconnaîtra pas, elle n'a jamais vu mon visage.

Alasdair avait souri.

— À ce qu'il paraît, un seul coup d'œil suffit pour la plupart des femmes.

Il n'avait pas mordu à l'hameçon. Son cousin adorait le provoquer au sujet de sa beauté. Comme si un élément aussi ridicule comptait pour un guerrier. Du reste, pour l'heure, il n'avait rien de séduisant. Il devrait se trouver de nouveaux vêtements, prendre un bain et se raser avant de rencontrer la demoiselle.

— Je me débrouillerai.

Certes, ce ne serait pas facile, mais une chance sur mille valait mieux que pas de chance du tout.

Le chef avait opiné de la tête.

— Si tu le désires…

— Oui. Le risque est minime, comparé à ce que nous pouvons y gagner.

Non seulement la terre, mais une éventuelle influence auprès d'Argyll.

— Bonne chance, cousin, avait répondu Alasdair.

Bientôt, sa mine sombre s'était éclairée d'un grand sourire.

— J'aimerais bien voir la tête d'Argyll quand il découvrira que l'un des barbares qu'il s'acharne à débusquer dans les Highlands a conquis le cœur de sa cousine.

Patrick lui avait rendu son sourire, mais il savait qu'Alasdair était également en train de le mettre en garde.

Les détails du plan lui étaient venus plus tard. Il fut décidé que Patrick et Gregor partiraient vers Lomond Hill, tandis qu'Alasdair, Iain et Duncan iraient chercher refuge chez les Lamont. Les Lamont seraient réticents à accueillir les hors-la-loi, mais ils avaient une dette envers Alasdair.

Les jours avaient passé. En apprenant d'un garde Campbell, qui avait tendance à lever le coude un peu trop facilement, qu'Elizabeth Campbell se mettait en route pour le château de Dunoon, Patrick avait remercié le Ciel.

Gregor et Hamish auraient voulu enlever la fille, mais il avait réfléchi à un meilleur plan. Au lieu d'attaquer la voiture pour la capturer, il se servirait de cet assaut pour la secourir afin de gagner sa confiance. Personne n'aurait été blessé si Gregor n'avait outrepassé les ordres…

Patrick fut ramené au présent par Robbie :

— Le chef avait raison. Votre joli minois semble beaucoup plaire à la demoiselle.

Malgré l'air rembruni de Patrick, il ajouta :

— Franchement, on se demande pourquoi. Enfin, tous les goûts sont dans la nature...

— C'est pourquoi un jour, une fille s'intéressera peut-être à toi.

Robbie sourit.

— *Une* fille ? Et briser tous les autres cœurs frémissant d'espoir ? Non, contrairement à vous, je ne suis pas pressé de me marier.

Patrick non plus n'était pas pressé de se marier, mais il ferait ce qu'il devait faire pour son clan.

L'expression de Robbie se transforma soudain, et il fronça les sourcils.

— Cette fille... elle n'est pas telle que je l'imaginais.

Patrick se tendit.

— Que veux-tu dire ?

Robbie hésita.

— Elle a l'air... eh bien, gentille. Sur la route, elle veillait à ce que nous ayons assez à manger, elle a partagé avec nous la nourriture qu'elle avait pour ses gardes. Êtes-vous sûr...

— Garde ta compassion pour notre peuple, qui mourra de faim et de froid cet hiver si nous ne faisons rien pour l'aider, répliqua sèchement Patrick.

— Je ne voulais pas...

— C'est une Campbell, nom de Dieu ! jura Patrick. Chaque fois que ton cœur s'attendrit devant son joli visage, représente-toi plutôt ses frères et ses cousins.

Robbie recula d'un pas et le considéra.

— Oui, capitaine. Je m'en souviendrai.

L'accès de colère de Patrick retomba soudainement. Robbie n'avait fait qu'exprimer les mêmes scrupules que lui ; scrupules auxquels il ne s'était pas attendu et qu'il refusait de toutes ses forces.

— Cela vaut mieux que toute autre solution, conclut-il, davantage pour se convaincre lui-même, tandis que Robbie s'éloignait.

Patrick enleva le morceau de chemise qui ceignait sa taille et nettoya la blessure avec l'eau apportée par la servante. Il roula en boule sa chemise souillée et la jeta au feu avant d'en sortir une autre de son sac, en remerciant silencieusement le marchand à qui il les avait volées.

Il grimaça en l'enfilant sans faire de bandage cette fois, mais traita la douleur par le mépris et se dirigea vers la porte. Après un bon repas et une bonne nuit, il serait d'attaque.

Il n'atteignit jamais la grande salle.

5

Lizzie coupa distraitement un nouveau morceau de pain qu'elle tartina de beurre frais et crémeux, bien qu'elle n'ait plus faim. Elle était assise sous le dais, entre le bailli et le barde, au milieu des autres hommes importants du clan. La pièce résonnait des voix fortes des gardes qui noyaient les péripéties de la journée dans de généreuses rasades de bière. Ses yeux vagabondaient à intervalles réguliers vers la porte, tandis qu'elle se demandait ce qui retardait ses invités.

Ce n'était que l'inquiétude de la châtelaine pour ses hôtes, se disait-elle. Mais plus le temps passait, plus ce mensonge lui sautait aux yeux. Son inquiétude ne portait que sur un homme.

Patrick Murray l'obnubilait. Tout en lui était intense, spectaculaire, de son visage à la beauté frappante à sa force et aux tourments qu'elle sentait bouillonner en lui.

Elle comprit bientôt qu'il se passait quelque chose d'anormal. Aussi, en voyant le jeune guerrier auquel elle avait parlé plus tôt, Robbie, apparaître à l'entrée de la grande salle et scruter désespérément les alentours, elle traversa vivement la pièce pour se précipiter vers lui.

— Quelque chose ne va pas ?

Robbie hocha la tête.

— C'est le capitaine, madame.

Son cœur manqua un battement.

— Que s'est-il passé ?

Robbie était mal à l'aise. On aurait dit qu'il se demandait s'il faisait bien de parler.

— Je vous en prie, dites-moi tout. Je souhaite seulement vous aider, l'implora-t-elle doucement.

— Il est inconscient, madame.

Il baissa la voix :

— J'ai cru qu'il était mort. Il a perdu beaucoup de sang.

— Est-il blessé ? s'alarma Lizzie, incapable de maîtriser le ton perçant de sa voix.

— Oui.

— Mais… comment… ?

Elle passa en revue les événements de la journée. Elle avait deviné qu'il y avait un problème.

— A-t-il reçu une flèche ?

Le jeune guerrier secoua la tête.

— Non, un coup d'épée au flanc.

Comment avait-elle pu ne pas remarquer une blessure aussi grave ?

— Mais quand ? Comment est-ce possible ?

Voyant Robbie de plus en plus mal à l'aise, elle reprit :

— Peu importe. Ne perdons pas de temps.

Elle fit signe à une servante et ordonna que la guérisseuse les rejoigne immédiatement dans les dépendances avec ses potions. Elle demanda à la fille d'apporter également de l'eau chaude et des linges propres. Et du bouillon. Et beaucoup de whisky.

Quelques minutes plus tard, elle pénétrait dans le baraquement avec Robbie. Les hommes de Patrick l'avaient allongé sur une paillasse et, regroupés autour de lui, le contemplaient, désemparés. Lizzie leur fit signe de s'éloigner et s'agenouilla à côté de l'homme inconscient. Un nœud lui serrait la gorge et la poitrine.

Qu'il produise un tel effet sur elle la surprenait. Peut-être était-ce le choc de voir un guerrier aussi grand, aussi puissant et aussi vigoureux soudain terrassé. Son visage était exsangue. L'angoisse la fit frissonner, et elle comprit les craintes de Robbie : on l'aurait dit mort.

Lizzie posa une main sur sa joue : sa peau était froide et moite. Elle se pencha au-dessus de lui et approcha la joue de sa bouche ; elle laissa échapper un soupir de soulagement en sentant la chaleur de son souffle irrégulier.

Quoique faible, c'était un signe de vie, et elle avait bien l'intention de s'y accrocher.

Il ne mourrait pas.

Fiona, la guérisseuse, arriva et, avec l'aide de Robbie et d'un autre homme, ils ôtèrent au blessé sa cuirasse et sa chemise. Progressivement, Lizzie découvrit ses larges épaules, ses bras aux muscles puissants, sa poitrine solide qui semblait forgée dans l'acier.

Seigneur !

Elle eut l'impression d'être traversée par un éclair. Sa bouche s'assécha tandis qu'elle le fixait, pétrifiée par ce modèle de virilité. Jamais elle n'avait vu un buste pareil. La forme de chaque muscle était sculptée comme dans la pierre.

Sur sa peau sombre et lisse, quelques cicatrices témoignaient de sa profession de guerrier. C'était un homme qui vivait grâce à la lame de son épée, et son corps en portait les marques.

Ses mains fourmillaient, tant était vive la tentation de les poser sur ces muscles si bien dessinés.

Il était magnifique. Lizzie fut saisie d'une bouffée de chaleur. De désir. Une sensation qui la bouscula avec l'intensité d'un raz-de-marée.

Jusqu'à ce que la guérisseuse baisse encore un peu plus la chemise et exhibe la blessure béante sur son flanc.

Elle retint un cri et son estomac se souleva. Comment avait-il pu tenir debout, chevaucher pendant des heures, avec une déchirure pareille ?

La plaie était longue, rouge et à vif, souillée par d'épaisses croûtes de sang et des lambeaux d'étoffe. Un filet rouge coulait le long de son flanc. Tout son côté et son ventre étaient maculés par des traces de sang qu'il avait manifestement tenté de nettoyer.

Elle leva les yeux vers la guérisseuse, qui comprit la question qu'elle n'osait formuler.

— Le sang qui coule est rouge, madame, dit la vieille femme pour la rassurer.

Cela ne s'était donc pas encore infecté. Mais il avait perdu beaucoup trop de sang.

Fiona commença à questionner ses compagnons et s'impatienta de leurs réponses vagues. Lizzie se demanda si les hommes du clan Murray avaient quelque chose à cacher. Enfin, elles purent déterminer que la blessure remontait à plusieurs semaines. On la lui avait refermée avec des points rudimentaires, mais elle avait dû se rouvrir aujourd'hui pendant le combat.

Autrement dit, il saignait depuis des heures.

La poitrine de Lizzie se comprima lorsqu'elle pensa à l'attaque du loup, à cette lutte qui avait dû saper davantage encore les forces de Patrick. Pourtant, il l'avait bien dissimulé. Jamais elle n'aurait deviné qu'il était aussi grièvement atteint.

Pourquoi n'avait-il rien dit ?

Elle pinça les lèvres. À l'évidence, Patrick Murray n'était pas homme à montrer ses failles. Ces satanés Highlanders et leur fierté… Cela devait courir dans leur sang, supposait-elle.

Elle redressa les épaules.

— Que puis-je faire ?

— Nous allons nettoyer la plaie le mieux possible, puis je la recoudrai. J'appliquerai un baume, et ensuite… à la grâce de Dieu.

La guérisseuse ne semblait guère optimiste.

— Non ! décréta Lizzie avec une ferveur qui la surprit elle-même. C'est moi qui vais m'en occuper.

Elle sentit sur elle le poids des regards, et ses joues se colorèrent. Les hommes, cependant, la considéraient d'un air approbateur. Gênée, elle expliqua à la guérisseuse :

— Cet homme m'a sauvé la vie deux fois aujourd'hui. C'est la moindre des choses.

La femme lui jeta un coup d'œil entendu, avant de se tourner vers les hommes de Patrick.

— Il va falloir que vous nous aidiez à le maintenir immobile.

À l'aide de linges humides, elles nettoyèrent soigneusement la blessure. L'anxiété faisait battre le cœur de Lizzie de façon désordonnée. Elle s'efforçait d'agir précautionneusement, mais lorsqu'il tressaillit sous son contact, elle laissa échapper un cri et ôta vivement sa main.

— Vous vous y prenez très bien, madame, l'encouragea Fiona.

— Mais cela lui fait mal.

— Oui, et il aura plus mal encore avant la fin de la nuit. Si vous êtes trop sensible pour…

— Ça va.

Lizzie serra les dents et continua sa tâche. Quand ce fut terminé, elle s'épongea le front, soulagée. Jusqu'à ce qu'elle voie la guérisseuse soulever une flasque.

— Que faites-vous ?

— Le whisky va désinfecter la plaie.

Ayant un jour renversé du vin sur une coupure, Lizzie savait que la douleur serait insupportable.

— Êtes-vous sûre que c'est nécessaire ?

— J'ai déjà pu le constater, madame, intervint Robbie.

Lizzie déglutit et s'arma de courage.

— Faites.

Les yeux de Patrick s'ouvrirent et un cri guttural émergea de ses poumons. Ses gardes le tenaient, mais ce fut terrible de voir son corps se tordre de douleur. Enfin, au bout d'un interminable moment, il s'immobilisa.

La guérisseuse passa un fil de soie dans son aiguille.

— Cela va prendre un certain temps ; je voudrais que vous resserriez les parois de la blessure pendant que je coudrai, demanda-t-elle aux gardes. Tenez-le bien fermement. Les chairs autour de la plaie sont tendres et il va beaucoup souffrir.

Durant l'heure suivante, Fiona s'affaira avec méthode, sous le regard inquiet de Lizzie. Enfin, elles appliquèrent un baume et un bandage propre sur la plaie.

— C'est un miracle qu'il ait pu tenir des semaines avec une blessure pareille. Il a dû souffrir le martyre, soupira la guérisseuse en secouant la tête.

— Le capitaine n'est pas sensible à la douleur comme la plupart des hommes, déclara Robbie avec admiration. Il a enduré bien pire.

Lizzie pinça les lèvres.

— Tout le monde ressent la douleur, objecta-t-elle. Mais certains sont trop obstinés pour l'admettre.

Les hommes la dévisagèrent comme si elle avait blasphémé.

— Et comptez sur moi pour en toucher deux mots à votre capitaine quand il se réveillera, conclut-elle.

En contemplant le beau visage livide de l'homme allongé sur la paillasse, elle pria le Ciel pour avoir l'occasion de le lui dire en face.

Surtout, ne pas se souvenir.

Patrick bataillait contre les images, contre le sommeil, mais le rêve revenait constamment. La scène défilait plus vite, maintenant. L'assaillait avec la violence d'une avalanche. Impossible de se cacher. Impossible d'échapper aux souvenirs...

À présent, la voix mélodieuse de sa mère lui parvenait à travers le rêve.

— Réveille-toi, Pat ! Habille-toi. Vite, mon trésor.

Il ne reconnaissait pas du tout cette voix : sa mère était d'ordinaire gaieté et joie, pas anxiété et terreur. Il ouvrit les yeux. Le visage livide éclairé par une bougie lui parut flotter dans un océan de noir.

Il comprit que quelque chose n'allait pas.

Dehors, un cri déchira la nuit :

— Ils arrivent !

Les Campbell. Les Campbell arrivaient.

Il ressentit le goût amer de la peur. Et la honte. Il avait dix ans. Il était presque un homme. Il n'aurait pas dû avoir peur : il était un guerrier, comme son père. Et comme son père, un jour, il serait le bras droit de son cousin Alasdair Roy.

Il voyait les yeux verts qui le contemplaient avec amour.

— Il va falloir que tu sois courageux, mon trésor. Emmène tes frères et courez au loin dans la forêt. Cachez-vous jusqu'à ce que quelqu'un vienne vous dire qu'il n'y a plus de danger.

Il ne voulait pas partir.

— Et toi ?

— Je reste auprès de ton père avec Annie. Ne t'inquiète pas. Nous serons en sécurité.

Sa mère était née Campbell. C'était la sœur du seigneur de Glenorchy, l'homme qui avait juré de chasser tous les MacGregor.

Patrick secoua la tête.

— Je ne te quitterai pas.

— Il le faut, ordonna-t-elle d'un ton sévère qu'il ne lui connaissait pas. Je veux que tu t'occupes de tes frères. Je compte sur toi.

Dans son rêve, il tenta de discuter, de la supplier de les accompagner, mais elle ne l'écoutait pas. Alors il quitta sa mère, en emportant l'épée qu'elle lui avait confiée, une vraie épée en acier et non pas celle en bois qu'il utilisait habituellement, et il courut dans les bois avec ses frères Gregor et Iain, âgés de sept et cinq ans, jusqu'à ce que leurs poumons menacent d'éclater.

C'est alors qu'il se souvint de son insigne qu'il avait oublié. L'insigne de chef que son père lui avait donné, celui qui se transmettait dans la famille de génération en génération.

— Prends-en bien soin, mon fils, avait-il dit.

Son héritage. Le symbole de son clan. La honte lui donna envie de vomir. Comment avait-il pu l'oublier ?

Son père lui avait fait confiance ; il ne pouvait pas le décevoir.

Ce n'est pas grave ! cria le Patrick adulte au garçon dans son rêve. Mais le garçon ne l'entendait pas. Le garçon pensait qu'il n'existait rien de plus important au monde que cet insigne.

Seigneur...

Patrick laissa ses frères en leur interdisant de bouger et revint sur ses pas.

Il sentit d'abord la fumée. Elle nappait la nuit d'un brouillard épais, et lui brûla la gorge lorsqu'il courut vers le donjon ; sa lourde épée traçait un sillon dans la poussière derrière lui.

Puis il vit les flammes, qui mangeaient tout sur leur passage. Le village... Les maisons étaient en feu.

Des gens couraient dans tous les sens, hurlaient, essayaient d'échapper à l'incendie et aux hommes d'armes Campbell qui avaient envahi le village.

Il savait ce que cela signifiait, mais ne voulait pas le croire.

Il savait que son père n'aurait jamais laissé cela arriver... tant qu'il lui resterait un souffle de vie.

Patrick se précipita vers le donjon sans se soucier des flammes. Le cœur soulevé, il continua à courir en enjambant les cadavres des gardiens. Puis il vit le tartan familier au pied des marches.

— Non !

Il se jeta sur le corps immobile, enfouit la tête dans la poitrine puissante, et hurla :

— Père !

Quelqu'un le saisit, essaya de l'écarter, et il fit volte-face ; son épée décrivit un arc de cercle dans le vide.

L'homme jura et resserra la main autour de son cou. Patrick se débattit violemment pour se libérer du Campbell.

— Qu'est-ce qu'on fait de lui ? demanda l'homme.

— Tuez-le, ce morveux, répondit un autre. S'il est assez vieux pour tenir une épée, il est assez vieux pour mourir par l'épée. De toute façon, les MacGregor sont rancuniers. Regardez ses yeux. Un jour ou l'autre, il se vengera.

Patrick heurta durement le sol et vit la lame voler vers lui. Il voulut arrêter le rêve. Changer les souvenirs.

— Non !

La voix de sa mère troua les ténèbres.

— Ne faites pas de mal à mon...

Sa mère qui se jetait entre eux. Le Campbell incapable d'arrêter son épée. La poitrine de sa mère lacérée, au lieu de la sienne.

— ... fils.

Le gargouillis résonnait dans sa tête. Le bruit visqueux de la mort. Jamais il n'oublierait ce bruit.

— Mère !

Le cri qui avait déchiré ses poumons n'était pas humain.

Il était devenu fou, avait soulevé la lourde épée gisant à côté du corps de son père avec une force qu'il ne savait même pas posséder. Une force née de la haine. La force d'un petit garçon projeté brutalement dans l'âge adulte.

Il se rappelait les visages surpris des deux hommes, qu'il avait tués avant de s'enfuir dans la forêt. Mais cela ne remplacerait jamais ses parents perdus.

Assassinés par les Campbell.

Soudain, une main apaisante sur son front fit taire les souvenirs qui le hantaient. Le rêve s'estompa, et il plongea dans les ténèbres.

Patrick se réveilla en entendant un ange. Peut-être était-il mort et monté au paradis. Il flottait sur des nuages si doux...

Il essaya d'ouvrir les yeux, mais ses paupières résistaient, comme alourdies. Il voulut lever la tête, et ce mouvement infime lui causa une telle douleur qu'il y renonça. Il se contenta de voguer sur ce nuage encore un peu, douillettement blotti dans des fourrures chaudes, sa joue appuyée contre un oreiller de plume, une discrète odeur de lavande dans les narines, et la berceuse de l'ange qui l'incitait à se rendormir...

Il entrouvrit un œil. Un nuage ? Un oreiller ? Un ange ? Mais... Il ne flottait pas au paradis, il était allongé dans un lit. Cela faisait si longtemps qu'il dormait à même le sol ou sur des aiguilles de pin qu'il ne l'avait pas compris tout de suite.

Où suis-je ?

Il fit un effort de mémoire, mais son cerveau ne fonctionnait pas. Tout était disjoint, flou.

Jusqu'à ce qu'on écarte les draps et qu'une main douce glisse sur sa poitrine nue. Ce simple contact lui fit l'effet d'un tison et le réveilla en sursaut. Il ouvrit grand les yeux et saisit un poignet délicat. Il se trouva devant le regard bleu et limpide de son ange, Elizabeth Campbell. Une Elizabeth Campbell très choquée.

Le chant céleste s'interrompit et elle poussa un cri.

— Vous êtes réveillé !

— Où suis-je ? demanda-t-il d'une voix enrouée.

Il détestait cet état de confusion. Il était allongé sur un lit inconnu, à moitié nu, et il avait une soif de tous les diables.

Que lui avait-elle fait ? Avait-elle découvert son identité ? L'avait-on mis en prison ?

Il regarda autour de lui. S'il s'agissait d'une prison, il n'en avait jamais vu d'aussi luxueuse. La pièce était immense, avec son plafond voûté en pierre et ses murs plâtrés peints d'une jolie nuance de jaune. De grandes fenêtres laissaient entrer à flots la lumière du soleil, qui illuminait le parquet. À l'extrémité opposée, une grande cheminée de pierre et, dans toute la pièce, de jolis meubles. Deux chandeliers en argent. Au-dessus de sa tête, un baldaquin était orné de lourdes tentures en soie entre des piliers en bois sculpté. Le lit, la décoration, le mobilier, tout était assez somptueux pour accueillir un roi.

Il lui pressa le poignet et répéta :

— Où suis-je ?

— J'avais entendu, la première fois, le réprimanda-t-elle avec un regard acéré, sans se soucier de sa colère.

Une colère qui donnait pourtant la chair de poule à bien des hommes. Doux Jésus, il se ramollissait !

— Vous êtes dans la tour du château, expliqua-t-elle. Dans la chambre de mon cousin, plus exactement.

Il se figea. Lui, un hors-la-loi MacGregor, dormir dans le lit du comte d'Argyll ? Il ravala un rire et promena à nouveau les yeux autour de lui en essayant de se rappeler ce qui s'était passé.

— Comment suis-je arrivé ici ?

Précautionneusement, elle dégagea les doigts qui enserraient son poignet et s'écarta du lit. Ainsi à contre-jour, ses cheveux formaient un halo doré encadrant sa peau aussi délicate que l'albâtre.

Cette vision lui coupa le souffle.

Elle ne se contentait pas de chanter comme un ange, elle ressemblait à un ange.

Elle fronça ses délicats sourcils.

— Vous ne vous souvenez de rien ?

Il secoua la tête, et tressaillit de douleur. Aussitôt, elle fut auprès de lui et le toucha. Sa main sur son front…

— Vous sentez-vous bien ?

Elle avait l'air… inquiète. Se faisait-elle du souci pour lui ?

— Oui, tant que je ne remue pas la tête.

— Dans ce cas, je vous suggère de rester immobile, dit Lizzie avec un sourire espiègle.

Elle souleva un pichet, versa de l'eau dans un verre et le lui tendit.

— Buvez, vous devez avoir soif.

Il le vida rapidement. Le liquide frais glissa dans sa gorge parcheminée comme de l'ambroisie.

Il lui tendit le verre vide, et demanda :

— Maintenant, expliquez-moi par quel mystère je me réveille dans le lit du comte d'Argyll.

Un adorable rose colora ses joues.

— Vous avez été très malade, et la guérisseuse disait qu'il fallait vous garder au chaud.

Lizzie désigna la cheminée.

— Cette chambre étant la seule à disposer de sa propre cheminée, tant que la nouvelle tour ne sera pas terminée, cela s'est imposé comme une évidence.

Il fronça les sourcils.

— Malade ?

— Vos hommes vous ont trouvé inconscient, à cause de votre blessure au flanc.

Elle précisa avec un regard appuyé :

— Il y a un jour et demi.

Bon sang ! Sa blessure avait fini par prendre le dessus. En temps normal, ce témoignage de faiblesse l'aurait contrarié, mais pas cette fois. S'il avait su que s'évanouir le ferait se retrouver à demi nu seul dans une chambre avec Elizabeth, il aurait peut-être essayé plus tôt. Et à voir la façon dont les yeux de la jeune femme évitaient sa poitrine, il devina qu'elle n'était pas insensible à son charme.

— Vous avez perdu tant de sang que nous vous avons cru mort, enchaîna-t-elle. Comment avez-vous pu cacher cette blessure ?

— Je ne pensais pas que c'était sérieux.

D'inquiète, son expression devint irritée.

— Pas sérieux ? Comment pouvez-vous dire une chose pareille ? Vous alliez et venez avec une plaie ouverte d'une trentaine de centimètres. Vous avez bien dû la remarquer. Vous avez bien dû en souffrir !

Sa colère, et la pointe de sarcasme le prirent de court.

— Un peu, admit-il à contrecœur, sans trop savoir que penser de cet aspect d'Elizabeth Campbell qu'il découvrait.

Cette délicate petite chatte, apparemment, avait des griffes.

— Mais je me sens beaucoup mieux, maintenant.

Mieux qu'il ne s'était senti depuis des semaines.

— Vous êtes d'un entêtement, d'une folie…

Ses yeux lançaient des éclairs, et il songea qu'elle était la plus jolie créature qu'il ait jamais vue. Cet emportement laissait deviner la femme impétueuse qui flamboyait derrière le parangon de devoir et de vertu.

Seigneur, comme il avait envie d'elle ! Jamais il n'avait eu autant envie d'une femme. Avec une intensité qui aurait dû l'alarmer, s'il n'avait été préoccupé par d'autres sujets. Couvrir son corps du sien, par exemple, la pénétrer lentement…

— Vous auriez pu succomber, fulmina-t-elle. Vous seriez mort, sans l'aide de la guérisseuse.

— Et la vôtre, dit-il en la fixant de ses yeux intenses.

L'idée qu'elle l'ait soigné lui plaisait beaucoup.

Elle baissa les yeux.

— Je n'ai pas fait grand-chose.

Elle se trompait. C'étaient ses chansons et ses mains douces qui avaient apaisé ses cauchemars.

Elle évita son regard en s'écartant du lit, redevenu la parfaite châtelaine.

— J'étais venue vérifier votre blessure, lança-t-elle d'un ton brusque. Je peux repasser plus tard, si vous préférez.

— Non.

L'idée de ses mains sur lui...

— Faites, dit-il d'une voix particulièrement sensuelle.

Malgré son évidente nervosité, il ne fit aucun effort pour couvrir sa poitrine nue. Il aimait la voir ainsi, troublée par lui.

— Fort bien.

Appuyé contre l'oreiller, il la regarda s'affairer. Elle se pencha au-dessus de lui pour examiner le bandage, et son parfum délicat le bouleversa. Nom d'un chien, elle sentait merveilleusement bon ! C'était une odeur fraîche et fleurie, semblable à celle de la lavande parfumant son oreiller. Elle portait une simple robe de laine brune et un gilet ajusté qui moulait les courbes généreuses de ses seins. Des seins ronds et tout proches de sa bouche. Il n'aurait eu qu'à lever la tête pour enfouir son visage dans leur douceur.

Une mèche de ses cheveux tomba sur sa poitrine. L'effleurement délicat de cette boucle sur sa peau faillit lui arracher un gémissement.

— Pardon, marmonna-t-elle en ramenant rapidement la mèche derrière son oreille.

Toujours courbée au-dessus de lui, elle le regarda.

— Je dois soulever le bandage pour vérifier la plaie. Cela vous fera peut-être un peu mal.

Il avait mal, certes, mais ce n'était pas à cause de sa blessure.

Elle était si proche qu'il ne pouvait plus respirer. D'une voix étranglée, il articula :

— Allez-y.

Délicatement, elle ôta le bandage, et il découvrit la blessure soigneusement recousue. Elle semblait propre. Annie n'aurait rien trouvé à y redire.

Elizabeth prit un linge humide dans la cuvette et essuya délicatement le sang séché. Il ferma les yeux ; dès qu'elle le touchait, sa peau s'embrasait. C'était une torture. Un exercice de retenue pour un homme qui n'en possédait généralement aucune.

Prends-la.

Le cœur de Lizzie tambourinait. Ce fut les doigts tremblants qu'elle le soigna comme elle l'avait fait pendant deux nuits et un jour.

Mais cette fois, c'était différent.

Cette fois, il n'était pas inconscient. La peau qu'elle touchait était chaude et vibrante. La tension crépitait dans l'air alourdi par la sensualité. Elle sentait sur elle le poids de son regard. Elle éprouva une satisfaction malicieuse à découvrir que son contact l'affectait. Cela lui donnait l'impression d'être... désirable.

Elle tamponna le bas de la blessure avec son linge, en essayant de ne pas remarquer combien son ventre était dur. Avec quelle précision se dessinaient les muscles. Malheureusement, cela sautait aux yeux, et ses mains ne lui obéissaient plus. Accidentellement, elle effleura sa virilité. Sa virilité… très protubérante. L'espace d'un instant, son regard s'attarda sur le renflement sous le drap.

Sainte Mère de Dieu.

Il lui saisit vivement le poignet.

— Assez !

Sa voix était enrouée, sans doute à cause de la douleur. Navrée, elle leva les yeux vers lui :

— Vous ai-je fait mal ?

Il accrocha son regard ; ses yeux verts brillaient d'une lueur si sombre qu'ils paraissaient presque noirs.

— Pas de la façon dont vous l'entendez, répondit-il. Il vaut mieux que vous partiez. Envoyez quelqu'un d'autre finir.

Lizzie retint sa respiration tandis que la consternation lui comprimait la poitrine. Elle agrandit les yeux. Elle avait cru qu'elle lui plaisait. Seigneur, quelle idiote ! Elle essaya de se détourner, mais il la tenait tout près d'elle, la main enveloppant son poignet aussi rigide qu'un bracelet d'acier.

— B… Bien sûr.

Mon Dieu, elle avait bégayé. Son humiliation était à son comble. Avec un sanglot étranglé, elle tenta de se dégager, mais il l'attira contre lui en poussant un juron. La main qu'elle posa instinctivement sur son torse l'empêcha de s'écrouler sur lui.

Elle cessa soudain de respirer, submergée par l'émotion. Elle était si près de lui… si près que ses seins effleuraient sa poitrine et que quelques centimètres seulement séparaient leurs bouches. La chaleur de son souffle balaya ses lèvres. Elle avait envie de poser sa bouche sur la sienne.

Ses lèvres étaient-elles aussi douces et veloutées qu'elles en avaient l'air ? Serait-il tendre ou dur ? Implorant ou exigeant ?

La tentation était insupportable. Son odeur masculine lui vrillait les sens. Sa peau était presque brûlante. Elle croyait entendre le battement puissant de son cœur.

Elle le contempla, les yeux arrondis, en essayant de lire les pensées que cachait son visage impénétrable. Aucun désir de l'embrasser dans ses yeux sombres et durs.

Elle n'était qu'une imbécile ! Ne venait-il pas de la renvoyer ?

— Non, murmura-t-il. Vous vous méprenez.

Des larmes montèrent aux yeux de la jeune femme.

— Inutile de vous justifier. Je m'en vais.

Elle essaya de se redresser, mais il l'en empêcha.

Il proféra un juron.

— Regardez-moi, ordonna-t-il en lui soulevant doucement le menton d'un doigt.

À contrecœur, elle obéit.

— Si je ne veux pas que vous me touchiez, c'est parce que c'est trop bon.

Un muscle tressaillit sur sa mâchoire.

— Je dois déployer un effort surhumain pour ne pas vous plaquer contre moi et vous embrasser jusqu'à ce que vous me suppliiez de vous prendre, avoua-t-il.

La passion dans sa voix ne faisait aucun doute sur sa sincérité. L'idée d'être séduite par lui ne l'effrayait pas autant qu'elle l'aurait dû. Elle déglutit, difficilement.

— Oh.

— Oui, oh.

Il relâcha son poignet, mais elle ne s'écarta pas tout de suite. Même si elle l'avait voulu, elle n'en aurait pas été capable. Son corps semblait doté d'une volonté qui lui était propre. Comment résister au plaisir d'être ainsi tout contre lui ?

Son aveu n'aurait pas dû lui procurer un plaisir aussi absurde... Une bouffée de joie la fit frémir. Elle se mordit la lèvre et dit timidement :

— Je n'avais pas compris...

— Je sais. Mais maintenant, si. Je vous désire, et ne suis pas assez chevaleresque pour passer outre à ma concupiscence.

Elle agrandit encore les yeux. Il avait raison, c'était un guerrier. Un homme qui n'écoutait que ses instincts, si brutaux soient-ils. Pourquoi alors n'avait-elle pas peur ?

— Je vois.

— Peut-être souhaiterez-vous reconsidérer votre proposition de m'engager...

— En aucune façon, décréta-t-elle.

Le regard qu'ils échangèrent dans le silence qui suivit fut d'une telle intensité que l'air parut vibrer. Lizzie sentit le lien qui les attirait l'un vers l'autre.

Ses paroles devaient avoir sonné comme une invitation. Elle rougit et s'écarta.

— Je veux dire, les circonstances sont inhabituelles. Nous n'avons aucune raison de penser que ce genre de situation se reproduira. À partir de maintenant, l'une des domestiques s'occupera de votre bandage.

L'expression de Patrick suggérait que les choses ne seraient peut-être pas si simples, mais elle décida de ne pas s'y arrêter.

Elle s'avança vers la porte, s'immobilisa soudain et se retourna pour lui demander :

— Resterez-vous, alors ?

Elle était folle.

— Oui, je reste.

Elle sourit, soulagée, mais dans un petit coin de son cerveau, elle se demanda si elle ne venait pas d'ouvrir la boîte de Pandore et si elle parviendrait à demeurer maîtresse de la situation.

6

Deux jours plus tard, Patrick ne tenait plus en place. Au diable les conseils de la guérisseuse, il ne resterait pas un jour de plus alité ! Il était un chef de clan, un guerrier, pas un invalide. Chaque minute que ses hommes et lui passaient dans l'antre de leurs ennemis augmentait le risque d'être découverts. Le temps pressait, et il ne le gaspillerait pas au lit… seul.

Lavé, nourri, vêtu d'habits qui avaient été soigneusement nettoyés pour lui, il accrocha sa dague et son épée à sa ceinture, plaça son arc en bandoulière, et quitta la chambre du comte d'Argyll pour se mettre à la recherche de ses hommes. Le luxe avait eu sur lui un effet revigorant. Pour la première fois depuis des années, il se sentait civilisé. Étrange pour un hors-la-loi ; mieux valait ne pas s'y accoutumer.

Son séjour au château Campbell ne s'éterniserait pas. Dès qu'il pourrait convaincre Elizabeth de s'enfuir avec lui, ils partiraient dans les Highlands, et elle ne serait certainement plus la bienvenue chez elle avant longtemps.

Sachant ce à quoi elle devrait renoncer, il se sentait coupable de la tromper, mais jamais elle n'aurait accepté d'épouser un MacGregor.

Cependant, elle l'évitait. Après ce qui s'était passé entre eux, il ne pouvait lui en vouloir.

Il n'avait pas le souvenir d'avoir déjà éprouvé ce besoin impérieux, presque violent, de posséder quelqu'un. Son désir pour elle avait rempli chaque fibre de son corps. Il perdait rarement ses moyens, même en plein cœur d'un combat, et jamais devant une femme. Nul n'avait pénétré la cuirasse qui l'entourait depuis le meurtre de ses parents. Que ce petit bout de femme y parvienne le stupéfiait.

Comment avait-elle pu penser qu'elle ne lui plaisait pas ? Lorsqu'il l'avait détrompée, cela l'avait troublée. À lui, maintenant, de se débrouiller pour passer du temps seul avec elle. Il n'aurait sans doute pas dû l'empêcher de soigner sa blessure, mais à la pensée de ses mains sur son corps… Il aurait été incapable de déployer ses manœuvres de séduction en douceur.

Il emprunta l'étroit escalier pour descendre les trois étages menant à la grande salle. Son exiguïté avait été conçue pour empêcher d'éventuels agresseurs d'envahir les étages, mais Patrick se promit de construire un jour un donjon dont les portes seraient assez hautes pour qu'il ne soit pas obligé de baisser la tête, et les escaliers assez larges pour qu'il n'ait pas à marcher de profil. Il avait cependant l'habitude de se déplacer furtivement dans toutes sortes d'endroits. Le cuir souple de ses bottes ne faisait presque aucun bruit sur les marches de pierre.

Il pénétra dans la salle, mais se figea aussitôt, avant de reculer silencieusement dans l'ombre.

Plaqué contre le mur de pierre, il laissa ralentir les battements de son cœur. Une sueur froide s'était formée sur son front et son échine. Sous le choc, il écouta les voix des deux personnes, sachant qu'il avait été à un pas d'une mort certaine.

Car, s'entretenant avec Elizabeth devant la grande cheminée, se dressait l'homme chargé d'exterminer les MacGregor : Jamie Campbell.

Des années de haine revinrent en un éclair hanter Patrick. Les visages défilèrent dans son esprit, ceux de sa famille, des hommes de son clan, morts entre les mains des Campbell.

La vengeance exigeait son dû.

Passant outre à la pointe de douleur que lui causa sa cicatrice, il replia le bras derrière lui et, avec une froide lenteur, tira une flèche du carquois dans son dos.

S'il faisait cela, il n'aurait plus qu'à fuir. Il perdrait l'occasion de regagner la terre de ses ancêtres, et Elizabeth Campbell lui resterait à jamais inaccessible.

Il cala la flèche en serrant les dents, et visa le dos de l'homme qui les traquait comme des chiens. L'homme dont tous les MacGregor voulaient la mort.

Une pareille occasion ne se représenterait plus.

Il plissa les yeux et banda son arc, prêt à débarrasser définitivement son clan de l'impitoyable Exécuteur.

Son œil surprit un mouvement, et Lizzie jeta un regard par-dessus l'épaule de son frère, en direction de l'escalier. Ne voyant rien, elle reporta son attention sur Jamie et essaya de le calmer avec un sourire. Mais elle le connaissait, il en faudrait davantage pour l'apaiser. La nouvelle de l'agression dont elle avait été victime l'avait mis hors de lui.

— Je sais que tu es bouleversé, Jamie, mais…

— Bouleversé ? Grands dieux, Lizzie !

Il baissa la voix et la prit dans ses bras.

— Tu aurais pu être blessée…

— Cela n'a pas été le cas.

— Si les hommes de Tullibardine étaient arrivés un tout petit peu plus tard…

Il se tut et la contempla. Son beau visage était assombri par une profonde émotion qu'il exprimait rarement. C'était étrange de voir son grand frère, si fort, ainsi secoué.

— Tu ne sais pas de quoi ces hommes sont capables, Lizzie.

Elle frissonna au souvenir du visage haineux du guerrier MacGregor.

— Je serai éternellement reconnaissante à Patrick Murray et à ses hommes.

— Moi de même, petite sœur. Moi de même.

Il la serra encore un instant contre son cœur, avant de la relâcher.

— Patrick Murray…

Il secoua la tête.

— Ce nom ne m'est pas familier. De ce que tu me décris de ses compétences, je m'étonne de n'avoir jamais entendu parler de lui. Peu importe, j'aimerais le remercier en personne.

Elle lui avait expliqué qu'il se remettait de sa blessure dans la chambre de leur cousin.

— Tu le feras. Peut-être ce soir, s'il se sent suffisamment en forme pour recevoir des visites.

Elle sourit à son frère, encore incrédule de le voir ici. Elle n'avait pas réalisé à quel point il lui avait manqué jusqu'à ce qu'elle le voie franchir les grilles au triple galop.

— Comme tu es arrivé vite ! Je n'ai même pas eu le temps d'écrire un message à Archie pour lui expliquer mon retard.

— Il est rare que Colin et moi soyons d'accord, répondit Jamie avec un haussement d'épaules, mais nous avons tous deux eu la même prémonition en ne te voyant pas arriver.

Lizzie regrettait que ses deux frères ne soient pas plus proches ; Colin faisait souvent cavalier seul. Elle savait qu'il en voulait à Jamie d'être si lié à leur cousin.

— Les MacGregor sont impossibles à refréner, mais de là à...

Jamie se tut et secoua la tête.

— Je n'aurais jamais pensé qu'Alasdair MacGregor serait si intrépide. Il savait certainement que t'attaquer les exposerait aux représailles du clan Campbell tout entier.

— Sans doute ressent-il que c'est déjà le cas, répliqua Lizzie. Être réduit à la dernière extrémité n'incite guère à la prudence. Du reste, d'après ce que j'ai compris, les MacGregor sont sauvages et incontrôlables. Si cela se trouve, leur chef n'est même pas au courant de l'attaque.

Jamie esquissa un sourire et déposa un baiser affectueux sur son front.

— Tu es toujours aussi intelligente, sœurette. Tu as sans doute raison. Cette attaque ne ressemble pas à Alasdair. Mais si Glenstrae a perdu le contrôle de ses hommes, il est d'autant plus impératif que ces hors-la-loi soient traduits en justice.

Jamie ne prenait pas sa mission à la légère. Lizzie savait qu'il les avait traqués jusqu'à l'île de Bute.

— Comment s'est passée l'expédition à Bute ?

Une étrange expression traversa le visage de son frère, on aurait presque dit du regret.

— Nous ne les avons pas vus…

— Mais… ? l'encouragea-t-elle

— Mais je suis pratiquement sûr qu'ils sont passés là-bas.

Lizzie réfléchit un instant.

— Et comment as-tu trouvé la fille du seigneur d'Ascog ? J'ai entendu dire qu'elle est très belle.

À nouveau ce regard lointain, mais cette fois le regret se mêlait à autre chose. Une chose qu'elle n'avait jamais vue sur le visage de son frère : un mélange brut de douleur et de colère. Elle haussa un sourcil. Une femme avait-elle enfin pu percer sa cuirasse ?

— Belle ? Oui, elle est très belle. Bien qu'elle n'ait pas sa langue dans sa poche et soit trop gâtée.

Lizzie eut un sourire en coin.

— Elle n'a pas voulu de toi ?

Jamie s'esclaffa.

— Ton esprit est décidément toujours aussi fin, petite sœur. Mais ce n'est pas le problème.

— Quel est le problème ?

— Disons que ma réputation m'avait précédé.

— Si elle n'a pas compris que cette réputation est inique, c'est qu'elle ne te mérite pas.

Jamie sourit.

— Je crains que ce ne soit pas aussi simple, Lizzie.

Voyant qu'elle n'en tirerait rien de plus, elle changea de sujet.

— Combien de temps vas-tu rester ?

— Pas plus d'un jour ou deux. Notre cousin nous attend à Dunoon.

Le cœur de Lizzie manqua un battement.

— *Nous ?*

— Je t'y escorterai moi-même.

— Mais…

Elle songea à l'homme qui se reposait dans la chambre. Il n'était pas en état de voyager. Si elle partait à Dunoon, ce serait sans Patrick Murray. Mais elle n'avait aucune bonne raison de ne pas voyager avec Jamie, excepté le désir de plus en plus fort de retarder tout projet de mariage.

— Il n'est pas question qu'il t'arrive encore quelque chose, déclara Jamie, pensant qu'elle se faisait du souci.

— Je sais, mais nous avons perdu plusieurs hommes. Il ne nous reste plus que quelques gardes. Ce serait fort imprudent de voyager dans ces conditions.

Jamie réfléchit.

— En effet. Nous devons en engager de nouveaux. Je demanderai à Donnan de s'en occuper dès qu'il sera remis.

Elle s'apprêta à lui dire qu'elle s'en était déjà chargée, mais se ravisa, prit une inspiration et hasarda :

— Il vaut mieux que je reste ici, je crois. Au moins, tant que la menace des MacGregor persistera.

Il se frotta le menton, songeur.

— Es-tu sûre que tu n'essaies pas d'éviter une certaine conversation avec notre cousin ?

Lizzie se mordit la lèvre et se sentit rougir.

— Tu es au courant ?

Il haussa les épaules.

— Ce n'est pas un secret.

Quelque chose dans sa voix lui parut de mauvais augure.

— Archie pense-t-il à quelqu'un en particulier ?

— Oui, et je croyais que tu le savais : Robert Campbell.

Le deuxième fils de Glenorchy. C'était plausible. Les deux branches du clan Campbell se disputaient depuis des années le pouvoir et les terres. Elle aurait dû s'en douter en recevant la lettre de son cousin concernant sa dot. Cette terre était certainement l'objet de leur dispute actuelle.

Lizzie déglutit, la gorge nouée.

— Je comprends.

Jamie fronça les sourcils.

— Je pensais que tu serais heureuse. Mais si Robert ne te convient pas, nous trouverons quelqu'un d'autre.

La prévenance de son frère lui fit honte. Elle se rendait compte de sa chance. La plupart des femmes n'avaient même pas le droit d'émettre une opinion quant au choix de leur époux.

Elle avait rencontré Robert Campbell à la cour plusieurs fois, mais, en raison du conflit qui opposait leurs familles, ne s'y était jamais vraiment intéressée. Il était beau, fort, charmant, complètement différent de son père terrifiant.

Elle n'avait aucune raison de s'opposer à ce mariage ; pourtant, curieusement, c'était exactement ce qu'elle désirait faire.

— Lizzie ?

Elle s'obligea à sourire, mais ne put alléger son cœur suffisamment pour que ce sourire ne soit pas artificiel.

— Bien sûr qu'il me convient.

Jamie hocha la tête.

— Je m'en doutais. Je vais en informer notre cousin.

— Dans ce cas, je puis rester ici ?

— Je vais y réfléchir, mais en effet, tu as raison, cela vaut peut-être mieux.

Il se tut et sonda son visage.

— Quelque chose ne va pas, Lizzie ?

— Tu veux dire, hormis le fait d'avoir failli être enlevée par une bande de criminels ?

Jamie sourit.

— Oui, hormis cela. Ne désires-tu pas te marier ? Je me suis toujours demandé si tu ne me cachais pas quelque chose au sujet de Montgomery.

Si, elle lui avait caché quelque chose, et elle continuerait. Elle se hissa sur la pointe des pieds et l'embrassa sur la joue.

— Non, tout va bien. Bien sûr que je souhaite me marier.

C'était la vérité mais, parfois, la vérité ne disait pas tout.

Robert Campbell. Le fils de Glenorchy. Son maudit cousin... bien que le meurtre de sa mère ait supprimé tout lien de parenté dans son esprit avec les Campbell de Glenorchy. Patrick fut aussi choqué que s'il venait de recevoir une flèche dans le dos.

Glenorchy était responsable de la mort de ses parents, d'avoir chassé son clan et brûlé sa maison. D'avoir fait de lui un proscrit. Et maintenant, ce serait le fils de Glenorchy qui posséderait tout... les terres de Patrick, la vie qui lui était refusée, et Elizabeth Campbell. L'injustice bouillonna comme un lac d'acide à l'intérieur de son âme noircie.

Tue-le !

Ses muscles se mirent à tressaillir : il tenait son arc bandé depuis trop longtemps. Il aurait dû tirer sur-le-champ. Mais il avait été surpris de découvrir de l'humanité chez cet homme qu'il croyait sans pitié.

Il l'avait appelée Lizzie, nom d'un chien. Manifestement, Jamie Campbell aimait sa sœur. Et tout aussi clairement, elle l'aimait. Ce fut peut-être cela qui retint sa main.

Il serra les dents ; un filet de sueur coulait sur sa tempe. Sa blessure l'avait davantage affaibli qu'il ne le pensait.

Le large dos de l'homme se dressait devant lui. Il n'y avait personne. Il pourrait s'échapper avant même que l'on réalise ce qui s'était passé. La voie était libre...

Alors, tire !

Patrick baissa son arc.

Impossible. Il avait beau le haïr, il ne pouvait tirer dans le dos de quelqu'un. Patrick n'avait pas perdu tout son honneur. Il n'était pas un assassin.

De plus, s'il était contraint de s'enfuir, personne n'empêcherait plus Lizzie d'épouser Robert Campbell, et les terres de Patrick seraient pour toujours entre les mains de Glenorchy. Il n'en était pas question.

Il était rare que le doute le taraude, mais en cet instant, il ne pouvait s'empêcher d'avoir le sentiment qu'en ne tuant pas Jamie Campbell, il avait failli vis-à-vis de son clan.

Quel rôle jouait l'honneur dans la vie d'un proscrit ?

Il espéra qu'il ne le regretterait pas toute sa vie. Car le sang de chacun des MacGregor tués par l'Exécuteur serait désormais sur ses mains.

À bien y réfléchir, Lizzie n'était pas particulièrement impatiente que son frère rencontre Patrick. Elle craignait que, très protecteur et intelligent comme il l'était, il n'en devine davantage qu'elle ne le souhaitait. Elle n'avait jamais été très douée pour cacher ses émotions, or elle ne pouvait nier que Patrick Murray suscitait en elle une foule de sentiments. Lesquels, Lizzie n'aurait su le dire. Mais elle ne tenait pas à ce que Jamie le découvre avant elle.

Elle fut donc quelque peu soulagée quand Patrick fit savoir qu'il ne désirait pas être dérangé. Inquiète pour sa santé, elle s'enquit auprès de la guérisseuse. Fiona lui annonça qu'elle l'avait trouvé plutôt bien ce matin-là, mais considérablement affaibli dans l'après-midi. La vieille femme lui avait donné une potion pour dormir et espérait qu'il se sentirait mieux le lendemain matin.

Le lendemain, cependant, Patrick était toujours au lit.

— Ne m'avais-tu pas dit qu'il était rétabli ? demanda Jamie en avalant le hareng et la bière qui constituaient son petit déjeuner.

Lizzie plissa le front.

— Je le croyais, répondit-elle en mâchant une tartine de pain beurré.

— Si je ne te connaissais pas mieux, Lizzie, je croirais que tu me caches ton chevalier servant.

Son frère ne manqua certainement pas de voir la rougeur qui lui monta aux pommettes. Zut ! Elle ne tenait nullement à éveiller la curiosité de Jamie. Lorsqu'il flairait quelque chose de louche, il s'acharnait jusqu'à ce qu'il trouve la vérité.

Mais l'attention de son frère fut attirée par l'arrivée à point nommé d'un messager qui fit irruption dans la grande salle. Manifestement, il avait chevauché toute la nuit.

Le jeune garde se pencha pour chuchoter quelque chose à l'oreille de Jamie, dont la réaction la stupéfia : son visage devint livide, son corps tout entier se contracta. Chez tout autre que lui, elle aurait appelé cela de la peur.

— Je vais le tuer ! s'écria Jamie en se levant brusquement et en faisant claquer sa chope sur la table.

— Qui ?

— Notre maudit frère.

Colin. Oh non, qu'avait-il encore fait ?

— Que s'est-il passé ?

Mais Jamie ne l'écoutait pas. Il affichait une expression lointaine, l'esprit absorbé par ce qu'il venait d'apprendre.

— Je dois partir immédiatement, annonça-t-il.

— Où donc ?

Il se tourna vers elle.

— Je suis navré, Lizzie. Je n'ai pas le temps de t'expliquer. Je ne vais pas pouvoir t'accompagner à Dunoon. Reste ici, en sécurité.

— Bien sûr.

— Je laisserai des instructions à Donnan pour qu'il engage de nouveaux gardes. Je veux un homme à tes côtés en permanence.

Devançant son objection, il ajouta :

— Même à proximité du château, Lizzie. Je ne veux courir aucun risque, jusqu'à ce que les MacGregor soient neutralisés.

Lizzie acquiesça de la tête.

— Je dois me rendre en toute hâte à Bute.

Sa voix était froide, dénuée d'émotion, et pourtant Lizzie n'avait jamais vu son frère aussi tourmenté.

Elle posa une main sur son bras.

— Que Dieu te protège, mon frère.

Son regard était sinistre.

— Prends soin de toi, Lizzie.

Mais ce n'était pas pour elle qu'elle se faisait du souci. À voir le visage de Jamie, Colin n'était pas au bout de ses peines.

7

Quelques jours après le départ inopiné de Jamie Campbell, Patrick sortit de sa chambre pour la première fois depuis presque une semaine. L'éclat du soleil le surprit, et il plissa les yeux.

Sa brève aventure hors du lit, quelques jours plus tôt, l'avait en vérité épuisé.

Il avait fait venir Robbie pour lui enjoindre de se tenir à l'écart de l'Exécuteur, qui le reconnaîtrait. Ils avaient même prévu de partir quelques jours si nécessaire, mais par chance, Jamie avait été appelé ailleurs.

Bien qu'encore faible, Patrick savait qu'il ne pouvait plus temporiser davantage. Cela ferait une semaine ce soir qu'avait eu lieu l'attaque, et il devait retrouver son frère comme ils l'avaient prévu... si toutefois Gregor osait se montrer après ce qu'il avait fait.

Le brouillard qui embrumait son esprit depuis des jours s'était éclairci. Il fallait faire taire ses scrupules à l'idée de flouer Elizabeth – Lizzie, le surnom que lui donnait son frère, lui plaisait bien... L'idée que Glenorchy devienne propriétaire de ses terres était insupportable. Plutôt mourir que la voir épouser le fils de l'homme responsable de la mort de ses parents. Il ne pouvait pas non plus laisser Argyll et Glenorchy s'unir contre son clan.

Des hommes s'affairaient à leurs activités quotidiennes dans la cour. Des enfants jouaient, un groupe de femmes autour du puits remplissaient des seaux en bavardant, d'autres portaient des paniers et ramassaient des légumes et des herbes dans le jardin, ainsi que les fleurs qu'il avait remarquées dans chaque pièce du donjon. Malgré son aspect austère et sombre, l'intérieur du donjon était chaleureux et confortable, et Patrick savait parfaitement grâce à qui.

Il trouva ses hommes avec les autres gardes, en train de s'entraîner à tirer des flèches de l'autre côté de la grille, près du jardin en terrasse.

En s'approchant, il remarqua quelques sourcils froncés.

— Quel bonheur de vous voir en bonne forme, capitaine ! lança Robbie en s'avançant pour lui donner une tape enthousiaste dans le dos.

Patrick savait que ses hommes avaient été plus inquiets qu'ils ne voulaient le montrer.

— C'est vrai, renchérit Finlay. Nous pensions qu'ayant pris résidence dans les appartements du comte, vous voudriez profiter du confort du donjon un peu plus longtemps.

La remarque était anodine, mais venant d'un garde Campbell, elle éveilla immédiatement la méfiance de Patrick. Une étrange étincelle dans son œil lui déplut. Pour déjouer tout soupçon, Patrick feignit une assurance qu'il n'éprouvait pas.

— Ma place est avec mes hommes.

Il s'obligea à sourire.

— Et maintenant que j'ai vu ce dernier tir, dit-il à Robbie, je constate qu'il était temps que je vous rejoigne.

Robbie lui sourit avec bonne humeur en mimant un salut militaire.

— Oui, capitaine.

— Ne voulez-vous pas dire *mes* hommes ? demanda Finlay. Il paraît que vous avez décidé de rester. Or je suis capitaine des gardes du château.

Patrick aurait adoré effacer de son visage son sourire arrogant, mais il se contenta de hocher la tête.

— En effet. On m'a dit que vous avez besoin d'étoffer votre garde. Ai-je été mal renseigné ?

Ils se dévisagèrent pendant un instant. Patrick aurait dû amadouer le Campbell, mais il refusa de courber l'échine. Ce n'était pas dans sa nature. On les avait certes dépossédés de leurs terres, de leurs maisons et de leur fortune, mais les MacGregor descendaient des rois. Ils ne s'inclinaient pas. L'orgueil était tout ce qui leur restait.

— Non, admit enfin Finlay. Vos renseignements sont exacts.

Robbie intervint pour détendre l'atmosphère.

— Nous nous apprêtions à reculer la cible de quelques pas.

Soulagé de ce répit, Patrick déclara :

— Mieux vaudrait peut-être l'avancer de quelques pas.

Les hommes éclatèrent de rire, et Robbie fit une grimace dégoûtée.

— Votre capitaine voudrait-il nous montrer de quoi il est capable avec un arc et une flèche ? lança Finlay.

Le défi, dans sa voix, ne faisait aucun doute.

De quoi il était capable ? D'enfoncer une flèche entre les yeux globuleux de Finlay à cent pas. Les MacGregor étaient les meilleurs archers des Highlands, et seul le cousin de Patrick pouvait prétendre à le supplanter dans ce domaine. Mais une telle adresse ne passerait pas inaperçue ; inutile d'attirer l'attention sur lui.

Un silence tomba soudain sur les hommes, mais ce n'était pas pour la raison à laquelle songeait Patrick.

— Il n'en est pas question !

Il pivota en entendant la voix familière et fut surpris de voir Elizabeth s'approcher.

Il haussa un sourcil. Comme si elle savait ce qu'ils pensaient tous, elle justifia rapidement sa présence en plein entraînement.

— Je vous ai vu ici et... je m'étonnais que vous soyez sorti du lit. La guérisseuse dit qu'il faudra encore quelques jours pour vous rétablir.

Ses joues se colorèrent délicatement.

— C'est fort aimable de vous soucier de ma santé, madame. Mais Fiona pèche par excès de prudence. Je me sens suffisamment bien pour reprendre mes tâches.

Elle se mordit la lèvre, comme si elle avait voulu discuter, ce qu'elle aurait probablement fait sans la présence des hommes qui les écoutaient. Il trouva amusant que ce petit bout de femme veuille lui donner des ordres.

— Fort bien, si vous êtes sûr...

— Je le suis.

Leurs yeux se croisèrent un instant, avant qu'elle ne baisse les siens. Elle portait une robe de laine simple qui lui allait très bien. Sans le vertugadin, sa taille fine et la courbe de ses hanches se dessinaient mieux. Elle était menue, et les épaisseurs d'étoffe et de jupons ne mettaient pas en valeur sa silhouette élancée. Elle avait au bras un grand panier et il remarqua les pointes de ses bottes de cuir, sous ses jupes.

— Partez-vous quelque part, madame ?

— Je vais ramasser quelques fleurs sauvages qui poussent au sommet de la colline.

Il fronça les sourcils en se tournant vers la direction qu'elle indiquait.

— Vous ne devriez pas franchir les grilles du château sans escorte.

Son frère rôdait probablement dans les parages pour essayer de le rencontrer.

— C'est tout près d'ici…

— Je vous accompagne, proposa Finlay.

— C'est inutile, trancha-t-elle, peut-être un peu trop vite. Les hommes ont besoin de vous ici. Mais si vous pouviez vous passer de Patrick un moment, j'aimerais discuter de quelque chose avec lui.

Patrick surprit le regard hostile de Finlay, que ce dernier dissimula derrière un sourire hypocrite.

— Bien sûr, madame. Quoique, avec sa blessure, on se demande de quelle manière il pourrait vous protéger. Peut-être devrions-nous vous faire accompagner d'un autre garde, pour plus de sûreté.

La réaction de Patrick fut instantanée. Il fit un pas en avant. Les muscles de ses bras et ses épaules se tendirent alors qu'une de ses mains se transformait en poing. Il s'en fallut de peu que Finlay termine le nez dans la poussière. Patrick avait plus de force dans un seul bras que la plupart des hommes dans les deux. Affaibli ou non, le garde massif n'avait aucune chance contre lui.

Sentant les dangereuses vibrations qui circulaient entre les deux hommes, Elizabeth s'interposa et posa une main sur la poitrine de Patrick. Ce geste doux se révéla plus efficace que la lame d'une épée.

— Ce ne sera pas nécessaire, Finlay. Quiconque a vu Patrick se battre ne peut douter de son habileté. Vous oubliez qu'il nous a tous défendus admirablement alors qu'il était blessé. En cas de nécessité, il saura certainement manier son arc.

Elle se tourna vers Robbie.

— N'est-ce pas ?

— Oui. Tenez, capitaine, dit Robbie en tendant son arc à Patrick. Prenez le mien. Je n'en ai pas vraiment l'usage, ajouta-t-il avec une moue comique.

Les hommes éclatèrent de rire, et la tension se dissipa. Elizabeth en profita pour s'éloigner avec lui avant que Finlay ne trouve d'autres raisons de s'y opposer.

L'arc sur l'épaule, Patrick la suivit. Elle ralentit pour le laisser cheminer à côté d'elle. Ils marchèrent dans un silence agréable pendant quelque temps, en savourant le soleil et l'air frais. C'était une journée magnifique. Après la pluie de ces derniers jours, les couleurs du paysage se détachaient de façon éclatante contre le ciel d'un bleu limpide.

Ils furent bientôt en haut de la colline. Elizabeth se pencha pour ramasser des jacinthes sauvages. Il s'amusa de la voir prendre soin de choisir chaque fleur bleue, d'examiner ses pétales et de vérifier la résistance de la tige avant de les cueillir. Son attention aux détails était touchante.

Il avait pu remarquer, déjà, que peu de choses échappaient à sa vigilance. Elle prenait très au sérieux son rôle de châtelaine. À l'évidence, on l'avait élevée dans cet objectif. Il songea une fois de plus à ce à quoi elle devrait renoncer à cause de lui. Mais la pensée du fils de Glenorchy suffit à lever ses scrupules.

Il s'assit et appuya son dos contre un arbre, heureux de la regarder s'affairer avec la grâce d'un petit lutin. Ses cheveux blonds brillaient comme de l'or au soleil et ses yeux étincelaient.

Elle souriait rarement aussi librement. Il l'avait remarqué dès le début. Sa joie était toujours teintée d'incertitude. Son sourire était celui d'une personne s'attendant en permanence à un désastre imminent. Il connaissait ce sentiment ; c'était même l'une des choses qui l'avaient attiré chez elle. Sans doute la conséquence de son bégaiement et de ses désillusions romantiques. Comme lui, elle avait aussi perdu ses parents très jeune.

Ses coups d'œil furtifs lui apprirent que la jeune femme avait conscience du poids de son regard.

— Que faites-vous ?

— Je vous observe.

— Je vois cela. Mais devez-vous le faire aussi... intensément ?

Il haussa un sourcil, amusé.

— C'est ma mission.

Elle se rembrunit.

— Eh bien, si vous avez l'intention de passer votre temps à me dévisager avec cette expression énigmatique, venez au moins vous rendre utile, dit-elle en lui tendant le panier.

Il rit et vint la rejoindre. Le plaisir manifeste que Lizzie prenait à sa tâche était contagieux, et bientôt, il se surprit à s'émerveiller de ses découvertes avec presque autant d'enthousiasme qu'elle.

— Vous avez dit vouloir discuter de quelque chose avec moi ?

— Oh, je...

De petites taches roses ravissantes apparurent sur ses joues.

— Je ne m'en souviens plus.

— Si cela vous revient, parlez-m'en.

— Je n'y manquerai pas.

Elle cueillit encore quelques tiges, qu'elle ajouta à la pile dans le panier.

— J'ai été surprise de vous voir à l'entraînement aujourd'hui, dit-elle avant de préciser timidement : Je ne voulais pas me mêler de vos occupations.

Qu'elle s'excuse ne le surprit pas. Une femme n'avait pas sa place au milieu des guerriers. Ce qui étonna Patrick fut de ne pas l'en blâmer. Il se découvrait une fâcheuse tendance à apprécier la sollicitude qu'elle montrait à son endroit.

— Ne vous inquiétez pas, je venais tout juste d'arriver moi-même.

Ils commencèrent à rebrousser chemin.

— On dirait que votre capitaine n'est pas particulièrement désireux que nous nous joignions à sa garde, commenta-t-il.

Elle releva le menton et plongea les yeux dans les siens. Un éclat métallique faisait briller son regard clair.

— Ce n'est pas à lui d'en décider.

Sa voix, aussi inflexible que celle de son frère, le surprit. Sa douceur et sa disposition agréable faisaient aisément oublier qui elle était. Mais le sang Campbell coulait dans ses veines, il devait s'en souvenir.

Elle sourit, et l'éclat disparut.

— Les instructions de mon frère sont assez claires. Finlay peut se montrer... difficile, mais c'est un bon guerrier. Vous me direz si...

— Ce n'est rien que je ne puisse régler.

Il gèlerait en enfer avant que Patrick demande à une femme de résoudre ses problèmes. La lèvre d'Elizabeth s'ourla sur un nouveau sourire.

— Il y a certainement peu de choses que vous ne sachiez régler tout seul.

Leurs regards se croisèrent. Il n'y avait rien de suggestif dans sa voix, mais sa confiance et sa foi en lui produisirent le même effet. Cela réchauffa une partie très froide de son cœur.

Il haussa les épaules, ironique.

— Oh, si vous saviez…

Elle rit, et ils poursuivirent leur chemin. Il l'étudia du coin de l'œil. Son visage était pour lui fascinant : le profil délicat, le nez mince, les lèvres veloutées comme des pétales de roses, les longs cils recourbés, la peau lisse et laiteuse rosie par le grand air. Mais c'étaient ses yeux qui l'hypnotisaient littéralement, des yeux aussi limpides que le ciel était bleu, mis en valeur par des sourcils délicats.

Tout en elle paraissait si fragile, mais il savait que c'était un leurre. Elle était plus forte qu'elle n'en avait l'air.

Par quel miracle un homme ne l'avait-il pas encore ravie ? Il se demanda s'il ne se trompait pas à son sujet : n'était-ce pas Elizabeth qui ne désirait pas se marier ?

Il lui posa la question.

— Comment se fait-il que vous ne soyez pas encore mariée ?

Elle se raidit – ce fut infime, un éclair de vulnérabilité sur son visage. La même vulnérabilité qui l'avait attiré chez elle, et lui avait donné l'envie de la protéger, de la prendre dans ses bras.

Cette vulnérabilité qu'il était en train d'utiliser à ses fins.

Cela le glaça. Il n'aurait su dire depuis quand les sentiments de Lizzie comptaient pour lui, mais c'était le cas.

Sa trahison la blesserait.

Tôt ou tard, il devrait lui révéler sa véritable identité, et lorsqu'elle découvrirait pourquoi il s'était intéressé à elle, cela lui ferait plus mal encore. Jamais elle ne le lui pardonnerait.

Elle s'immobilisa et se tourna vers lui avec un petit sourire nostalgique.

— Ce n'est pas faute d'avoir essayé. Je m'étonne que vous n'ayez pas entendu parler de mes infortunes matrimoniales.

Il haussa les épaules.

— Je me tiens loin des ragots.

Elle soupira, puis prit une profonde inspiration.

— Mon cousin le comte d'Argyll a arrangé trois fiançailles pour moi, mais cela ne s'est jamais soldé par un mariage.

— Je suis désolé.

Il posa une main sur son bras et se demanda lequel des deux était le plus choqué par ce geste.

— Pas moi. Cela vaut mieux ainsi.

— N'y a-t-il donc personne que vous avez envie d'épouser ?

Elle hésita.

— Peut-être, jadis, mais bien de l'eau a coulé sous les ponts.

Le sourire sur son visage était visiblement tendu.

Patrick éprouva un sursaut de colère, et un élan qui ressemblait à s'y méprendre à une pointe de jalousie. Si Montgomery n'avait pas déjà payé pour ses péchés, il aurait adoré y veiller.

— Quoi qu'il en soit, poursuivit-elle, bientôt la question ne se posera plus.

Feignant l'ignorance, il demanda :

— Que voulez-vous dire ?

— Lorsque nous avons été attaqués, je me rendais à Dunoon pour discuter précisément de ce sujet avec mon cousin.

— A-t-il arrangé un autre mariage ?

Elle haussa les épaules.

— Rien n'a encore été officialisé, mais mon frère m'a dit que le projet est déjà bien avancé.

Elle n'était pas encore complètement résolue à épouser le fils de Glenorchy. Tant mieux. S'il avait appris une chose au sujet d'Elizabeth Campbell, depuis le peu de temps qu'ils se connaissaient, c'était qu'elle avait un grand sens du devoir. Il lui aurait été beaucoup plus difficile de la persuader de s'enfuir avec lui si elle avait déjà accepté l'union proposée par son cousin.

— Connaissez-vous cet homme ?

Elle acquiesça de la tête.

— Et ne vous convient-il pas ?

Elle joua avec la dentelle à son poignet.

— Je le connais trop mal, éluda-t-elle. Mais jamais mon cousin ne m'obligerait à épouser un homme pour lequel je ne pourrais pas avoir d'estime.

Patrick fit un pas vers elle. La discrète odeur florale dans ses cheveux était accentuée par la chaleur du soleil. Elle emplissait ses narines et lui montait à la tête.

— De l'estime ? Est-ce suffisant ? Et l'amour ?

Elle refusa de le regarder et il sentit sa nervosité.

— Je suis sûre que j'en viendrai à aimer mon mari.

Il rit.

— Ce n'est pas si simple que cela. L'attirance et l'amour ne se décrètent pas.

Des taches de couleur se formèrent sur ses pommettes.

— Je n'ai peut-être pas autant d'expérience que vous en la matière, mais ce n'est pas une raison pour vous moquer de moi.

Il cessa de rire, comprenant qu'il avait touché un point sensible. L'incident dont il avait été témoin à Inveraray avait profondément marqué la jeune fille.

— Je n'en avais pas l'intention.

— Vraiment ? Tout le monde n'a pas la chance d'avoir un physique aussi avantageux que le vôtre.

Il prit son menton et l'obligea à croiser son regard.

— Je peux vous garantir, madame, que vos appas m'enchantent. Mais ce qui existe entre nous représente davantage qu'une attirance physique.

— Il n'existe rien entre nous, répondit-elle sans le quitter des yeux. Et il ne saurait en être autrement.

Son déni sec le mit en colère, et cela n'avait rien à voir avec son plan ; il ne pensait même plus à ce fichu plan. Il ne désirait qu'une chose, lui faire admettre le lien qui les unissait. Qu'elle fasse si peu de cas de lui alors qu'il s'échinait à lutter contre le désir de lui faire l'amour le rendait fou. Et lui donnait d'autant plus envie de lui prouver qu'elle se trompait.

Elle voulut se détourner, mais il la plaqua contre sa poitrine. Elle était si menue, si douce... Il réprima un gémissement.

— En êtes-vous si certaine ?

Il n'eut pas besoin de faire semblant de prendre une voix séductrice. Il glissa le doigt le long de la courbe de son cou. Elle agrandit les yeux, mais ne bougea pas.

— S'il n'y a rien entre nous, pourquoi votre cœur bat-il aussi vite que les ailes d'un papillon ?

Son pouce s'arrêta sur le velours de sa lèvre inférieure.

— Pourquoi votre respiration s'accélère-t-elle ?

Il baissa la tête.

— Et pourquoi vos lèvres s'entrouvrent-elles pour moi ?

C'était prématuré, mais tant pis. Il l'embrassa, d'abord doucement. En effleurant délicatement la bouche qui lui causait un tel émoi que sa poitrine le brûlait. Seigneur, comme elle était douce. Un agneau innocent entre les mains d'un loup.

Jamais il n'aurait pensé qu'une femme aussi merveilleuse pourrait être à lui.

Peut-être avait-il besoin d'elle pour reprendre possession de ses terres, mais il la voulait avant tout pour lui.

Cela l'agaça. À quoi bon compliquer sa vengeance avec un désir personnel ? Cela ne pouvait que créer des problèmes.

Il releva la tête et plongea les yeux dans les siens ; la surprise et la passion frémissaient dans ses profondeurs cristallines. Il lui laissait l'occasion de lui ordonner de cesser. De le repousser. De refuser son baiser. De lui dire qu'il n'avait pas le droit…

Mais, au lieu de cela, elle se fondit contre lui, noua les mains autour de son cou dans une reddition muette.

Cette fois, il cessa de se retenir. Il ne pouvait contenir davantage la passion, la faim, le désir.

Elle était à lui.

Le cœur de Lizzie tambourinait dans sa poitrine. L'effleurement de ses lèvres avait enflammé la braise qui couvait en elle.

Elle sentait son goût sur sa bouche, la pointe de ce parfum épicé ô combien savoureux.

Il avait les yeux rivés aux siens ; ses intentions ne faisaient aucun doute. Les rayons obliques du soleil découpaient des angles sur son visage. Ses cheveux noirs étincelaient telles les ailes d'un corbeau. Il affichait un air menaçant, ténébreux et très, très affamé.

Ce ne fut pas le froid qui la fit frissonner. Elle ressentait au contraire une délicieuse chaleur. Un océan chatoyant de sensations qui menaçaient d'étouffer toutes ses bonnes résolutions. Elle ne devait pas se laisser aller. Elle ne devait pas confondre la luxure avec autre chose. Une autre chose qui paraissait pourtant forte, authentique, réelle.

Il baissa la tête.

Le pouls de Lizzie s'accéléra et elle se figea, paralysée par le désir. Un désir qu'elle n'avait jamais éprouvé auparavant. Un désir laissant penser qu'elle n'avait connu avec John que des jeux d'enfants.

La force des émotions, l'intensité avec laquelle elles la submergeaient, la surprirent.

Elle n'avait jamais rien vécu de tel. Cet homme était beaucoup plus dangereux que John Montgomery.

Elle pouvait l'arrêter. Elle savait ce qu'il allait faire. Elle ne devait pas jouer avec le feu. Mais elle était faible. Trop faible pour résister à l'étrange attirance, au ramollissement qui rendait son corps tendre et brûlant.

Le désir était grisant. C'était tout simplement trop bon.

Elle se laissa aller contre lui, écrasa les seins contre la muraille puissante de sa poitrine.

Était-ce si mal de vouloir se laisser aller ainsi ? D'aspirer de toutes ses forces à être contre lui ? De savoir qu'elle était une femme pouvant susciter du désir ?

Et si Patrick Murray était l'homme qu'elle attendait ?

Elle cessa de respirer en sentant la chaleur de son souffle sur sa peau. Sa bouche était délicieusement proche, mais il lui laissait du temps. Trop de temps. Elle ne voulait pas réfléchir, elle voulait ressentir. Profiter du moment sans songer aux conséquences.

Son désir le disputait à la froide et dure réalité. C'était une situation impossible. Un simple guerrier ne pouvait pas être fait pour elle. Ses cousins et ses frères voudraient qu'elle épouse un chef, un seigneur, un homme qui contribuerait à asseoir la prééminence du clan Campbell. Même un Anglais serait préférable.

Mais son corps n'écoutait pas. Ses deux mains se refermèrent derrière son cou, l'invitant silencieusement à prendre tout ce qu'il voulait. À céder au feu qui brûlait entre eux depuis le début.

Juste un moment, se jura-t-elle. Juste un baiser. Depuis ce jour dans la chambre de son cousin, elle ne pensait pour ainsi dire qu'à cela. Elle ferait son devoir, mais d'abord il fallait qu'elle sache quelles sensations cela procurait de sentir ses lèvres contre les siennes, de goûter sa passion. La passion de cet homme qui l'embrasait simplement en la regardant. Ce guerrier sauvage et ténébreux l'intriguait depuis le début. Elle ne ferait qu'assouvir sa curiosité.

Il couvrit sa bouche de la sienne et, pendant un instant, l'univers cessa d'exister. Lizzie n'avait plus aucune volonté. Toutes ses terminaisons nerveuses excitées par l'anticipation explosèrent en une bouffée de plaisir pur. Une seule chose comptait désormais, le contact délicieux de sa bouche veloutée sur la sienne, l'impression de se dissoudre dans la chaleur et le bien-être. Ses lèvres fermes qui la possédaient. Leurs souffles mêlés. Le lien forgé dans la passion et le désir.

Seigneur, c'était encore mieux qu'elle ne l'avait imaginé.

Oh, comme elle rêvait qu'il la touche ! C'en était douloureux. Le monde tournoya sous ses pieds, et Lizzie se laissa submerger par un océan de volupté.

Elle ouvrit la bouche contre lui, et il gémit. Il plongea la langue en elle avec une intensité révélant qu'elle n'était pas la seule à être affectée par ce baiser. Il enfonça les doigts dans ses cheveux, rapprochant encore davantage sa bouche, comme s'il voulait la dévorer tout entière.

Lizzie n'aurait pu empêcher ce qui allait se passer, même si elle l'avait voulu.

La passion qui bouillonnait dans son sang était beaucoup plus dangereuse que tout ce qu'elle connaissait. Son désir pour Patrick Murray était élémentaire. Elle avait besoin de lui comme de nourriture et d'air.

Il fallait qu'elle soit plus proche. Elle ne serait assez proche que lorsque son corps serait fondu au sien. Lorsqu'il serait enfoui en elle, la remplirait et crierait son nom. Lorsqu'il l'aimerait.

Elle perçut sa réserve, son inquiétude quant à son innocence. Comment lui dire que c'était inutile ?

Elle lui rendit son baiser, instinctivement.

Patrick grogna et le baiser s'intensifia. Elle plaqua davantage son corps contre lui. Poitrine contre poitrine. Courbes douces contre granit. Elle sentait la tension de son membre viril.

Seigneur, comme il était grand ! Quelque chose réagit au creux du ventre de Lizzie.

Son corps brûlait. Elle ouvrit plus encore la bouche, pour respirer, en proie à une frénésie incontrôlable. Il devint moins tendre, plus désespéré, sa mâchoire griffait la peau fragile autour de sa bouche.

Non, ce n'était pas un gentilhomme. Un gentilhomme n'embrassait pas de façon aussi primitive. Patrick Murray était un homme charnel, il n'avait pas peur de lui montrer l'ampleur de son désir.

Il couvrit son sein de sa paume, et elle se cambra pour mieux l'épouser. Il fit descendre alors sa bouche le long de sa gorge, y déposa des baisers ardents tandis que sa main caressait doucement la chair tendre de son sein. Son souffle court sur sa peau humide la fit frissonner des pieds à la tête.

Ses cheveux, réchauffés par le soleil, étaient soyeux sous son menton. Lizzie ne put s'empêcher d'y passer les doigts.

Il perdait la maîtrise de lui-même. Ses mouvements lents et étudiés se dissolvaient en une frénésie qui n'avait rien à envier à la sienne. Ses mains parcouraient son dos, ses hanches, ses fesses. Il la souleva et l'incita à passer les jambes autour de lui jusqu'à ce que la douce friction la rende tremblante de désir. Elle gémit, s'agrippa à ses épaules.

Sa respiration était saccadée, son cœur battait la chamade.

Il l'embrassa encore, avec plus d'insistance. Il emmêlait les mains dans ses cheveux, sa langue à la sienne. Il l'embrassa jusqu'à ce que la tête lui tourne. Jusqu'à ce que ses genoux se dérobent. Jusqu'à ce qu'elle ne rêve plus que d'une chose, se laisser tomber à terre et sentir sur elle le poids de ce corps musclé.

Sa peau lui paraissait trop étroite pour contenir toutes ces sensations nouvelles. Elle était agitée, impatiente, elle se sentait devant un précipice étrange et enchanteur.

— Votre peau est douce comme le velours, murmura-t-il contre son oreille.

Lizzie se figea ; les mots pénétrèrent la ouate sensuelle aussi brutalement qu'un seau d'eau glacé.

Que faisait-elle ? Elle n'avait voulu qu'un baiser !

Grands dieux, ne pouvait-elle tirer les leçons de ses expériences passées ? La luxure ne signifiait pas l'amour. Les plaisirs de la chair ne signifiaient pas l'intimité. Ils ne le rendraient pas amoureux. Avait-elle à ce point besoin d'affection pour avoir oublié cela ?

Elle avait déjà commis cette erreur. Elle ne la reproduirait pas. Pas pour un homme qui ne pourrait jamais être à elle. Pas pour un homme qui pleurait encore la perte de sa femme. Sa poitrine se noua lorsqu'elle songea qu'il s'était probablement tourné vers elle pour oublier son chagrin. Pour se réconforter dans ses bras.

— Non, murmura-t-elle contre sa bouche, se dégageant et le repoussant avec une agressivité qui les surprit tous les deux. Laissez-moi ! s'étrangla-t-elle en cherchant son souffle. Je vous ai dit que c'était impossible...

Les yeux de Patrick, sombres et pénétrants, la vrillèrent de leur intensité.

— Ce n'est pas exactement ce que je croyais comprendre.

— Avez-vous oublié votre femme ?

Une étrange expression se peignit sur son visage.

— Pendant un moment, oui.

Elle resta muette, ne sachant que faire de cet aveu. Il avança d'un pas encore, et l'avidité de son regard la fit frissonner. C'était un guerrier, et un Highlander, de surcroît. Il pouvait abuser d'elle, la violenter. Pourtant, curieusement, elle lui faisait confiance.

— Ne vous mentez pas, Elizabeth. Vous le désirez autant que moi.

Il glissa de nouveau la main autour de sa taille. Elle sentit la pression sur sa hanche quand il l'attira contre lui.

Ne voyait-il pas que cela ne pouvait être ? Ne le comprenait-il pas ?

Elle avait l'impression de nager à contre-courant dans un torrent impétueux. Mais elle comptait bien tirer profit de son expérience passée.

Rassemblant ce qui lui restait de courage, elle s'arracha à son étreinte.

— Vous vous oubliez, monsieur.

Elle releva le menton, et plongea les yeux dans les siens afin de ne laisser subsister aucune ambiguïté. C'était un garde, pas un prétendant digne de ce nom.

— Il s'agissait d'un baiser, rien de plus. Une erreur, qui ne se reproduira pas. Ne me touchez plus.

Les mots, croyait Patrick, n'avaient pas le pouvoir de faire mal. Il se trompait. Elle ne voulait pas de lui. Il l'avait lu dans ses yeux : il n'était pas assez bien pour elle. Et encore, elle ne connaissait pas la moitié de la vérité…

Par tous les saints !

Il étouffa sa déception en serrant les mâchoires.

— Je vous demande pardon. Je n'avais pas réalisé que cela vous était si déplaisant.

Lizzie lui prit le bras spontanément.

— Non, je…

Mais elle ne termina pas sa phrase et laissa retomber sa main contre son flanc.

Il vit le tourment sur son visage, dans ses yeux, mais ne s'en sentit pas moins rejeté.

— N'ayez crainte, cela ne se renouvellera pas. Loin de moi l'idée de m'imposer à vous.

Elle ne savait que dire.

— Je suis désolé, ajouta-t-il.

Il vit trembler la petite bouche rouge si douce qu'il venait d'embrasser. Mais son cœur était redevenu dur comme pierre. Quelle folie de lui en avoir laissé l'accès !

Il la regarda partir en proie à une amertume mêlée de désir. Il la voulait désespérément, mais savait qu'il n'avait pas le droit de la posséder. Elle était innocente.

Non, pas si innocente.

Il fut soudain frappé par cette conviction. Elizabeth Campbell avait déjà été embrassée. Et, soupçonnait-il, à la façon dont elle avait réagi à ses caresses, peut-être même avait-elle fait davantage...

Jusqu'où était-elle allée ?

La question le rongeait.

Il ne songeait qu'à la posséder. Uniquement à cause de son plan, se dit-il. Ce ne serait pas si facile de la séduire, finalement. Son expérience la rendrait moins encline à tomber dans le piège, sans doute même se méfierait-elle.

Mais l'intensité de sa réaction révélait que la situation était plus complexe. Jamais un baiser ne s'était transformé aussi rapidement en une étreinte passionnée. Il avait été sur le point de la jeter sur l'herbe pour la prendre, là, comme un animal. Elizabeth Campbell était une enchanteresse.

Son corps vibrait encore d'une énergie frustrée. Il fallait à tout prix qu'il se ressaisisse. Il ne s'agissait pas de coucher avec cette fille, mais de récupérer ses terres.

Et, pour s'éclaircir la tête, il n'avait qu'une seule solution.

8

Un simple baiser.

Un moment d'égarement. Aucune raison de se condamner indéfiniment.

Pourtant, quand Lizzie retourna au château, son tourment était toujours aussi vif. Son cœur battait la chamade, son esprit fusait dans toutes les directions, et les larmes étaient dangereusement proches ; jamais elle ne s'était sentie aussi troublée, aussi indécise. Elle n'aspirait qu'à oublier Patrick Murray et le bien-être incroyable que lui procuraient ses bras. Oublier sa bouche sur la sienne, son goût épicé et piquant, l'empreinte de cette grande main de guerrier sur son sein.

Oublier que c'était arrivé.

Mais si je ne le peux pas ?

Elle fit taire la petite voix dans sa tête en s'attelant à ses tâches quotidiennes avec un zèle décuplé. Cette distraction se révéla bienvenue. À la fin de la journée, le labeur physique lui avait éclairci les idées.

Ce fut seulement lorsque tous les muscles de son cou et de son dos furent endoloris qu'elle s'arrêta, avant d'aller s'écrouler dans sa chambre. Elle était tellement épuisée que, si elle n'avait été couverte de poussière, elle se serait tout simplement endormie sur son lit. Mais quand on lui monta un bain, elle trouva la force de s'enfoncer dans l'eau chaude de la profonde baignoire en laiton.

Elle ferma les yeux pour laisser ses pensées dériver, mais les souvenirs resurgirent. Plus elle essayait de les repousser, plus ils s'imposaient à elle.

Elle avait mal agi. Non seulement en se laissant embrasser, mais en réagissant ainsi ensuite. Ce n'était pas la faute de Patrick Murray si elle craignait de répéter ses erreurs passées ; elle avait adoré ce baiser, l'avait encouragé, et lorsqu'il avait accepté ce qu'elle lui offrait, elle s'était ravisée.

Elle avait eu le temps de voir dans ses yeux à quel point sa rebuffade l'avait blessé. Il pensait qu'elle l'avait rejeté à cause de son rang. Mais ce n'était pas si simple.

Patrick Murray était sûr de lui, puissant, il avait l'étoffe d'un chef. Le guerrier parfait. Comment pouvait-il comprendre ce que c'était, de ne pas se faire confiance ? De ne plus avoir foi en son propre jugement ? De découvrir qu'on est capable de se méprendre grossièrement ?

Elle n'avait raconté à personne l'ampleur de son idiotie avec John Montgomery.

Quelques semaines après leurs fiançailles, il lui avait dérobé des baisers. Peu avant les jeux, elle l'avait croisé par hasard, en pleine nuit. Il l'avait embrassée. Au début, elle avait pouffé nerveusement et l'avait repoussé. Mais il était devenu insistant, et Lizzie avait cessé de lutter. Il l'avait attirée dans une alcôve et allongée sur une banquette recouverte de coussins. Il l'avait caressée, avait éveillé des sensations qu'elle n'avait jamais soupçonnées.

— Votre peau est douce comme le velours, avait-il dit, exactement comme Patrick aujourd'hui.

Il avait enfoui son visage dans sa poitrine.

— Vos seins sont si doux et si ronds.

Les choses qu'il lui murmurait à l'oreille lui avaient plu. Elle avait apprécié ce qu'elle ressentait. Se sentir aimée. Protégée.

— Voyez l'effet que vous produisez sur moi.

Il avait pris sa main et l'avait posée sur son entrejambe.

— Laissez-moi vous aimer.

Il lui avait promis que tout irait bien, qu'ils allaient se marier, que si elle l'aimait, il était normal qu'elle veuille lui donner du plaisir.

Comme une idiote, elle l'avait cru.

Ce soir-là, elle avait donné sa virginité à John ; deux jours plus tard, il lui avait brisé le cœur.

Après les jeux, il était venu s'excuser. Lui dire qu'il ne pensait pas ses mots cruels. Mais il était trop tard. Ses illusions s'étaient envolées et elle voyait désormais en lui l'homme qu'il était, non celui qu'elle voulait qu'il soit.

— S'il vous plaît, Elizabeth, réfléchissez. Pensez au contrat de fiançailles. Aux implications pour nos familles.

Pour *sa* famille, oui. Celle de Lizzie n'avait pas besoin de cette alliance.

— Rien ne saurait m'obliger à vous épouser.

— Mais vous êtes déshonorée !

Elle détestait ce mot. Elle n'était pas déshonorée. Elle était différente. Changée. Lucide.

— Je vous suggère de garder cela pour vous, avait-elle rétorqué avec calme. Si l'un de mes frères découvre ce que vous avez fait, vous serez un homme mort.

Il pâlit. Jamie était connu pour son implacabilité, et Colin, bien que moins réputé pour ses qualités de combattant, avait en lui une cruauté qui le rendait tout aussi terrifiant.

— Quelqu'un le saura tôt ou tard, fit-il remarquer.

Oui, son *mari*. Le cœur de Lizzie se serra à la pensée de ce qu'elle avait gâché pour un homme qui ne l'aimait pas. Pas comme elle méritait d'être aimée. Le plaisir qu'elle avait connu avec lui, elle aurait dû le partager avec son mari. Sa mâchoire se crispa.

— Cela ne regarde que moi.

À l'époque, elle pensait encore trouver un époux qui l'aimerait. Mais le temps avait passé, et désormais l'amour semblait inaccessible. Au moment de dire la vérité à Robert Campbell, sa dot jouerait un grand rôle.

Ce constat était amer.

Elle enfonça la tête sous l'eau une dernière fois et sortit du bain. Malgré la vapeur chaude, elle claquait des dents pendant qu'une jeune servante frottait sa peau avec le linge réchauffé devant la cheminée. L'odeur discrète de la lavande la réconforta quelque peu. C'était son parfum préféré, et Lizzie veillait à ce que le linge soit toujours parfumé.

La domestique entreprit de la coiffer et, alors qu'elle lui tirait les cheveux tout en s'excusant, Lizzie songea qu'Alys lui manquait. Son mari se remettait de sa blessure, mais elle ne pouvait pas le laisser seul.

Le bain lui avait fait un bien fou, et pour la première fois depuis le baiser, Lizzie parvenait à penser rationnellement.

Les mots doucement murmurés par Patrick Murray dans le brouillard de la passion avaient fait remonter les souvenirs et les émotions. Le doute. La douleur.

Certes, elle désirait éperdument le beau Highlander, mais cela ne suffisait pas.

Pourtant...

Elle avait eu la conviction que ce qui les liait était différent. Les sensations étaient tellement plus intenses avec lui. Tellement... parfaites. Elle s'était sentie à sa place dans ses bras.

Manifestement, songea-t-elle avec ironie, il lui restait encore quelques illusions.

Quand la servante eut fini de l'habiller, elle descendit pour le dîner du soir dans la grande salle. Les tables étaient gaiement décorées de nappes de couleurs, de fleurs et de chandeliers. Un harpiste assis devant la cheminée distillait de la musique dans la salle enfumée par la tourbe. Quelques domestiques s'affairaient autour des tables avec des pichets de bière et de vin rouge, et des tranchoirs où s'empilaient du fromage, du pain et des pièces de bœuf. L'endroit était chaleureux, animé et accueillant.

Tout était irréprochable, mais il manquait quelque chose. Elle regarda dans la direction du dais en s'imaginant un instant y voir Patrick qui levait les yeux et lui souriait, mais l'image se brouilla aussitôt. Il n'avait aucune raison de se trouver là. C'était un garde parmi les autres. Ne venait-elle pas de le lui signifier ? Un baiser, et la voilà qui divaguait.

Soudain, Lizzie se sentit très seule. L'atmosphère agréable qu'elle se donnait tant de mal à créer n'était qu'un vernis servant à masquer son immense solitude.

Elle remarqua que la pièce était plus silencieuse que d'habitude. Un rapide coup d'œil lui apprit pourquoi. Ni Patrick ni ses hommes n'étaient présents.

Une bouffée d'angoisse l'étreignit. L'avait-elle fait fuir ?

Non. Il n'allait pas partir alors qu'il avait promis de rester. En tout cas, pas sans lui dire au revoir.

Elle prit sa place entre le bailli et Finlay, qui l'accueillirent tous deux chaleureusement. Elle échangea quelques mots avec le bailli avant d'aborder la question qui hantait son esprit :

— Je ne vois pas les gardes de Murray dans la salle. Le devoir les a-t-il appelés ailleurs ?

L'homme haussa les épaules.

— Pas à ma connaissance, madame.

Elle entendit Finlay ricaner à côté d'elle. Il avait manifestement surpris leur conversation.

— Ce n'est pas le devoir qui les a éloignés, madame.

Un sourire entendu éclairait son visage, comme s'il songeait à une blague coquine.

— C'est un appel d'un genre bien différent.

— Je ne comprends pas.

— Ils sont partis festoyer au village.

Elle fronça les sourcils.

— Pourquoi donc ? Nous avons à boire et à manger en abondance ici.

Finlay fit semblant d'être mal à l'aise, mais à l'évidence, il était impatient de lui révéler ce qu'il savait.

— Nous n'avons pas ici tout ce qu'on trouve au village.

Seigneur ! Lizzie cessa de respirer. Des femmes. Ils étaient allés chercher des femmes.

Une dague s'enfonça dans ses côtes et déchira un petit morceau de son cœur. Le morceau de son cœur qui avait cru voir quelque chose de particulier dans le baiser qu'elle avait échangé avec Patrick. Elle déglutit.

— Je comprends.

Cela n'aurait pas dû avoir d'importance. Même si elle s'était intéressée à lui, ce qui n'était pas le cas, les hommes avaient besoin de femmes.

Mais cela ne diminuait pas la petite boule de déception qui la tenaillait. Ni la sensation qu'une fois de plus, elle avait cru voir quelque chose de spécial là où il n'y avait que luxure. Une luxure que n'importe quels bras pouvaient satisfaire.

L'accorte et plantureuse jeune fille assise sur ses genoux n'apaisait en rien l'agitation de Patrick. Il feignait cependant de s'amuser en avalant des bières et en se laissant faire.

L'appel de la chair avait fourni un prétexte idéal pour se soustraire au dîner du château. Après tout, une petite aventure ne lui ferait peut-être pas de mal.

Mais l'odeur de la bière n'était pas celle de la lavande. Voyant que ses baisers mouillés dans son oreille et la pression de ses seins n'éveillaient rien en lui, Patrick la congédia avec de vagues promesses qu'il n'avait aucune intention de tenir.

Il avait à faire, et la véritable raison de sa présence en ce lieu venait de franchir le seuil de la taverne.

Patrick faillit ne pas le reconnaître. Gregor s'était métamorphosé. Il avait troqué son grand kilt lacéré contre une cuirasse et des chausses. Pour la première fois depuis qu'il était en âge de se raser, Patrick le voyait sans barbe. Il avait également coupé ses cheveux et les avait attachés sur la nuque. Ils étaient légèrement plus clairs que les siens, mais la ressemblance entre les deux frères n'avait jamais paru plus frappante. Patrick pria le Ciel pour que personne ne le remarque.

Leurs regards se croisèrent, mais ils s'ignorèrent mutuellement. Au bout d'un moment, Patrick se retira à l'arrière, dans l'une des « alcôves » dont disposait la taverne : une table et des bancs séparés du reste de la salle par un rideau en tissu. Bien que petit, le village de Dollar s'enorgueillissait d'une auberge tout à fait correcte.

Peu après, Gregor s'asseyait en face de lui. Robbie et les autres veilleraient à ce qu'on ne les dérange pas.

Patrick contempla son frère un long moment sans rien dire. Sa colère était palpable. Gregor eut la témérité de ne pas baisser la tête ni d'afficher une mine contrite. Il pensait sans doute que le lien de fraternité qui les unissait le protégerait du courroux de Patrick.

Mais ces dernières années, ce lien s'était effiloché et, après l'attaque de la semaine précédente, il ne tenait plus qu'à un fil.

— Je devrais te trancher la gorge, gronda Patrick.

— Tu as étonnamment bonne mine, mon frère.

Vif comme l'éclair, Patrick le saisit par le col.

— Pas de ces petits jeux, Gregor. Je ne suis pas d'humeur. Si tu as quelque chose à dire, dis-le.

Les yeux de Gregor s'assombrirent, et il se dégagea d'une secousse en se frottant la gorge.

— Je voulais simplement dire que tu avais bonne mine. La vie de château te va bien.

— Ce qui me va bien, c'est que mon sang coule dans mon corps et non pas *hors* de mon corps. Pour la première fois depuis des semaines, je ne souffre plus d'une blessure ouverte.

Il examina son frère.

— De ton côté, tu ne sembles pas souffrir de... l'incident.

Le visage de Gregor devint rouge de colère.

— Cette garce a de la chance que sa lame n'ait pas causé plus de dégâts. Mais j'en garderai une cicatrice, le souvenir de la douleur.

Patrick n'aimait pas ce qui luisait dans les prunelles de son frère. Sans le quitter des yeux, il déclara d'un ton coupant :

— Tu ne la toucheras pas, Gregor. Notre combat est autre.

— Ah oui ? Et quel est-il donc ? C'est une Campbell, l'aurais-tu oublié ?

— J'ai dit : laisse-la. Tu as causé suffisamment d'ennuis. Tu devais attendre jusqu'à ce que nous soyons en position.

Il se pencha au-dessus de la table, menaçant :

— Personne ne devait mourir.

— Les hommes voulaient s'amuser un peu. Et tous ces Campbell…

Gregor haussa les épaules.

— L'occasion était trop belle pour qu'on la laisse filer.

— Ce n'était pas à toi d'en décider, rétorqua Patrick. La décision aurait pu venir de ton oncle et de Iain, mais pas de toi.

Gregor lui fit enfin la grâce de paraître honteux. Patrick était son chef. Et il ne laisserait personne contester son autorité.

— Je ne pensais pas que tu y trouverais à redire.

— Au fait que tu enlèves la fille que j'ai l'intention d'épouser ?

Le visage de Gregor se durcit.

— Mais cette fille n'est rien pour toi ! Elle m'a mis en colère. La façon dont elle m'a toisé… Comme si je ne valais pas mieux qu'un chien.

S'il s'était agi de Patrick, l'aurait-elle regardé de la même façon ? Il préféra ne pas s'appesantir sur cette question.

En tout état de cause, Patrick comprenait la colère de son frère. Le roi et ses courtisans Campbell les avaient dépouillés de tout. Leurs biens, leur famille, leur richesse, leur position...

Après tant d'années passées à vivre en proscrits, la brutale existence de hors-la-loi avait gommé chez eux toute civilité.

— Laisse-moi la fille, et si jamais tu reprends une initiative de ce genre...

Il braqua les yeux sur lui.

— Écoute-moi bien, que tu sois mon frère ou non, tu ne vivras pas assez longtemps pour le regretter.

Gregor tressaillit.

— Tenons-nous-en au plan, l'avertit Patrick.

— Est-ce qu'il fonctionne, au moins ? La fille a-t-elle mordu à l'hameçon ?

Patrick réfléchit un instant.

— Oui.

Elle avait beau lutter contre son attirance, Lizzie n'était pas indifférente.

— Cette petite souris pathétique, tu as dû n'en faire qu'une bouchée ! s'esclaffa Gregor.

Patrick dissimula l'étincelle de fureur que ces paroles frustes avaient déclenchée en lui. Il n'avait aucune envie de raconter son entreprise de séduction à son frère.

— Cela ne fait qu'une semaine. Il me faudra du temps. Dès l'enfance, on a inculqué à cette fille la valeur du devoir à accomplir. Elle ne s'enfuira pas avec le premier homme venu.

— Je croyais qu'elle était aux abois.

Patrick réprima une grimace. Avait-il réellement dit cela ? Elle n'était nullement aux abois. Elle était adorable et vulnérable, peut-être, mais pas aux abois.

Tôt ou tard, Elizabeth Campbell lui succomberait, Patrick en était certain. Lorsqu'il s'agissait d'obtenir ce qu'il voulait, il était capable de se montrer aussi impitoyable que son frère.

— Encore un peu de temps, Gregor.

Il but une gorgée de bière, puis enchaîna :

— Quelles sont les nouvelles de notre cousin ?

— Ils sont arrivés sains et saufs à destination.

Patrick hocha la tête.

— Bien.

Les Lamont d'Ascog avaient dû accepter de les accueillir.

— Non, ce n'est pas bien, corrigea Gregor. Devine qui se trouvait là-bas ? Jamie Campbell.

— Il n'y est plus.

Gregor le considéra d'un œil soupçonneux.

— Comment peux-tu le savoir ?

— Je l'ai vu au château Campbell il y a quelques jours.

— Tu l'as vu, et il n'en est pas ressorti avec une flèche entre les deux yeux ?

La mâchoire de Patrick se contracta.

— Je n'en ai pas eu l'occasion. Il n'est resté que peu de temps au château avant d'être appelé ailleurs. J'ai surtout veillé à éviter de le croiser, et j'ai d'ailleurs de la chance de ne pas avoir été démasqué.

Il n'aimait pas la façon dont Gregor étudiait son visage.

— Tu as eu l'Exécuteur devant toi, et tu n'as pas trouvé une seule « occasion » ?

Patrick serra la main autour de la chope devant lui.

— Doutes-tu de ma loyauté ?

— Non. Mais je me demande ce que t'a fait cette fille.

— Elle ne m'a rien fait du tout.

— C'est une Campbell.

Comme s'il risquait de l'oublier.

— Elle va aussi devenir ma femme, dit-il en guise d'avertissement.

— Nous aurions mieux fait de l'enlever. Tu serais marié, à l'heure qu'il est.

— Mais pour combien de temps ? Non, continuons à suivre mon plan. Le butin vaut bien un peu de patience.

— Ne te trompe pas de butin.

Le butin était la terre, pas la fille.

— Je sais parfaitement pourquoi je suis ici, je n'ai aucun besoin que tu me le rappelles.

Il ne tolérerait pas davantage les menaces subtiles de son frère.

— Et rappelle-toi ce que j'ai dit, Gregor. N'interviens plus. Je sais ce que je fais.

Lizzie avait été tout aussi affectée par le baiser que lui, il en était sûr. Pour des raisons qui lui appartenaient, elle était déterminée à lutter contre cette attirance, mais il n'avait aucune intention de lui faciliter la tâche. Son frère avait demandé qu'un garde soit présent à ses côtés en permanence, et il comptait bien ne jamais la quitter des yeux.

Et si la séduction ne suffisait pas…

Il grimaça. Il ferait le nécessaire pour l'empêcher d'épouser le fils de Glenorchy.

L'enlèvement serait son ultime recours, mais s'il devait en arriver à cette extrémité, il ne dérogerait pas à son devoir.

9

Tandis que le soleil atteignait son zénith dans le ciel d'été et que les jours raccourcissaient déjà inexorablement vers l'automne, Lizzie commençait à se demander si sa famille ne l'avait pas oubliée.

Hormis une courte missive de son cousin exprimant son soulagement de la savoir bien-portante à la suite de l'agression et lui jurant que l'incident ne serait pas sans représailles, elle n'avait plus entendu parler d'eux.

Ce silence prolongé l'aidait à oublier les projets d'avenir et à rêver d'autres choses. Des choses que, sans sa souffrance tenace, il serait facile de croire possibles.

Lizzie n'avait aucune raison de reprocher à Patrick Murray d'aller chercher son plaisir ailleurs, mais cela n'empêchait pas son esprit de se torturer avec des images déplaisantes chaque fois qu'il se rendait au village. Des images aussi tranchantes que la lame d'un couteau.

Au début, elle avait essayé de l'éviter. Chaque fois que leurs yeux se croisaient, le poids dans sa poitrine était presque insupportable. Mais dès que leurs regards s'accrochaient, il lui semblait voir dans le sien une douleur égale à celle qu'elle éprouvait.

À mesure que les semaines s'écoulaient, elle se prit à se féliciter de cette douleur : c'était la seule chose qui l'empêchait de commettre une très grosse erreur.

Succomber et y perdre son cœur, par exemple.

Patrick s'était désigné comme son garde attitré, et sa présence constante commençait à avoir raison de sa résolution. À la moindre occasion, il était à ses côtés. Son regard intense et énigmatique la suivait partout. Au repas, dans le jardin, dans la cour, il était là. Il avait envahi sa maison, ses pensées, ses rêves.

Elle ne pouvait plus l'éviter. Presque à son insu, une confortable routine s'était installée entre eux. Le matin, pendant qu'elle vaquait à ses corvées au château, il partait à cheval avec les autres gardes, ou chasser. Lorsqu'elle s'occupait du jardin, il s'entraînait dans la cour ; régulièrement, il s'interrompait pour échanger un mot avec elle ou l'aider à porter un panier. Si elle s'aventurait de l'autre côté des grilles du château pour se promener au village, rendre visite à Alys ou faire une balade à cheval, inévitablement, il se débrouillait pour se trouver dans le groupe qui l'accompagnait.

Personne ne s'en offusquait, d'ailleurs. Son frère avait ordonné qu'elle soit bien gardée, et même Donnan, rétabli, lui faisait confiance.

Elle s'inquiétait de voir à quel point elle s'était accoutumée à sa présence.

Malgré cela, à bien des égards, il lui était aussi mystérieux qu'au premier jour. Il semblait plus détendu, certes, mais il avait parfois le regard absent. Dès qu'elle essayait d'aborder son passé, il éludait ou se taisait.

Le sujet était-il trop douloureux, ou existait-il une autre raison à sa réticence ? Lizzie ne pouvait s'empêcher de se demander s'il cachait quelque chose. Il y avait en lui une réserve un peu trop maîtrisée. Il prenait toujours soin de masquer ses réactions.

Tout ce temps passé en sa compagnie, cependant, avait un coût. Tantôt elle ne pouvait imaginer la vie sans lui, tantôt elle rêvait de le voir partir à l'autre bout du monde. Son attirance s'était exacerbée au point qu'elle sursautait chaque fois qu'il entrait dans la même pièce qu'elle.

Il tenait parole et n'avait jamais plus essayé de l'embrasser, mais il l'effleurait souvent, comme par mégarde.

Jamais elle n'avait éprouvé de tels sentiments envers un homme. Chaque détail le concernant paraissait gravé dans son esprit, depuis les rides qui se dessinaient autour de ses yeux lorsqu'il se laissait aller, si rarement, à sourire, à la cicatrice sur son sourcil droit, ou la façon dont ses yeux passaient du vert mousse au vert émeraude sous la lumière déclinante…

Quant à son visage… elle avait beau lui chercher des défauts, elle n'en trouvait aucun. Patrick Murray était tout simplement le plus bel homme qu'elle eût jamais vu.

Et à présent, elle se demandait si elle était plus en colère contre elle-même parce qu'elle le désirait, ou contre lui parce qu'il faisait tout pour qu'elle ait envie de lui.

Lizzie n'était pas idiote ; elle savait à quel jeu il se livrait. Mais dans quel but ?

Elle s'essuya le front sous le large rebord de son chapeau et se releva, ankylosée d'être restée si longtemps à genoux au soleil. Aujourd'hui, elle avait désherbé les abords du château.

Elle revint vers la cour en gardant les yeux rivés sur la poussière et les cailloux, prenant soin d'éviter de se tourner vers les guerriers à l'entraînement.

Elle était presque en sécurité dans le donjon lorsqu'une ombre massive se posta sur son chemin. Elle s'immobilisa.

Elle n'avait pas besoin de lever les yeux pour savoir qui se dressait devant elle.

— Sortirez-vous à cheval comme d'habitude cet après-midi, madame ?

Lizzie serra les dents, s'exhorta à l'indifférence, leva les yeux… et étouffa un petit cri.

Sa poitrine. Nue. Bronzée, luisante ; le dessin de ses muscles semblait avoir été sculpté dans le roc. Elle demeura figée. Le corps de Patrick était construit pour le combat… et pour faire rêver les femmes.

Aucun homme n'avait le droit d'être aussi beau. Elle ne pouvait détacher ses yeux du ventre plat, des larges épaules, des bras aussi puissants que ceux d'un forgeron, du filet de sueur qui coulait sur son abdomen avant de disparaître sous la taille basse du pantalon.

Elle se ressaisit brusquement et répondit :

— Non.

Il avança d'un pas, et son odeur masculine vint lui chatouiller les narines.

— Une promenade à pied, alors ?

Sa voix grave et sensuelle la fit frissonner des pieds à la tête. Une bouffée de chaleur l'envahit.

Maudit soit-il ! Il faisait exprès de la tourmenter. Les yeux plissés, elle croisa son regard vert malicieux.

— Vous pourriez enfiler une chemise avant de vous adresser à une dame.

Le misérable eut le culot de sourire.

— Je vous prie de m'excuser. J'ai oublié, il fait une telle chaleur. Si cela vous embarrasse, je peux retourner...

— Cela m'est parfaitement indifférent ! cria-t-elle comme la folle qu'elle était en train de devenir.

Où était donc passée la femme raisonnable et tranquille qu'elle était autrefois ? Elle se força à sourire.

— Mais il ne faudrait pas effrayer les servantes, ajouta-t-elle posément.

Il rit de sa plaisanterie en jetant un coup d'œil aux femmes qui s'affairaient autour du puits.

— Je comprends, dit-il en croisant les bras.

Ses muscles saillirent délicieusement. Elle agrandit les yeux et sentit sa bouche s'assécher. Seigneur Dieu tout-puissant...

Elle pinça les lèvres et grinça entre ses dents :

— Si vous avez fini, veuillez m'excuser. J'ai du travail.

Elle voulut passer devant lui mais, dans son trouble, elle effleura sa peau brûlante.

Le frôlement ne dura qu'une seconde, mais son effet fut ravageur. Le corps de Lizzie s'embrasa. Toutes ses terminaisons nerveuses étaient en feu. Un lourd désir pulsa dans ses veines.

Il la prit par les épaules.

— Attention, vous allez tomber. Vous avez dû trébucher sur un caillou...

La frustration de Lizzie se transforma en colère à la vue de son sourire en coin. Elle crispa les poings.

— Un caillou ? Il est dans ma chaussure, le caillou, et si cela continue, il va falloir que je m'en débarrasse.

Sur ce, elle pivota et s'éloigna d'un pas vif.

Patrick la regarda partir comme une furie, les yeux étincelants et le visage cramoisi, et laissa fuser un éclat de rire.

Seigneur, elle était superbe ! Fougueuse, passionnée, si belle... N'importe quel homme serait fier de l'avoir à ses côtés.

Et dans son lit.

Son œuvre de séduction opérait des merveilles, mais il n'aurait su dire lequel des deux souffrait le plus. Ni s'il parviendrait à poursuivre longtemps ce petit jeu.

Il puisait une maigre consolation dans le fait de n'être pas le seul à connaître cette insupportable frustration. Il passait ses nuits à rêver de Lizzie, c'en était terriblement douloureux.

Combien de temps encore résisterait-elle ? D'après sa réaction aujourd'hui, probablement plus très longtemps. D'autre part, il savait que Gregor s'impatientait et devenait difficile à juguler. Heureusement, son frère s'était rendu à Lomond Hill auprès des autres hommes de leur clan. Mais il reviendrait. Bientôt.

Une heure plus tard, son entraînement terminé, il se lava et partit à sa recherche.

À laquelle de ses nombreuses besognes s'affairait-elle aujourd'hui ? Non seulement Lizzie vaquait aux innombrables devoirs usuels d'une châtelaine, mais, en l'absence de son cousin, elle le remplaçait en tant que seigneur, avec toutes les charges que cela entraînait. Comme si cela ne suffisait pas, elle supervisait également le vaste projet d'agrandissement du donjon.

Sa famille était trop exigeante vis-à-vis d'elle.

Patrick était étonné par la quantité de travail et de responsabilités que réclamait un château. Il n'était pas préparé pour ce genre de vie. Nom d'un chien, il n'y connaissait rien aux charges d'un seigneur ! Comment se débrouillerait-il ensuite ?

Ne la trouvant pas penchée sur un livre de comptes, ni en train de s'occuper des menus de la semaine à la cuisine, il se dirigea vers le chantier.

On annexait une nouvelle construction au donjon, qui abriterait toute une série de chambres. La structure était presque terminée et, une fois finie, elle serait plus imposante encore que la tour d'habitation existante.

Il pressa le pas en entendant des voix. Enfin, il la trouva à l'extrémité d'un couloir. Elle lui tournait le dos et ne l'entendit pas approcher.

— Malheureusement, madame, je ne puis descendre plus bas. Le prix de la pierre a considérablement augmenté ces derniers mois.

— Comment cela se fait-il, puisque la pierre est extraite d'une carrière appartenant à mon cousin ?

— La faire venir ici représente beaucoup de travail, madame. Ce n'est pas facile.

— Je ne vois pas en quoi les choses ont changé, monsieur. Il en a toujours été ainsi.

L'homme secoua la tête avec regret.

— J'ai besoin d'argent pour couvrir mes coûts. Trois cents marcs de plus que ce dont nous étions convenus devraient suffire, dit-il avant d'ajouter : Pour l'instant.

Elle agita devant lui un morceau de parchemin.

— Mais nous avions conclu un arrangement.

Il haussa les épaules.

— Les circonstances ont changé.

— Ne voulez-vous pas dire plutôt que votre interlocuteur a changé ? Réclameriez-vous cet argent si vous aviez affaire à mon cousin ?

L'homme affecta d'être choqué.

— Vous êtes injuste, madame, jamais je...

— Jamais ?

Patrick perçut la colère dans sa voix. Il aurait adoré prendre cet homme par le col et le jeter contre le mur pour avoir voulu profiter d'elle, mais il préférait ne pas intervenir. Du reste, elle n'aurait pas apprécié. Il savait Lizzie parfaitement capable de s'acquitter de ses tâches.

Aussi fut-il consterné de l'entendre déclarer :

— Fort bien.

Un grand sourire éclaira le visage de l'homme.

— Je suis soulagé que vous compreniez la difficulté de la situation. Quand puis-je espérer toucher cet argent ?

— Jamais.

L'homme se pétrifia.

— Quoi ? J'ai dû mal comprendre...

— Vous avez très bien compris. Si vous ne remplissez pas votre partie du contrat, vous et vos hommes pouvez emporter vos affaires et déguerpir.

Patrick sourit devant l'expression médusée de l'homme. Bien joué, Lizzie.

— Mais le comte...

— Comme vous l'avez probablement remarqué, le comte ne se trouve pas ici en ce moment. Il m'a chargée de le remplacer. C'est moi qui prends toutes les décisions. Soyez assuré qu'il me soutiendra lorsque je lui expliquerai...

Le visage de l'homme devint tout pâle.

— Ce ne sera pas nécessaire.

Manifestement, il avait sous-estimé son adversaire. Erreur fatidique dans un combat.

— Inutile de parler de ceci au comte. La pierre sera livrée comme convenu d'ici la fin de la semaine.

L'homme s'éloigna sans demander son reste.

Dès qu'il eut disparu, Lizzie poussa un profond soupir et ses épaules s'affaissèrent. Le cœur de Patrick se serra.

Pourquoi s'imposait-elle cela ? Elle était trop jeune pour être enfermée dans ce sinistre château, submergée par des responsabilités qui ne lui incombaient pas. Elle aurait dû se rendre à des bals, être courtisée, danser et s'amuser !

Ou être entourée d'enfants. *Mes* enfants, songea-t-il avec ferveur.

— Pourquoi faites-vous cela ?

Elle sursauta en entendant sa voix. Il détesta la façon dont ses épaules se raidirent instinctivement, comme pour contrer une agression. C'est de moi qu'elle se protège, réalisa-t-il. Elle tourna la tête juste assez pour qu'il constate son épuisement.

— Que faites-vous ici ? demanda-t-elle. De grâce, je n'ai pas la force de lutter contre vous pour l'heure.

Son accusation fit mouche, et la culpabilité s'enfonça tel un poignard dans le cœur de Patrick. Il était venu pour s'imposer à elle, mais pas ainsi. Pas alors qu'elle était aussi vulnérable. Pour l'instant, tout ce qu'il désirait, c'était effacer ses inquiétudes.

Il vint se placer derrière elle et posa les mains sur ses épaules. Elle se raidit, mais se détendit très vite sous ses doigts qui commençaient à la masser. Sa peau était chaude et très douce, le duvet sur sa nuque aussi velouté que le crâne d'un bébé. Elle sentait bon les fleurs, et s'il enfouissait la main dans ses cheveux blonds soyeux…

Non, s'ordonna-t-il. Il voulait simplement l'apaiser.

— On vous en demande trop, dit-il à voix basse.

Il la sentit se contracter. Avant qu'elle ne puisse discuter, il la fit pivoter pour la regarder dans les yeux.

— Vous effectuez le travail d'un châtelain et d'une châtelaine sans en récolter aucune des gratifications. Votre famille a-t-elle conscience de ce que vous lui sacrifiez ?

— Vous vous trompez. Ce n'est pas un sacrifice. Ils ne me demandent rien que je ne consente à donner.

Patrick la dévisagea longuement.

— Je n'en doute pas, Elizabeth. Vous donnez, et vous donnez encore…

— Que voulez-vous dire ? demanda-t-elle d'un ton cassant.

— Je veux dire que vous vous occupez de tout le monde avant de penser à vous. Je vois bien tout ce que vous accomplissez ici. Et pourtant, quand avez-vous reçu un mot de remerciement pour la dernière fois ?

Elle pinça les lèvres.

— Je n'ai pas besoin de remerciement. Je suis heureuse d'aider mes frères et mon cousin, dans la mesure de mes moyens.

— Ils profitent de vous.

Il admirait ses compétences et la façon dont elle s'acquittait de ses tâches, mais il était temps qu'elle s'occupe d'elle-même.

— De votre bonté, de vos talents, de votre remarquable sens du devoir et des responsabilités, enchaîna-t-il. Depuis quand n'êtes-vous pas allée rendre visite à des amis, par exemple ?

Elle se mordit la lèvre, troublée.

— Cela fait longtemps. Mais la comtesse était malade.

— Et après cela ? On vous a cloîtrée, alors que vous auriez dû vous amuser.

Il lui prit le menton et l'obligea à croiser son regard.

— Rencontrer des gens.

Elle détourna les yeux.

— Vous dressez un tableau de la situation plus noir qu'elle ne l'est.

La voyant blessée, il adoucit le ton.

— Je suis certain que telle n'est pas leur intention, mais cela ne change rien au fait que vos frères et votre cousin vous exploitent.

Il marqua une pause.

— Ne vous êtes-vous pas sacrifiée sur l'autel du devoir suffisamment longtemps ?

La tête de Lizzie lui tournait. Cet homme la déconcertait, voyait des problèmes là où il n'y en avait pas. Elle aimait ses obligations. C'était uniquement lorsqu'elle était fatiguée qu'elle se sentait parfois dépassée.

— À vous entendre, le terme « devoir » est un mot grossier, se défendit-elle. Mais il ne s'agit pas de sacrifice, il s'agit de ce qu'on accomplit pour la communauté ou parce que cela vous paraît légitime. Ma famille compte beaucoup pour moi. N'y a-t-il rien qui compte pour vous ?

Les yeux de Patrick s'agrandirent. Il lui prit le menton et plongea les yeux dans les siens.

— Est-ce réellement légitime, Elizabeth ? Ne méritez-vous pas d'effectuer vos propres choix ?

De choisir votre mari. Elle avait compris ce qu'il voulait dire. Elle sonda son expression, le cœur battant.

— Il est de mon devoir d'épouser celui que me destine ma famille.

— N'en avez-vous pas fait assez ? Faut-il vous unir à un homme dont vous ne voulez pas, uniquement pour les satisfaire ?

— Vous êtes bien présomptueux, se hérissa-t-elle. Comment savez-vous que je ne veux pas de lui ?

Un éclat dangereux brilla dans les yeux de Patrick. Il s'approcha d'elle et la fit reculer jusqu'à ce qu'elle se retrouve acculée contre le mur de pierre. Alors, il se pencha au-dessus d'elle, les mains de part et d'autre de ses épaules.

Son souffle s'entrecoupa et son sang battit dans ses veines. La chaleur de cet homme se communiquait à elle. Son odeur l'enivrait, combinaison entêtante de savon et de cuir, avec de discrets effluves de pin. Il se pencha davantage encore. Quelques centimètres seulement les séparaient. Son expression…

Il la terrifiait. Mais cela n'avait rien à voir avec la peur.

Il va m'embrasser. Elle retint son souffle, sachant qu'elle ne le lui refuserait pas.

Mais, au dernier moment, sa bouche se colla à son oreille et il chuchota :

— Parce que c'est moi que vous voulez.

Maudit soit ce mufle arrogant ! Et maudit soit-il doublement pour avoir raison !

Mais elle ne pouvait oublier la douleur.

— Et vous, Patrick ? Allez-vous vous remarier ? Ou peut-être avez-vous déjà rencontré quelqu'un ?

Le regard rivé au sien, il demanda :

— Que voulez-vous dire ?

Les yeux de Lizzie brillaient de colère.

— Vos expéditions au village ne sont pas passées inaperçues.

Un air confus apparut sur son beau visage.

— Qu'a à voir ce que je fais au village avec nous ?

— Je sais qu'il y a des femmes…

Il jura et lui serra le bras pour l'attirer brusquement contre sa poitrine.

— Qui vous a mis des idioties pareilles dans la tête ?

Elle ne répondit pas. Sa gorge était nouée par la boule de larmes qu'elle tentait d'étouffer.

— Finlay, devina-t-il.

Elle leva vers lui des yeux surpris.

— Tout le monde sait qu'il me déteste, enchaîna-t-il, mais je m'étonne que vous écoutiez son venin.

— Il est aisé d'y ajouter foi. Vous êtes un homme.

— Oui, dit-il doucement. Mais je n'ai pas eu d'autre femme, Elizabeth.

Son cœur manqua un battement. Ses yeux cherchèrent les siens, n'osant croire…

Il plaça une main en corolle autour de sa joue.

— Comment le pourrais-je, alors que c'est de vous que je rêve ?

Il effleura du pouce sa lèvre inférieure sans quitter des yeux sa bouche. Il baissa son visage vers le sien ; seul un infime souffle d'air séparait leurs bouches. Son corps palpitait de désir, n'aspirait qu'à la pression de ses lèvres sur les siennes. Elle n'avait qu'à relever légèrement la tête et…

Il s'écarta à cet instant, posant sur elle ses yeux perçants.

— Mais c'est impossible, n'est-ce pas, Elizabeth ?

— Je…

Son souffle s'étrangla dans sa gorge. Était-ce possible ?

Il la dévisagea longuement.

— Prévenez-moi quand vous aurez changé d'avis.

Elle lui en voulut de la quitter ainsi : le cœur battant, le corps alangui, moite et brûlant…

Mais alors que les effets de son contact s'atténuaient, sa question continua à la hanter.

Pouvait-elle mépriser son devoir envers sa famille et penser d'abord à son bonheur ?

En retournant vers la grande salle, elle songea au défi qu'il venait de lui lancer.

Certes, en apparence, Patrick Murray, simple garde ne possédant ni biens ni position, ne constituait pas un mari approprié pour elle. Pourtant, il était ce dont elle avait toujours rêvé : fort, beau, un homme d'honneur. Un guerrier farouche, un chef naturel qui inspirait à ses hommes une dévotion sans faille. Peut-être était-il un peu fruste, mais cela ne faisait que pimenter son charme.

Elle appréciait ses manières directes, savait qu'elle pouvait compter sur lui pour ne pas dissimuler la vérité. Au sujet du village, elle le croyait. Il n'avait pas cherché d'autres femmes. Elle s'étonna que ce détail comptât à ce point pour elle. Ses sentiments croissants, soudain libérés du doute et de la peine, avaient largué leurs amarres. Elle pouvait désormais s'avouer combien elle était attachée à ce garde ténébreux.

Et, tout aussi important, il semblait réellement tenir à elle.

Dès le début, il l'avait fait se sentir unique, désirable. Jamais en sa présence elle n'avait craint de bégayer. Et personne n'avait encore manifesté une telle sollicitude à son égard. Qu'il soit ainsi protecteur était agréable.

Peut-être une union était-elle possible…

Alors qu'elle atteignait la salle, des bruits attirèrent son attention. Lizzie arrêta le bailli qui se dirigeait vers les cuisines.

— Que se passe-t-il, Donald ?

— Ah, vous voici, madame ! Le seigneur d'Auchinbreck est arrivé avec des hommes.

Colin ? Que faisait-il donc ici ? Elle se dirigea vers la porte, mais déjà, son frère et une demi-douzaine d'hommes faisaient irruption dans la salle.

Le sang déserta son visage lorsqu'elle croisa le regard bleu du beau géant blond qui se dressait devant elle.

À l'évidence, elle ne pourrait pas passer outre à son devoir. L'homme qui se tenait à côté de son frère n'était autre que Robert Campbell.

— Ah, te voici, Lizzie, dit Colin en la serrant maladroitement dans ses bras.

Les démonstrations d'affection n'avaient jamais été son fort. L'affection elle-même non plus, au demeurant.

— Je m'étonnais que tu ne viennes pas nous accueillir.

Lizzie ne manqua pas la subtile accusation, typique de sa part.

— Je ne vous ai pas entendus arriver.

Songeant aux paroles de Patrick, elle ajouta :

— Je m'occupais du projet de construction dont ton cousin m'a confié la charge.

Colin méritait bien lui aussi une petite semonce, et elle termina :

— Si j'avais été prévenue de votre arrivée, naturellement, je serais venue en personne vous accueillir.

Colin fronça les sourcils et la dévisagea avec stupéfaction. Mais Robert Campbell éclata de rire.

— Vous voilà mouché, Auchinbreck !

Il prit la main de la jeune femme et s'inclina légèrement.

— Veuillez nous excuser de venir sans avoir été annoncés, madame, mais nous n'avons pas eu le temps de vous faire parvenir un message.

— En effet, acquiesça Colin. J'ai croisé Robert il y a quelques jours près de Lomond Hill. Nous avons décidé d'unir nos forces, mais ces satanés hors-la-loi ont disparu.

Lizzie déglutit. Manifestement, la perspective d'une alliance entre les deux branches antagonistes du clan Campbell portait déjà ses fruits. Le nœud se resserrait autour de son cou. Les deux hommes la dévisageaient, aussi demanda-t-elle :

— Vous avez donc interrompu vos recherches ?

— Non, petite sœur, je ne renonce jamais.

Les yeux de Colin se durcirent.

— Après ce qu'ils ont osé te faire, les MacGregor paieront. Je veux voir leurs têtes sur des piques, jusqu'à la dernière.

Quelque chose dans sa voix lui donna la chair de poule. Colin était un homme dur, parfois même cruel. Il était difficile de l'aimer. Mais c'était son frère.

Bien qu'elle n'ait aucune envie de croiser à nouveau la route des MacGregor, Lizzie ne voulait pas que le sang coule par sa faute. Elle connaissait cependant assez son frère pour savoir qu'elle aurait beau protester, il ne changerait pas d'avis. À sa façon, il l'aimait. Mais, de tous ses frères, c'était Colin qui se souciait le moins de son opinion.

— Nous avons décidé de nous retirer pendant quelques jours jusqu'à ce qu'ils sortent de leur cachette, expliqua Robert Campbell. Votre frère a eu la bonté de m'inviter, ainsi que mes hommes, à profiter de votre hospitalité en attendant.

— J'y ai vu l'occasion idéale pour que vous fassiez mieux connaissance tous les deux, ajouta Colin avec un regard appuyé.

Lizzie sentit la chaleur lui monter aux joues. Ses frères avaient toujours le don de la mettre mal à l'aise.

— Vous êtes le bienvenu, monseigneur, dit-elle avec un sourire.

Robert lui rendit son sourire, à l'instant où Patrick Murray sortait de la cuisine, une pomme à la main.

Il s'immobilisa, mais Lizzie eut le temps de voir une étrange expression traverser son visage.

— Pardonnez-moi, dit-il avec un bref hochement de tête en repartant aussitôt.

Colin l'étudiait d'un air perplexe.

— Qui est cet homme ? Je ne le reconnais pas, mais son visage me dit vaguement quelque chose…

— Patrick, attendez ! fit Lizzie alors qu'il atteignait la porte.

Il pivota vers elle, impénétrable.

— Mon frère, le seigneur d'Auchinbreck, est arrivé.

— Je vois cela, madame, répondit-il avant de tourner lentement les yeux vers l'autre homme.

— Et voici Robert Campbell, dit-elle doucement, comme si elle s'excusait.

Le regard de Patrick devint glacial. Une pointe douloureuse naquit dans la poitrine de Lizzie, qui détourna la tête.

— Je te présente Patrick Murray, expliqua-t-elle à Colin, qui nous a sauvés lors de l'assaut. Ses hommes et lui ont accepté de rester quelque temps.

— Vraiment ? dit Colin en se frottant le menton. Nous avons une grande dette envers vous, Murray.

— Vous ne me devez rien, monseigneur. Ce fut un honneur de venir en aide à madame.

La voix de Patrick était polie, mais creuse. L'expression qu'il tourna vers elle était celle d'un étranger, ne trahissant rien de ce qui s'était passé entre eux quelques minutes auparavant.

— Si vous voulez bien m'excuser, je dois retourner à mes devoirs.

Il avait insisté sur le dernier mot, remarqua-t-elle. Encore un défi.

10

Patrick n'était pas d'humeur à participer aux festivités qui se déroulaient dans la grande salle au son des cornemuses. Chez les Écossais, tous les prétextes étaient bons pour ripailler, et les Campbell ne faisaient pas exception à la règle.

Il contemplait l'amoncellement de bœuf et de légumes placé devant lui plutôt que le couple souriant assis sous le dais, mais son corps était crispé par une colère difficilement contenue. Ayant dû rester dans l'ombre une longue semaine et observer son ennemi faire sa cour à la femme qu'il convoitait, Patrick était à deux doigts de perdre son sang-froid.

Il n'avait qu'une envie, se précipiter sur lui et effacer le sourire doucereux de son cousin et ennemi de toujours, Robert Campbell. Ce qui serait, bien entendu, un désastre. Il ne fallait surtout pas attirer l'attention sur lui et ses hommes.

Il avait reçu un choc en découvrant l'autre jour le seigneur d'Auchinbreck et Robert Campbell. Il pouvait s'estimer heureux qu'aucun des deux ne l'ait reconnu. Il avait croisé quelquefois le frère d'Elizabeth, et Robert Campbell à une ou deux reprises, mais jamais de très près.

Toutefois, rien ne pouvait tempérer le dangereux mélange d'émotions qui faisait bouillonner son sang : la colère, la rancune, et ce qui ne pouvait se décrire que comme de la jalousie, le rendaient prêt à frapper à la moindre provocation.

Il courait désormais un autre risque que celui d'être découvert : s'attacher plus que de raison. Ce qu'il avait soigneusement évité.

Jusqu'à présent.

Il coula un nouveau regard à la jeune femme.

Aussi altière qu'une princesse sur son trône, jamais Lizzie n'avait été aussi belle... Elle étincelait tel un diamant au soleil, ses yeux bleu ciel brillaient et sa peau claire était rosie par la lueur des chandelles. Elle portait une ravissante robe en satin bleu recouverte d'un tissu de gaze blanc flottant autour d'elle telles des ailes séraphiques. Ses cheveux, fixés par une profusion de perles et de diamants, étaient tressés et relevés en couronne sur sa tête, à la grecque, d'où s'échappaient de longues boucles blondes et soyeuses, tombant en cascade autour de la peau crémeuse de son cou et de ses épaules.

La quintessence de la châtelaine. Une femme à admirer de loin.

Une fois de plus, elle avait fait des merveilles, et transformé la salle sinistre en une myriade de lumières et de couleurs éclatantes. Jamais Patrick n'avait vu autant de bougies, ni autant d'argenterie pour renvoyer leurs reflets. Partout, les preuves de la richesse des Campbell sautaient aux yeux, des nappes en satin qui recouvraient les tables aux pierres précieuses incrustées dans les couverts, sans parler de l'abondante nourriture et de la profusion de vins fins.

Pendant que son peuple mourait de faim.

Il aurait dû lui en vouloir, mais ce n'était pas de la rancœur qu'il éprouvait en la voyant rire et sourire à Robert Campbell. C'était quelque chose de beaucoup plus ténébreux.

Si seulement elle n'avait pas l'air aussi heureuse !

Lizzie s'était incontestablement épanouie sous les attentions croisées des deux hommes. Cette nouvelle assurance féminine qui se mêlait à son adorable vulnérabilité était irrésistible. Et il n'avait pas été le seul à le remarquer ; il ne pouvait en vouloir à Robert Campbell de succomber à son charme.

Ce dernier se pencha et lui murmura à l'oreille quelques mots qui la firent éclater de rire. Le son de gorge charmant lui fit l'effet de clous enfoncés dans sa poitrine.

— Ayez quelque pitié pour les ustensiles, capitaine.

— Quoi ? répondit-il d'un ton sec.

Comme il convenait à leur rang, Patrick et les siens avaient été installés à une table éloignée du dais, et entre la musique et les voix fortes, on ne risquait pas de surprendre leurs propos.

— Votre couteau, lui signala Robbie.

Baissant les yeux, Patrick vit l'ustensile en métal tordu entre ses doigts. Il ne s'en était même pas rendu compte. Il le jeta avec dégoût et prit sa chope, dont il vida le contenu d'une traite.

Il fallait qu'il se détende, mais le château ne renfermait probablement pas assez de vin pour le soulager. Il ne s'agissait pas uniquement de frustration sexuelle. Son plan se trouvait menacé. Impossible désormais de se ménager des tête-à-tête avec Elizabeth.

Il reporta son attention sur la jeune femme, incapable de dissimuler sa mauvaise humeur.

— Prenez garde, capitaine. Le fils de Glenorchy a remarqué votre intérêt pour la fille.

Patrick marmotta un juron et regarda ailleurs. Robbie avait raison. Campbell et lui se tournaient autour depuis des jours. Mais Robert Campbell avait l'avantage de sa position, et ils le savaient tous les deux.

— La patience n'a jamais été l'une de mes vertus.

Robbie haussa un sourcil, l'air de se demander quelles étaient donc ses vertus, mais se contenta de dire :

— Combien de temps pensez-vous qu'ils resteront encore ?

— Comment le savoir ? Ils ne devaient séjourner au château que quelques jours, et une semaine s'est déjà écoulée. Mais pour la sécurité de notre clan, plus ils s'attarderont ici, mieux cela vaudra.

— Avez-vous fait prévenir Gregor ?

— Oui.

Son frère veillerait à ce que les femmes et les enfants soient mis en sécurité, cachés dans les collines sauvages où seuls les MacGregor osaient s'aventurer.

Ils mangèrent dans un silence morose pendant quelques instants, puis Robbie ajouta :

— Elle n'acceptera pas de l'épouser.

Un sourire ironique se dessina sur la bouche de Patrick.

— J'envie ta confiance.

Lizzie tenait peut-être à lui, mais elle n'était pas aussi réceptive qu'il l'avait prévu. Ce sens du devoir profondément enraciné en elle, et qu'il en était venu à admirer, risquait de se révéler insurmontable.

De plus, il n'avait pas compté sur la présence d'un rival.

Son visage s'assombrit.

— Elle a l'air de bien s'amuser.

— C'est vrai, concéda Robbie. Elle est aussi gracieuse qu'une jacinthe au printemps. Mais ce n'est pas lui qu'elle passe son temps à regarder.

La mâchoire de Patrick se détendit quelque peu.

— Cependant, elle l'apprécie.

— Il n'a pas hérité grand-chose de son père.

— C'est vrai, reconnut Patrick.

Black John Campbell de Glenorchy était l'un des hommes les plus cruels et les plus impitoyables des Highlands. Capable d'attaquer le château de sa propre sœur. Patrick aurait aimé pouvoir en dire autant du fils, mais Robert Campbell était spirituel, enjoué, visiblement sincère dans l'attention qu'il portait à Lizzie. De plus, après l'avoir vu s'entraîner pendant une semaine, Patrick avait pu admirer ses talents de guerrier.

Elle aurait pu tomber plus mal.

Épouser un proscrit, par exemple, un homme n'ayant pour lui que l'orgueil et la soif de justice.

Patrick avait de plus en plus de mal à faire fi du prix que devrait payer Lizzie s'il menait son plan à terme.

Il n'aurait pas dû en être ainsi. Il avait tous les droits d'être assis à la place de Robert Campbell. Jamais de sa vie il n'avait autant aspiré à tout ce qui lui avait été refusé.

Et plutôt mourir que perdre aussi Lizzie.

La jeune femme riait tellement que les larmes coulaient sur ses joues. La salle tournoyait autour d'elle tandis qu'elle dansait.

— Assez, assez ! s'écria-t-elle en lâchant son partenaire.

Les joues rosies et la poitrine palpitante, elle s'éventa de la main en bataillant pour reprendre son souffle.

Robert sourit, le blanc de ses dents rivalisant d'éclat avec la lumière qui faisait pétiller ses yeux d'un bleu profond. Une mèche de cheveux blonds tomba sur son front. Il était incontestablement bel homme. Quoi de plus naturel que la tête de Lizzie lui tourne ?

— De grâce, la supplia-t-il, continuons au moins jusqu'à la fin de la danse.

Il lui reprit la main pour la faire revenir parmi les danseurs, mais elle résista, joueuse.

— Vous ne m'accordez aucun répit, Robert Campbell.

Elle campa les mains sur ses hanches et le toisa d'un air faussement sévère.

— Faites preuve d'un peu de compassion pour les plus faibles.

— Bah ! s'exclama-t-il en faisant un pas vers elle. C'est une bien piètre excuse. Je vous observe depuis une semaine : il n'y a rien de faible en vous, Elizabeth Campbell.

Elle rougit, heureuse du compliment. Et de la sincérité qu'elle percevait derrière sa taquinerie.

Elle leva les yeux et lui sourit, radieuse. La semaine écoulée avait été… très plaisante. Pour Lizzie, être courtisée par un homme était chose rare.

Même Colin semblait d'humeur plus joyeuse qu'à l'accoutumée. Quand elle l'avait interrogé au sujet de cette discorde avec Jamie, il avait éludé, arguant d'un « malentendu ».

Robert Campbell était tout ce qu'une femme pouvait espérer d'un soupirant : beau comme le diable, intelligent, charmant. Un parfait gentilhomme.

Alors que Patrick Murray ne l'était pas.

— Fort bien. Si vous refusez de danser, venez vous promener avec moi. Un petit tour dans le jardin vous rafraîchira.

— Je ne peux pas, la fête n'est pas terminée…

Il l'interrompit d'un froncement de sourcils.

— Vos invités peuvent se passer de vous un moment. Nous serons de retour avant que l'on remarque votre absence.

— Mais…

Quelqu'un s'aviserait de leur départ. Instinctivement, elle chercha des yeux Patrick. Il l'avait évitée toute la semaine. Depuis l'arrivée de Colin et Robert, la routine de ses journées avait changé. Leurs conversations lui manquaient.

Il lui manquait.

Elle savait que quelque chose n'allait pas. Toute la semaine, il avait été hérissé comme un ours, mais c'était pire encore ce soir. Elle avait dansé avec tous ses hommes, mais pas avec lui. Cependant, alors même qu'il l'évitait, il l'observait avec cette expression énigmatique qui la mettait mal à l'aise. Elle percevait son agitation, ses ruminations. Elle avait remarqué qu'il buvait beaucoup ce soir, et qu'il était de plus en plus sombre.

Robert suivit la direction de son regard.

— Nous n'irons que dans le jardin, vous n'avez pas besoin de votre chien de garde. J'aimerais vous parler de quelque chose en privé.

— Ma foi, je n'ai rien contre une petite promenade...

Après un dernier coup d'œil dans la salle, elle posa sa main au creux du bras de Robert et le suivit, sentant les yeux de Patrick rivés sur son dos.

Dehors, l'air frais fut délicieux sur sa peau surchauffée. Elle poussa un profond soupir. Il était plus tard qu'elle ne l'avait cru ; c'était le moment magique du crépuscule. Les dernières braises orangées de la journée étincelaient encore faiblement à l'horizon, dans une profusion de roses et de gris.

— Comme c'est beau... dit-elle tandis qu'ils marchaient sur le chemin.

— Oui, magnifique.

Lizzie sentit ses joues s'enflammer, devinant à sa voix enrouée qu'il ne parlait pas du coucher du soleil. Cette promenade n'était peut-être pas une bonne idée.

Ils cheminèrent en silence jusqu'à la grille en fer forgé donnant accès aux jardins en terrasse. Un muret de pierre les encerclait. Robert lui ouvrit le portillon, qu'elle franchit. Il la suivit et désigna un banc de pierre le long d'une haie d'où l'on avait une vue spectaculaire sur les collines et le village de Dollar, en contrebas.

Il s'assit à côté d'elle et, au bout d'un moment, il prit sa main dans la sienne.

— J'ai passé une semaine fort plaisante, commença-t-il.

— Moi aussi.

Il sourit. Il souriait souvent.

— Je suis heureux de l'entendre.

Il se tut un instant, comme s'il cherchait ses mots. Au loin, un oiseau chanta doucement.

— Nous allons bientôt repartir.

— Oh, fit-elle avec une déception sincère. J'en suis navrée.

— Moi de même, mais nous devons appréhender les hors-la-loi. Le roi y tient beaucoup.

Il s'éclaircit la gorge.

— Mais ce n'est pas de cela que je souhaitais vous entretenir. Vous êtes au courant, sans aucun doute, des discussions qui ont eu lieu entre mon père et Argyll.

Elle se mordit la lèvre et acquiesça de la tête, gênée. C'était la première fois que le sujet était abordé directement depuis leur arrivée.

— Pour être honnête, poursuivit-il, un mariage arrangé ne m'intéressait guère. Au début, je ne savais trop qu'en penser, mais après ces journées je n'ai plus aucun doute. Je pense que nous sommes faits l'un pour l'autre.

Lizzie leva la tête vers lui et plongea les yeux dans les siens, qui formaient deux lacs bleus.

— Je serais honoré si vous acceptiez d'être ma femme.

Elle s'y était attendue, mais la phrase la choqua néanmoins.

— Je...

Elle savait ce qu'elle aurait dû dire, mais les mots s'empêtraient dans sa bouche, sous l'effet non du bégaiement, mais de l'incertitude.

C'était absurde. Elle était là, assise à côté d'un bel homme au clair de lune qui la demandait en mariage, et elle pensait à un autre.

Il ne s'offusqua pas de son hésitation.

— Prenez votre temps pour me donner une réponse. Réfléchissez.

Qu'avait-elle donc ? Il n'y avait pas à réfléchir. Son devoir était clair !

Il scruta son visage, et un petit sourire ourla ses lèvres. Lizzie se demanda si ses pensées étaient transparentes.

Robert se leva, l'incita à en faire autant et la prit dans ses bras. Il inclina son menton en arrière d'un doigt pour l'obliger à le regarder.

— Je ferai tout mon possible pour vous rendre heureuse, Elizabeth.

Elle le croyait. Il la rendrait heureuse. Elle aurait une belle maison, un merveilleux mari, des enfants, et la bénédiction familiale. Tout ce dont elle avait toujours rêvé. Cela aurait dû lui suffire.

Alors pourquoi, pourquoi était-elle incapable d'accepter aussitôt ? Pourquoi son cœur réclamait-il autre chose ? Un désir si fort qu'il balayait tout le reste. Une passion qui consumait son âme. Tout ce qui, avait-elle pensé, ne lui arriverait jamais.

L'amour.

Il pencha la tête et ses lèvres se posèrent sur les siennes. C'était tendre et doux, et... elle ne ressentit rien.

Elle en aurait pleuré de frustration.

Lizzie s'ordonna de désirer cet homme galant qui la regardait avec une telle chaleur et une telle bonté. Elle essaya, de toutes ses forces, mais son corps refusait d'écouter son esprit.

Il laissa retomber sa main.

— Promettez-moi d'y réfléchir.

Elle hocha la tête, ne sachant que dire. Réfléchir n'y changerait rien.

— C'est bien, approuva-t-il.

Il recula et lui proposa son bras :

— Rentrons-nous ?

— Je vous laisse partir devant, dit-elle, avant d'ajouter en voyant qu'il s'apprêtait à discuter : J'ai besoin de quelques instants de solitude.

— Comme il vous plaira, concéda-t-il avec un sourire compréhensif. Mais ne tardez pas trop, sans quoi je m'inquiéterai. Il fait presque nuit et vous risquez d'attraper froid.

Sa délicatesse ne fit qu'aggraver la confusion de Lizzie. Que lui arrivait-il donc ?

Robert Campbell s'immobilisa soudain alors qu'il s'apprêtait à rentrer dans le château. Il scruta l'ombre formée par les structures en bois dressées le long de l'enceinte. Comme s'il avait senti le danger.

Il avait raison de se méfier.

Patrick était là, possédé par une rage si violente qu'il dut fournir un effort surhumain pour ne pas se jeter à la gorge de ce salopard.

Il avait embrassé *sa* femme. Il l'avait touchée. Il l'avait tenue dans ses bras.

Les poings serrés contre ses flancs, il espérait presque être découvert ; il attendait cette occasion d'évacuer sa rage, et au diable les conséquences ! Après ce qu'il venait de voir, il avait probablement perdu toutes ses chances avec la jeune femme.

Mais, sur un dernier regard dans sa direction, Robert Campbell pénétra dans le château, inconscient d'avoir frôlé la mort.

Patrick observa la silhouette solitaire qui se découpait au clair de lune, assise sur le banc de pierre. Il était en proie à un désir si intense qu'il menaçait de le consumer. C'était au-delà de la raison, au-delà de toute prudence, au-delà de tout.

Cette petite femme sérieuse avait fissuré ses défenses, révélé des émotions dont il s'était cru incapable. Son cœur noir n'était pas complètement mort, finalement.

La voir dans les bras d'un autre avait libéré en lui un instinct primitif, sauvage et incontrôlable.

Je pourrais la prendre, là, songea-t-il.

Elle serait mienne. Aucun autre ne la toucherait jamais plus...

La tentation le disputait aux derniers lambeaux de son honneur.

Après tout, il était déjà un hors-la-loi. Il ne ferait qu'accomplir la destinée que les Campbell avaient façonnée pour lui. Ne méritait-il pas un peu de bonheur ?

Il avait déjà volé. De quoi manger, se vêtir, ce qu'il fallait pour survivre.

Mais là, il ne s'agissait pas de survie.

Depuis la mort de ses parents, personne ne l'avait jamais regardé de la façon dont Lizzie le regardait. Dans ses yeux, il devenait l'homme qu'il aurait pu être si les circonstances avaient été différentes. S'il la prenait aujourd'hui, il ne vaudrait pas mieux que le brigand qu'ils essayaient de faire de lui. Et elle le considérerait ainsi : comme un voleur, un voyou, un homme sans honneur.

Non.

Il ne la laisserait pas à Robert Campbell sans se battre. Mais pas ce soir. Ce soir, sa colère était trop forte. Incontrôlable et imprévisible.

D'un pas décidé, il retourna vers le château.

Lizzie s'était attardée aussi longtemps qu'elle l'avait pu, mais la réponse à son dilemme la fuyait toujours.

Qui aurait pensé, quelques mois auparavant, qu'elle hésiterait entre deux hommes ?

Cependant, elle ne savait même pas exactement ce que voulait d'elle Patrick Murray. Il la désirait, mais il n'avait jamais clairement énoncé ses intentions. En vérité, il s'exprimait très peu. Et, étant donné la façon dont il l'avait regardée ce soir, elle n'était plus sûre de rien.

Avait-elle fait quelque chose de mal ?

Sa poitrine l'oppressait. Peut-être avait-il changé d'avis.

Il était grand temps qu'elle en ait le cœur net. Que cachait son énigmatique façade ? Pourquoi cette attitude si mystérieuse ? Quel inquiétant secret planait au-dessus de lui, tel un nuage d'orage prêt à semer la destruction sur son passage ?

Si elle voulait prendre la bonne décision, il fallait qu'elle ait en main tous les éléments. Le moment était venu de tirer la situation au clair.

Elle se dirigea d'un pas vif vers le château en se demandant depuis quand elle avait commencé à s'enhardir ainsi. Quelque chose avait changé ces dernières semaines, et elle soupçonnait que c'était grâce à Patrick Murray. Sa nature calme et sérieuse avait été exacerbée par son bégaiement et sa peur du ridicule. Après le désastre avec John, elle s'était retranchée davantage encore, derrière la muraille de son devoir. Si sa famille en avait profité, c'était en grande partie sa faute.

Elle fut accueillie dans la grande salle par le son mélodieux des cornemuses. La fumée se dégageant des feux de tourbe s'élevait en spirale autour des poutres et s'enroulait à travers la salle où dansait la foule. Elle remarqua plus d'une servante sur les genoux d'un garde et leur envia la simplicité d'une vie que ne compliquait pas le devoir. Le privilège et le rang entraînaient des responsabilités, Lizzie en avait douloureusement conscience. Que n'aurait-elle donné pour pouvoir choisir librement !

Elle aperçut Robert de l'autre côté de la salle qui la regardait, et lui sourit. Il était en grande conversation avec son frère, le seigneur de Dun, l'un des voisins venus à la fête.

Les hommes de Patrick étaient toujours en train de boire autour de la table, mais quant à lui, il avait disparu. Frustrée qu'il passe son temps à l'éviter, elle s'apprêtait à rejoindre le banquet lorsqu'elle vit Robbie sortir du petit salon situé à l'extrémité de la salle.

Aussi discrètement que possible, Lizzie traversa la pièce bondée et se glissa par la porte, qu'elle referma derrière elle.

Patrick était assis dans un fauteuil devant la cheminée, ses longues jambes étendues devant lui ; il tenait une flasque à la main. Bien qu'il lui tournât le dos, elle sentit la tension irradier de toute sa personne.

— Bon sang, Robbie, je t'ai dit de me laisser tranquille !

— Que faites-vous ici ?

Il tressaillit en entendant sa voix, et avala une longue gorgée d'alcool avant de se tourner vers elle. Ses yeux avaient un éclat dangereux. Il évoquait un lion prêt à bondir, retenu par un simple fil de soie.

— J'essaye de trouver un peu de paix, rétorqua-t-il avant d'ajouter : Sans grand succès.

Sa hargne la surprit.

Il but encore une gorgée.

— Aussi, à moins que vous ne soyez venue m'apporter encore du vin, veuillez me laisser seul.

Déterminée à ne pas se laisser intimider, Lizzie s'obligea à s'avancer de quelques pas.

— Je crois que vous en avez bu suffisamment.

Il éclata d'un rire sec dépourvu d'humour.

— Suffisamment ? Jamais.

C'était la première fois qu'elle le voyait ainsi. Il avait toujours paru trop maître de lui pour céder à la boisson.

— Qu'y a-t-il, Patrick ? Qu'est-ce qui vous tracasse ?

Il contempla fixement les braises, ne lui offrant que le profil de sa mâchoire contractée.

— Retournez à vos invités, madame, je ne suis pas apte pour l'heure aux mondanités.

L'instinct de Lizzie lui soufflait de partir, mais elle fit encore un pas vers lui et posa une main sur son bras. Il était aussi dur que la pierre sous ses doigts.

— Est-ce votre blessure ? demanda-t-elle doucement.

Il se dégagea comme si son contact l'avait brûlé.

— Ma blessure cicatrise très bien, grogna-t-il.

Elle ravala son amour-propre. Pourquoi se conduisait-il ainsi ?

— Qu'y a-t-il, alors ? Je sais que quelque chose ne va pas.

Les yeux de Patrick se fixèrent sur les siens, sombres et impénétrables.

— N'allez-vous pas me le dire ? le supplia-t-elle.

Il serra la flasque jusqu'à ce que ses articulations deviennent blanches, mais il garda le silence.

Quelque chose le dévorait, le faisait souffrir. Émue, elle s'enquit :

— Est-ce votre femme ? Elle doit terriblement vous manquer. Puis-je quelque chose pour vous ?

Il grommela un juron et jeta la flasque dans le feu ; ce qui restait de vin vola avant qu'elle ne se fracasse dans une gerbe de flammes écarlates. D'un bond, il fut debout, lui saisit les bras et la secoua avec force.

— Bon Dieu, Elizabeth, toujours à penser aux autres ! Vous ne pouvez rien pour me soulager. Certaines choses dépassent vos compétences, pourtant considérables.

Elle en fut blessée. Il ne lui avait jamais parlé sur ce ton. Elle découvrait brutalement la fureur qu'elle avait toujours devinée chez lui, tapie sous la surface. Cette partie de sa nature qu'il avait soigneusement gardée cachée. Aujourd'hui, elle le voyait tel qu'il était réellement : un homme consumé par des démons.

Mais pourquoi dirigeait-il cette rage contre elle ? À croire qu'il la haïssait. Qu'avait-elle fait pour le provoquer ?

Elle avait cru... Quelle imbécile ! Elle avait cru qu'il tenait à elle.

Des larmes brûlantes lui montèrent aux yeux.

— Je voulais simplement vous aider, comprendre ce qui n'allait pas...

Quelque chose dans les yeux de Patrick la fit tressaillir.

Instinctivement, elle recula, mais déjà ses bras se refermaient autour d'elle aussi sûrement qu'un étau. La surprise lui coupa le souffle. Il aurait pu la broyer sans même en avoir l'intention.

— Vous voulez savoir ce qui ne va pas ?

Il lui prit le menton pour l'obliger à le regarder. Elle sentit les furieux battements de son cœur à travers le cuir souple de son justaucorps.

— Je vais vous dire ce qui ne va pas. Je vous désire tellement que je n'arrive plus à penser. Mon corps est une fournaise. Je ne peux pas vous voir sans rêver de vous attirer dans mes bras. Je ne peux pas vous effleurer sans être obsédé par l'idée de passer mes mains sur toutes les parcelles de votre corps.

Elle agrandit les yeux. Le désir primitif qu'elle lut dans ses prunelles l'ébranla. Jamais elle ne se serait crue capable d'inspirer une passion aussi extrême.

— Mais ce n'est que la moitié du problème, enchaîna-t-il.

Ses yeux n'étaient plus que deux fentes. Le chaume de sa barbe jetait une ombre inquiétante sur sa mâchoire. Elle essaya de se dégager, vraiment effrayée pour la première fois, mais il ne la laissa pas aller. Ses bras la retenaient tel un cerclage d'acier.

— Vous voulez savoir ce qui ne va pas, Elizabeth ? demanda-t-il, le visage presque collé au sien. Je vous ai vue l'embrasser.

Elle laissa échapper un petit cri. Il était furieux contre elle parce qu'il était jaloux ! Un chaste baiser avait suffi à le mettre hors de lui.

— Ce n'était rien, dit-elle doucement pour l'apaiser.

— Rien ?

Il avait visiblement envie de la secouer.

— Il vous a demandé de l'épouser, n'est-ce pas ?

Elle ne répondit pas, c'était inutile.

Il jura encore et la lâcha enfin, se passant les doigts dans ses cheveux noirs.

— Bon Dieu… Et vous envisagez d'accepter ?

— Pourquoi pas ?

Son regard fiévreux la cloua sur place.

— Parce que c'est moi que vous désirez.

Son ton l'agaça.

— Il ne s'agit pas de désir, répliqua-t-elle.

Les yeux de Patrick lancèrent des éclairs, mais Lizzie continua sans se soucier du danger. Il fallait qu'elle connaisse ses intentions.

— S'il n'y a que cela entre nous...

— Est-ce donc ce que vous pensez ? rugit-il.

Elle vit le tressautement nerveux sur sa mâchoire et sentit son corps tressaillir de colère.

— Pensez-vous que je serais capable de vous prendre et de ne pas vous épouser ? ajouta-t-il. Je ne suis peut-être qu'un garde, mais j'ai le sens de l'honneur.

— Je ne voulais pas dire...

Il la coupa :

— Je n'en ai aucun droit, mais je désire que vous soyez ma femme. Je le désire plus que tout ce que j'ai jamais voulu dans ma vie. Et l'idée que vous l'épousiez me déchire.

Le cœur de Lizzie tambourina face au désarroi que recelait sa voix. Mais, déjà, la bouche de Patrick se plaquait sur la sienne.

Toute la colère, l'émotion, le désir accumulés jaillirent avec la force d'un raz-de-marée. Il l'attira contre lui dans le sombre tourbillon de la passion, où elle ne pensait plus qu'à une chose : se noyer dans les sensations.

Sa bouche dévorait la sienne avec une ardeur fanatique, comme s'il pouvait revendiquer pour toujours un droit sur elle par la force de ce seul baiser.

Lizzie ouvrit la bouche, et il gémit en glissant la main dans ses cheveux et en lui inclinant la tête, impérieux, jusqu'à ce que leurs souffles ne fassent plus qu'un.

Son goût l'emplit. Le vin. Les épices. L'essence virile entêtante.

Elle se fondit contre lui ; la puissance de son corps était l'aphrodisiaque le plus efficace du monde. Il était grand et fort, tout en muscles. Dans ses bras, elle savait que rien de mal ne pourrait jamais lui arriver.

Elle lui faisait confiance. Entièrement.

Elle l'embrassa, bouleversée par une émotion qu'elle ne pouvait nommer. Elle l'embrassa avec toute son âme. Elle l'embrassa pour que cela ne cesse jamais.

Patrick était fou de désir, sa passion était insatiable. Le vin avait émoussé sa raison. Il ne pensait plus qu'à la toucher, à s'enfouir dans sa chaleur et à la posséder.

Lizzie le désirait aussi. Il le savait à la façon dont son corps se relâchait entre ses bras, délicieuse reddition. Elle se dissolvait contre lui, chaude et douce.

Il la souleva dans ses bras et la porta vers la grande table en bois, où il l'allongea. Son souffle était saccadé tandis qu'il observait ses joues rosies, ses lèvres légèrement entrouvertes, ses yeux bleus confiants embrumés par le désir. Ses jupes relevées laissaient voir des jambes minces et fuselées.

Comme elle était belle. Jamais auparavant il n'avait autant désiré une femme. Il avait envie de la voir nue, allongée devant lui. La seule chose qui l'empêcha de déchirer ses vêtements était la foule de gens dans la grande salle, dont seule une porte les séparait.

Lentement, il remonta ses jupes et retint son souffle. Il tressaillit, et son érection devint douloureuse.

Elle était nue des pieds à la taille, à l'exception des fins bas ivoire qui s'arrêtaient au-dessus du genou, et de ses mules bleu ciel. Ses jambes étaient splendides, l'intérieur de ses cuisses, rose et infiniment séduisant.

Gênée, elle essaya de rabattre ses jupes.

Il lui saisit le poignet.

— Non. Je veux vous voir. Ne savez-vous donc pas comme vous êtes belle ?

Elle rougit, mais avant qu'elle ne puisse protester il glissa une main entre ses cuisses.

— Mon Dieu, votre peau est si douce…

Elle frissonna, et il chuchota :

— Comme de la soie.

Lizzie rejeta la tête en arrière. Il laissa remonter ses doigts, et la caressa jusqu'à ce qu'elle gémisse. Jusqu'à ce que son corps se mette à frissonner.

Dans la passion, au moins, ils étaient égaux.

Il inspira profondément la discrète odeur féminine de son désir qui réveilla en lui un instinct primitif.

— Regardez-moi, exigea-t-il doucement. Je veux voir vos yeux pendant que je vous touche.

Elle le fixa. Son souffle devint haletant, mais elle ne détourna pas la tête. Instinctivement, elle souleva les hanches.

Ce fut lui qui ferma les paupières au moment d'immiscer un doigt au cœur de son désir. Elle se referma autour de lui tel un gant brûlant.

Il la caressa longuement, se délectant de son plaisir. Quand, enfin, elle poussa un cri, il serra le poing. La voir atteindre le point culminant de la volupté fut le plus beau spectacle du monde.

Elle était prête. Il n'avait qu'à la prendre, qu'à glisser en elle. S'il la prenait, elle l'épouserait. Il le savait.

Avec un grognement douloureux, il s'écarta et sonda son visage.

— Dites-moi de continuer, Elizabeth, implora-t-il d'une voix tendue. Dites-moi que vous avez envie de moi.

Encore alanguie par la jouissance, elle le regarda sans comprendre.

— Vous savez que j'ai envie de vous.

Patrick vrilla ses yeux aux siens.

— Alors, vous acceptez de m'épouser ?

— Je…

Son hésitation était une réponse éloquente.

Elle ne voulait pas de lui. Pas suffisamment, du moins. Comment diable avait-il pu espérer rivaliser avec un homme de l'envergure de Robert Campbell ? Le moment de grâce s'évanouit, cédant la place à un silence embarrassé.

Le feu dans ses veines se transforma en glace. Avec un juron, il s'écarta d'elle. La douleur de son entrejambe n'était rien, comparée à celle qui brûlait dans sa poitrine.

Lizzie se redressa, désespérée.

— Ne comprenez-vous pas ? J'essaye d'agir en mon âme et conscience.

Il se retourna vers elle.

— Moi aussi.

Et c'était un imbécile. La seule chose qui comptait était de récupérer les terres de son clan. De réparer une grave injustice. Il n'était pas censé avoir de sentiments.

— Mais vous feriez mieux de vous décider rapidement, car la prochaine fois, je ne m'arrêterai pas.

Il se dirigea vers la porte.

— J'espère que votre famille se rend compte du sacrifice que vous vous apprêtez à faire pour elle. Mais s'ils vous aiment autant qu'ils le prétendent, je pense qu'ils désirent surtout vous voir heureuse.

Sans rien dire, elle le regarda, son expression douloureusement vulnérable. Elle avait besoin d'être rassurée, mais il s'exhorta à ne pas lui apporter ce réconfort.

Il lui avait donné le meilleur de lui-même, et cela n'avait pas suffi.

Ses yeux s'attardèrent un instant sur ses lèvres enflées, ses cheveux emmêlés, ses vêtements défaits.

— Vous devriez vous rafraîchir un peu avant de retourner vers Campbell, dit-il froidement. Vous avez tout d'une femme qui vient d'être merveilleusement satisfaite.

11

L'aube se leva le lendemain sur un ciel frais et clair. Le brouillard s'était dissipé et la rosée s'accrochait encore aux collines, semblable dans le soleil matinal à une étincelante poussière d'étoiles répandue sur un lit d'émeraude.

Le même vert que ses yeux.

Lizzie chassa l'image de son magnifique visage tendu par la passion pendant qu'il l'avait caressée. Seigneur, ne pouvait-elle donc penser à rien d'autre ?

Elle était dans la cour avec Robert ; ils préparaient leurs chevaux pour une chasse qu'avait organisée Colin pour les quelques invités restés après la fête. Colin s'était excusé au dernier moment – sans doute les effets d'un excès de boisson. Quelques nobles des environs et une douzaine de gardes les accompagnaient. Patrick occupait sa place habituelle en périphérie, incroyablement beau et totalement impénétrable.

S'il était toujours en colère, cela ne se voyait pas.

Comment pouvait-il se conduire comme si rien n'avait changé, alors que l'univers de Lizzie venait d'être bouleversé ?

Jamais elle n'avait rien connu de tel. La proximité de leurs corps, l'intimité de ses caresses, le plaisir vibrant qu'il lui avait donné... Ce n'était pas seulement cela, mais quelque chose de beaucoup plus intense, de beaucoup plus puissant : le sentiment d'un lien indéfectible entre son âme et la sienne. Pendant ces brefs instants dans ses bras, ils n'avaient plus fait qu'un.

Du moins, c'était ce qu'elle avait cru. Quelle sotte romantique !

Elle chercha de nouveau son regard, mais, une fois de plus, il l'évita. Chaque fois que leurs yeux se croisaient, il détournait la tête : sa froide indifférence la blessait davantage encore que ses dures paroles de la nuit.

Son hésitation l'avait mis en colère, mais il devait comprendre à quel point c'était difficile pour elle ! Il lui demandait de renoncer à toute une vie. Le devoir était une notion qu'on lui avait inculquée dès la naissance, cela faisait partie d'elle.

Pourtant, il se comportait comme si elle avait manqué à ses engagements envers lui.

Était-ce le cas ?

Tout son être lui avait hurlé de dire oui à sa proposition. Seule la peur l'en avait empêchée, la peur d'être blessée, la peur de souffrir. Elle avait déjà pris la mauvaise décision une fois, sous le coup de la passion, et elle ne supportait pas l'idée de commettre la même erreur.

Pouvait-elle le risquer ?

Sa poitrine se serra, et elle se demanda s'il était déjà trop tard.

Robert s'approchait d'elle.

— Êtes-vous prête, madame ?

Elle réussit à sourire.

— Oui, si vous m'aidez à monter.

— Avec plaisir.

Au lieu d'approcher le montoir de son cheval, il la saisit par la taille, et ses mains s'y attardèrent, possessives. Elle surprit un mouvement du coin de l'œil, et devina que Patrick les observait. Elle ravala un petit sourire. Apparemment, il n'était pas si indifférent que cela.

Après l'avoir installée sur le cheval, Robert se tourna vers Patrick.

— La présence de vos hommes et de vous-même n'est pas nécessaire aujourd'hui, Murray.

La voix de Robert était empreinte d'une tonalité métallique qu'elle ne lui connaissait pas.

— Je veillerai moi-même sur lady Elizabeth, conclut-il.

Le visage de Patrick ne trahit rien, mais Lizzie perçut son animosité. C'était étrange. Patrick était aussi sombre que Robert était léger, mais en cet instant, ils se ressemblaient presque.

— Je viendrai néanmoins, répondit-il sans s'émouvoir. Tels sont les ordres du châtelain. Lady Elizabeth ne doit pas franchir les grilles du château sans ses gardes.

Lizzie sentit la tension monter entre les deux hommes. Il fallait qu'elle intervienne. De plus, Colin enverrait Patrick au cachot s'il offensait un invité, en particulier de l'importance de Robert.

— Je crains que Patrick n'ait raison, Robert. Jamie a été très clair.

Mais elle lui en voulait encore de sa froideur, et elle lui adressa un sourire doucereux.

— Patrick et ses hommes ne nous gêneront pas. Nous ne nous rendrons même pas compte de leur présence.

L'éclat de colère dans ses yeux lui apprit qu'elle avait fait mouche. Tant mieux. Elle en avait assez d'être la seule à douter.

Ses paroles apaisèrent Robert. Ce fut à elle qu'il s'adressa, cette fois :

— Fort bien, mais j'espère qu'ils seront à la hauteur, dit-il, l'œil soudain pétillant. Nous verrons bien comment ils manient l'arc et la flèche.

Sur cette provocation, ils partirent.

Pendant deux bonnes heures, ils chevauchèrent dans la campagne, à l'affût. Mais la chasse au gibier devint bientôt secondaire : une subtile compétition se disputait entre Patrick et Robert.

Lizzie avait l'impression d'être au cœur d'une joute dans laquelle deux chevaliers s'affrontaient dans le but d'obtenir ses faveurs. Chaque fois que Robert lançait une flèche, Patrick en faisait autant. Si Lizzie avait pu craindre qu'il n'humilie Robert, elle s'était trompée. Curieusement, ils semblaient être de même niveau.

Semblaient.

Son instinct lui soufflait que, curieusement, Patrick se bridait.

À mesure que se déroulait cette compétition, la tension croissait entre les deux hommes, de même que son malaise. Jamais elle n'avait vu Patrick se conduire ainsi. Il paraissait imprévisible. Son attitude téméraire ne lui disait rien de bon.

Elle commençait à craindre que leur petit jeu ne tourne mal, aussi fut-elle soulagée lorsque les hommes décidèrent de s'arrêter pour abreuver les chevaux au bord d'un charmant lac.

Cette pause ne soulagea guère ses appréhensions, cependant. En vérité, le combat n'avait pas atteint son apogée.

Assis sur un amas de rochers, Patrick et quelques-uns de ses hommes mangeaient des galettes d'avoine et du bœuf séché quand Robert s'approcha d'eux. Lizzie frémit. Son arc à la main, il s'arrêta juste devant Patrick, qui ne releva les yeux que lorsque l'autre s'adressa à lui :

— Vous êtes un excellent archer.

Patrick hocha la tête.

Craignant le pire, Lizzie s'approcha.

— Il est cependant difficile de mesurer les talents d'un homme en pleine nature, fit Robert nonchalamment. J'ai toujours trouvé que cela se jugeait mieux lors d'un affrontement régulier, ne trouvez-vous pas ?

Patrick mastiqua lentement une bouchée de bœuf avant de répondre, en pondérant ses mots :

— Je ne vois pas comment mieux mesurer la compétence d'un archer ailleurs que dans la nature. Les concours ne servent qu'à satisfaire l'orgueil.

Bien que les manières de Patrick ne présentent rien d'ouvertement choquant, il ne manifestait aucune déférence à Robert eu égard à sa position. Il n'avait même pas pris la peine de se lever.

Robert cessa de feindre l'équanimité. Son visage se colora, et son charmant sourire se transforma en une ligne dure et mince.

— Un homme craignant de mettre son adresse à l'épreuve ne s'exprimerait pas autrement.

Un lourd silence tomba.

Lizzie retint son souffle en guettant la réaction de Patrick. Les Highlanders étaient excessivement orgueilleux et, elle le savait d'expérience, il ne dérogeait pas à la règle.

Sa mâchoire se contracta ; ce fut le seul signe extérieur de sa colère. En apparence, il paraissait calme et maître de lui. Il se leva, les yeux brillant d'un éclat dangereux.

— Il y a fort peu de choses que je crains, monseigneur.

Les deux guerriers s'affrontèrent du regard. Patrick possédait l'avantage de la taille, bien qu'ils soient tous deux grands et musclés. Pendant un instant, elle crut qu'ils allaient en venir aux mains.

Pour désamorcer le conflit, elle s'interposa.

— Et si nous repartions ? demanda-t-elle d'une voix un peu trop fluette. Notre tableau de chasse est suffisant pour la journée.

Ils firent la sourde oreille. Leurs visages reflétaient la même inflexibilité.

— Nous ne pouvons nous livrer à un concours sans récompense, déclara Robert. Que diriez-vous d'un souverain en or ?

Lizzie se mordit la langue. Un souverain valait douze livres écossaises, plus que Patrick ne pouvait en gagner en un mois. Mais l'argent n'était pas le véritable enjeu.

Patrick haussa les épaules avec indifférence.

— C'est vous qui avez lancé le défi.

Robert sourit.

— Êtes-vous d'accord pour trois tirs, le plus proche de la cible étant désigné vainqueur ?

— À quelle cible pensez-vous ?

Robert se tourna vers Elizabeth.

— Madame, pouvons-nous vous emprunter un ruban ?

Elle rougit et s'apprêta à dénouer l'un des rubans qui retenaient ses cheveux, mais Robert l'interrompit.

— S'il vous plaît, permettez-moi.

Il effleura des doigts sa nuque en faisant précautionneusement glisser un ruban de ses boucles blondes, s'attardant un instant de trop.

Le ruban à la main, Robert fit une centaine de pas et attacha le satin bleu autour d'un arbre. À cette distance, seul un mince trait de couleur était visible. En se retournant, il déclara :

— Toute flèche qui touchera le bleu comptera pour un point.

— Et si elles touchent toutes le bleu ? demanda Patrick.

Robert sourit.

— La question est effrontée, mais j'apprécie votre assurance. Dans l'improbable éventualité où toutes les flèches atteindraient le ruban, le vainqueur sera celui qui est le plus proche du nœud. Si toutefois vous le voyez, de là où vous êtes.

— Je le vois, acquiesça Patrick d'un air sombre.

Robert le rejoignit, traça un trait dans la poussière avec son carquois et se tourna vers son adversaire.

— Il va nous falloir un juge. Êtes-vous d'accord pour que ce soit le seigneur de Dun ?

— Oui.

Le seigneur de Dun se dirigea vers la cible, et les deux hommes prirent position derrière le trait. Ce fut Robert qui commença.

Un silence total se fit tandis qu'il plaçait la flèche sur la corde, armait, visait, et décochait. Quelques secondes plus tard, un bruit sourd retentit sur l'arbre.

— Excellent tir, Campbell. En plein milieu du ruban ! cria le seigneur de Dun.

Deux autres tirs suivirent rapidement, chacun meilleur que le précédent. Les trois flèches de Robert avaient atteint leur cible.

Ses hommes l'acclamèrent. L'exploit était de taille. Robert ne se vanta pas, mais ses yeux lorsqu'il regarda Lizzie étaient éloquents : il avait remporté le trophée.

Patrick ne trahit rien de ses pensées tandis qu'il avançait vers le trait. Si un seul de ses tirs manquait le ruban, il perdrait.

Avec une tranquille précision, il ramena la flèche sous son œil et décocha.

Le cœur battant, Lizzie attendit le résultat.

Dun s'exclama :

— Magnifique ! C'est un tir parfait, en plein cœur du nœud !

Les hommes l'acclamèrent.

Le visage de Robert devint blême, et il perdit un peu de sa superbe. Son regard perçant se posa sur son adversaire.

— Impressionnant. Un tir pareil ne se réussit qu'une fois sur mille.

Une fois sur un million, corrigea mentalement Elizabeth en fixant Patrick de ses yeux émerveillés. Elle l'avait vu s'entraîner, savait qu'il était un guerrier exceptionnellement doué, mais rien ne l'avait préparée à un tel exploit.

— Il ne doit pas exister plus d'une poignée d'hommes en Écosse capables de semblable prouesse, ajouta Robert.

Cette remarque anodine produisit un étrange effet sur Patrick. Si elle ne l'avait observé attentivement, elle n'aurait pas vu les muscles de ses bras et de ses épaules se crisper légèrement, tandis que sa main saisissait une deuxième flèche dans le carquois. Ses mouvements avaient perdu leur aisance et leur grâce.

Il se passait quelque chose. Elle en fut encore plus certaine quand il jeta un coup d'œil dans sa direction, ce qu'il avait évité de faire presque toute la journée. Elle lut dans ses yeux une étincelle de… regret ? Mais pourquoi ?

Il positionna l'arc, le banda, visa. Juste avant de libérer la corde, il modifia imperceptiblement sa trajectoire.

Elle retint son souffle. Elle eut l'impression de se trouver dans un tunnel où la seule chose qu'elle entendait était le sifflement de la flèche déchirant l'air.

Elle ne voulait pas voir. Elle savait.

— Vous avez raté ! cria Robert, incapable de cacher sa jubilation.

— En effet, dit Patrick en baissant son arc.

Assaillie par la déception, elle eut l'étrange sentiment qu'il venait d'effectuer une sorte de choix. C'était absurde.

Elle lui coula un regard, mais déjà il s'était détourné, concédant sa défaite.

Patrick n'avait pas manqué un tir pareil depuis des années. Mais un don comme le sien était trop remarquable pour que Robert Campbell ne pose pas de questions.

Il s'était juré de ne pas se laisser narguer par Campbell, bien qu'il n'ait pas pu s'empêcher de relever le gant.

Perdre fut l'une des épreuves les plus difficiles qu'il eût à supporter.

Il n'osait pas se tourner vers Lizzie. Lire son expression blessée à la suite de sa froide rebuffade de la veille était déjà assez dur ; sa déception l'aurait anéanti.

Que diable lui arrivait-il ? Il aurait dû lui faire l'amour, et tout serait réglé maintenant. En s'autorisant à avoir des sentiments, il avait perdu de vue son objectif.

Après la fin du concours, le groupe avait commencé à se disperser, mais Robert, euphorisé par sa victoire, avait pris Lizzie par le bras pour l'attirer au bord du lac. Patrick n'était pas d'humeur à l'entendre lui faire sa cour, aussi s'éloigna-t-il. Mais un mot le fit s'arrêter net.

— Edinample est situé au bord d'un lac ressemblant à celui-ci.

Le sang de Patrick se figea. Edinample. Le château construit sur les cendres de l'ancien donjon de sa famille. Son corps tout entier fut soudain tendu par la rage. Une rage incontrôlable. Il la sentait le consumer, brûlante, elle battait dans sa tête, rugissait dans ses oreilles.

La voix de Robert arrivait jusqu'à lui, et chaque mot attisait encore les flammes.

— J'aimerais vous y emmener. Mon père a achevé la reconstruction du château il y a quelques années : il est magnifique. Mais il lui manque une touche féminine.

L'image de Lizzie fondant un foyer avec Robert Campbell sur ses propres terres, à l'endroit même où ses parents avaient été assassinés, était insoutenable.

Si Campbell voulait sa maudite compétition, par tous les diables, il l'aurait !

Possédé par une imprudence digne de son frère, Patrick tira son arc et avança jusqu'à la ligne tracée dans la poussière.

— Campbell !

Sa voix claqua comme un coup de fouet et attira l'attention générale.

Robert se retourna, surpris.

La bouche de Patrick dessina un sourire féroce.

— Vous avez bien dit *trois* tirs, n'est-ce pas ?

Campbell fronça les sourcils. Il considéra Patrick avec méfiance, comme si la question cachait un piège. C'était le cas.

— En effet.

— Bien.

Patrick sortit deux flèches de son carquois.

— Je vais tout de même effectuer mon troisième tir.

Précautionneusement, il plaça les deux flèches sur la corde, visa et, d'un seul et même tir, les laissa fuser toutes les deux.

Un silence de mort retomba.

— Jésus, Marie, Joseph ! s'exclama l'un des hommes d'une voix où perçait le respect.

Le seigneur de Dun courut vers l'arbre, suivi de tous les autres. Seuls Lizzie, Patrick et ses gardes restèrent sur place. Ses hommes savaient de quoi était capable leur chef. Et à voir leurs mines satisfaites, ils étaient heureux du résultat, même si cela aggravait le risque d'être découverts. Un MacGregor l'emportant sur un Campbell constituait toujours une bonne raison de se réjouir.

Lizzie, en revanche, le contemplait d'un air étrange. Davantage interrogateur que surpris. Il soutint son regard sans ciller ; une partie de lui voulait qu'elle connaisse la vérité. Il en avait assez de la trahison. Assez de dissimuler, de se terrer, de vivre la vie d'un hors-la-loi.

Le comprendrait-elle ? Seul, il aurait peut-être été prêt à tout lui dire. Mais la vie de ses hommes était également en jeu.

La petite foule avait atteint l'arbre. Des cris et des acclamations s'élevèrent. Les deux flèches avaient percé le ruban et s'étaient fichées de chaque côté de la première.

Il avait gagné.

Mais à quel prix ?

12

Patrick n'allait pas tarder à le découvrir.

Robert Campbell avançait vers lui, l'une des flèches de Patrick à la main. Sa posture rigide trahissait sa colère, mais ce fut son air pénétrant qui l'inquiéta. Robert s'arrêta devant lui et étudia longuement son visage avant de concéder :

— La victoire est nette.

Gracieux même dans la défaite. Le fils de Glenorchy était un homme difficile à mépriser. Bon sang, le seul reproche que pouvait lui faire Patrick était l'inhumanité de son père !

— La prochaine fois, je choisirai mes mots avec plus de soin pour énoncer les règles. C'est tout à fait remarquable. Je n'ai été témoin d'un exploit pareil qu'une seule fois dans ma vie.

Tous ses sens en alerte, Patrick répondit d'une voix polie :

— Ah oui ?

Campbell planta les yeux dans les siens.

— Oui. Il y a quelques années, j'ai vu le chef MacGregor abattre deux hommes d'un seul tir. La Flèche de Glenlyon est connue non seulement pour ses compétences d'archer, mais également pour ses tours habiles.

Pas un muscle de Patrick ne bougea à l'évocation de son cousin.

— Ce n'est pas un tour, mais une simple question d'entraînement. Moi aussi, j'ai vu le MacGregor à l'œuvre… C'est ce qui m'a donné l'idée d'en faire autant.

Les yeux de Campbell se durcirent.

— Vous connaissez donc ce hors-la-loi ?

La pente devenait dangereuse.

— Nous nous sommes rencontrés. Mon seigneur lui a fourni une caution ainsi qu'aux hommes de son clan, il y a quelques années.

Campbell se frotta le menton, songeur.

— En effet, je m'en souviens. Il me revient aussi que Tullibardine a abrité ce scélérat la dernière fois que les MacGregor ont été mis au ban.

— Et il a payé cher sa bienveillance, lui rappela Patrick. Il ne le refera pas.

— Hmm…

Campbell soupesa la flèche entre ses mains, puis examina l'empennage.

Les plumes ! Miséricorde ! L'empennage caractéristique était le même que celui de son cousin. Patrick s'obligea à respirer tranquillement. Il remarqua que Finlay les avait rejoints et suivait leur conversation avec un grand intérêt.

Enfin, Campbell lui rendit sa flèche.

— On dit également que ce MacGregor possède les plus belles flèches, qu'il les fabrique lui-même.

— Vraiment ? fit Patrick avec la dose appropriée d'intérêt.

Son cœur battait plus vite ; cette conversation était périlleuse.

— Eh bien, nous avons cela en commun : je fabrique également mes flèches, admit-il.

L'interruption de Lizzie vint à point nommé.

— Que sous-entendez-vous, Robert ? Vous ne pensez tout de même pas que Patrick ait quelque chose à voir avec ces créatures répugnantes ?

Elle frissonna.

— Sans Patrick et ses guerriers, je ne serais pas ici devant vous.

Ces créatures répugnantes. Il ne pouvait lui en vouloir, après ce qu'avait fait son frère, mais le dégoût dans sa voix lui fit mal. Comment réagirait-elle en apprenant la vérité ?

Pourrait-elle un jour l'accepter pour l'homme qu'il était ? Un MacGregor. Un hors-la-loi. Jamais auparavant il n'avait encore osé se poser la question. Il redoutait trop la réponse.

Campbell lui adressa un dernier regard appuyé avant de se tourner vers Lizzie.

— Pardonnez-moi, dit-il. Naturellement, je n'ai pas oublié notre dette envers Murray. Je me félicite qu'il soit doté de tels talents.

Avec un sourire ironique, il ajouta :

— Même si cela m'a fait perdre mon pari.

Lizzie réagit aussitôt avec sa gentillesse habituelle.

— Mais vous avez vous-même fait preuve d'une grande adresse. Jamais je n'ai vu de tirs aussi exceptionnels.

Nom d'un chien, songea Patrick avec un regain d'irritation en voyant la main qu'elle avait posée sur le bras de son rival. Même perdant, Campbell parvenait à avoir le dessus.

Le groupe de cavaliers qui revint au château était nettement plus silencieux que celui qui en était parti ce matin-là. La spectaculaire issue du concours de tir à l'arc semblait avoir épuisé leur excitation. Lizzie était encore stupéfaite par ce coup double.

Dès l'instant où elle l'avait vu, Patrick Murray avait été la réponse à ses prières. Un chevalier ténébreux et romanesque qui l'avait sauvée en pourfendant des dragons. Elle voulait croire à ce conte de fées, mais son passé la rendait prudente. Une petite partie d'elle ne pouvait tout à fait admettre qu'il la désirât vraiment, elle.

Une seule chose était certaine : elle ne pouvait plus tergiverser, attisant la tension entre les deux hommes. Elle devait prendre une décision avant que la situation n'échappe à tout contrôle. La prochaine fois, leur confrontation ne serait peut-être pas aussi civilisée.

Mais comment prendre cette décision ?

Un élancement lui pinça la poitrine. Elle devait à son futur mari la vérité. L'un des deux voudrait-il encore d'elle après avoir appris qu'elle n'était plus vierge ?

Elle soupira.

Ayant satisfait à ses obligations d'hôtesse en conversant avec chacun des invités, elle fit ralentir un peu sa monture afin d'être rejointe par Patrick et ses gardes, qui fermaient la marche.

Si seulement elle comprenait ses sentiments…

Elle se plaça à côté de lui. Robbie, qui chevauchait de l'autre côté, lui sourit avant de rejoindre les autres et de les laisser seuls.

Ils gardèrent un moment le silence, puis :

— Allez-vous m'éviter toute la journée ?

Patrick haussa un sourcil sarcastique.

— Je n'étais pas sûr que vous désiriez me parler, après hier soir...

Elle rosit.

— Si c'est une façon de vous excuser...

— J'ignorais que je devais m'excuser. Vous ne donniez guère l'impression de vous plaindre.

Le rose vira à l'écarlate ; il voulait délibérément la troubler. Mais elle refusa de tomber dans le piège.

— Votre fait d'armes était extraordinaire.

Il ne releva pas la remarque.

— Vous êtes très doué, ajouta-t-elle.

Elle pinça les lèvres. Son impassibilité était irritante.

— C'était un compliment, au cas où vous ne l'auriez pas remarqué.

Il eut un sourire en coin.

— Merci.

— C'est curieux, cependant...

Elle se tut. Il se tourna vers elle.

— Vous attendez sans doute, maintenant, que je vous demande pourquoi ?

Elle ignora son sarcasme.

— C'est curieux qu'avec un don pareil, personne n'ait entendu parler de vous. Ne participez-vous pas aux jeux des Highlands ?

— Comme je l'ai dit à Campbell, c'est sur le champ de bataille que s'apprécie le mieux l'adresse. Je n'ai rien à faire dans les tournois.

— Hmm.

Il était étonnamment modeste, pour un guerrier. En général, dans les Highlands, on avait plutôt tendance à se vanter. Elle redressa le dos et le regarda dans les yeux.

— Pour quelles raisons avez-vous délibérément raté votre deuxième tir ?

Il haussa un sourcil.

— Qu'est-ce qui vous fait croire cela ?

— J'ai remarqué votre léger ajustement avant de lâcher la corde.

— Cela s'appelle viser. J'apprécie votre confiance, mais il m'arrive de rater ma cible. Et pour quelle raison l'aurais-je fait ?

Elle releva le menton.

— À vous de me le dire.

— Il n'y en a pas, mais puisque vous essayez toujours de tout comprendre, je pensais que vous aviez une opinion.

Ses réponses la convainquirent qu'il cachait quelque chose.

— Pourquoi vouloir dissimuler votre talent ?

Il esquissa un petit sourire.

— On peut difficilement m'en accuser.

— C'est précisément ce que je ne comprends pas : après vous être donné tant de mal pour perdre, vous avez changé d'avis.

Ses yeux verts brillèrent d'une intensité nouvelle.

— Peut-être ai-je décidé que la récompense en valait la peine.

Un frisson parcourut l'échine de la jeune femme. Le regard de Patrick fit naître un flot de chaleur dans ses veines. C'était un regard possessif. De pur désir masculin. Ébranlée, elle mit un moment à retrouver sa voix.

— Quelle peine ? Que risquez-vous de perdre en gagnant ce pari ?

Il tourna les yeux vers le sentier qui serpentait à travers la forêt, et prit le temps de choisir ses mots.

— J'ai voulu me montrer prudent, compte tenu des circonstances.

Lizzie plissa le nez.

— Je ne comprends pas.

Il contracta la mâchoire et dit à travers ses dents serrées :

— Robert Campbell est un homme très puissant.

Lizzie pencha la tête, étudiant les lignes dures de son beau visage.

— Et vous craigniez que l'emporter sur lui vous vaudrait des représailles ?

Elle secoua la tête et ajouta :

— Vous connaissez mal Robert.

Le regard de Patrick devint tranchant.

— Moins bien que vous, apparemment.

Elle rougit, bien qu'elle n'ait rien fait de répréhensible. Mais, à l'évidence, il n'avait pas aimé la façon dont elle avait pris la défense de Robert.

— Je voulais simplement dire qu'il n'est pas le genre d'homme qui reprocherait à un autre sa victoire. Vous l'avez certainement compris, non ?

Il haussa les épaules et, à contrecœur, reconnut :

— Il semblerait, en effet.

Son explication n'était pas satisfaisante. Patrick Murray n'était pas homme à se soustraire à un défi.

— Et c'est la seule raison ?

Il riva ses yeux aux siens.

— Je ne pense pas avoir besoin de vous rappeler la différence de nos rangs.

Le ton accusateur la laissa muette.

Il fallait qu'elle dise quelque chose. Elle le voyait dans ses yeux : il pensait qu'elle allait choisir Robert.

Son cœur se souleva. Elle voulut parler.

Mais que dire, alors qu'il avait peut-être raison ?

Il était plus de midi quand ils revinrent au château. Lizzie rentra aussitôt pour surveiller le repas, évitant soigneusement Patrick.

Il la regarda s'éloigner, en proie à un terrible bouillonnement de colère et de frustration.

En prouvant son talent d'archer, il n'avait fait que devenir la cible d'une attention indésirable. Or, la curiosité des autres pouvait se révéler mortelle.

Le danger était partout. Tôt ou tard, la vérité éclaterait.

Il fallait qu'ils partent. Bientôt. Il ne voulait pas risquer bêtement la vie de ses hommes. Il était probablement trop tôt pour que Gregor soit revenu de Lomond Hill, mais Patrick se rendrait cette nuit dans le village comme chaque samedi.

Tout d'abord, cependant, il fallait qu'il s'éclaircisse les idées. Il était tendu comme la corde de son arc, assiégé par des émotions contradictoires. Son plan... Lizzie... cela formait dans sa tête une belle pagaille.

Il décida d'aller plonger dans le lac pour se calmer. Il se dirigeait vers les dépendances pour y prendre du savon et une chemise propre, lorsque le dernier homme qu'il avait envie de voir apparut devant lui.

— Je vous cherchais, annonça Robert Campbell.

— Et vous m'avez trouvé, répondit-il avec un sarcasme machinal.

Il poussa un soupir et demanda d'un ton plus neutre :

— Que désirez-vous ?

Campbell sortit de sa poche une pièce d'or.

— Je n'ai pas eu l'occasion de vous la donner plus tôt.

Patrick secoua la tête.

— Gardez-la.

L'autre prit ombrage de son refus.

— Mais vous l'avez gagnée. J'aime à payer mes dettes.

— J'ai joué sur les mots, et ce n'était pas loyal. Considérons-nous quittes.

Campbell l'examina un instant.

— Sommes-nous quittes ?

Patrick n'avait pas besoin de demander ce qu'il voulait dire.

— Je ne crois pas, reprit Campbell. Qu'avez-vous à lui donner ?

C'était trop douloureux. Patrick fit un pas vers lui et dit d'une voix grave, menaçante :

— Cela ne vous regarde pas.

Campbell ne recula pas, et il ne put qu'admirer son courage.

— Si, cela me regarde, rétorqua Campbell. Vous visez trop haut. Elizabeth Campbell est la cousine de l'un des hommes les plus puissants d'Écosse. Qu'espérez-vous lui offrir ?

Patrick braqua les yeux sur lui.

— Je peux la rendre heureuse.

— En êtes-vous sûr ? Regardez cet endroit. Vous la soustrairiez à ce château pour l'emmener où ? Dans une hutte ?

Patrick le dévisagea, impassible. S'il savait... Une hutte était un palace, comparée à certains des endroits où il avait vécu.

— Elizabeth a grandi dans le luxe et la richesse, enchaîna Robert. Elle est née pour être châtelaine. Vous êtes un garde. Comprenez-vous ce que vous lui feriez en l'épousant ? Vous la priveriez de tout ce qu'elle a connu. Vous l'arracheriez à ce qui est toute sa vie. À sa famille. Pour l'amour du Ciel ! Cette jeune femme est une rose délicate, pas une bruyère sauvage.

Il désigna une vieille domestique qui se dirigeait vers le puits avec ses seaux.

— Aimeriez-vous qu'elle ressemble à ceci ?

Patrick fixa la femme, une boule dans le ventre. Elle n'était pas vieille, réalisa-t-il, pourtant elle le paraissait. Comment Lizzie accomplirait-elle ce genre de tâches ? Elle était si frêle, si délicate, ses mains étaient si douces, sa peau si claire et laiteuse...

Il ravala la bile coincée dans sa gorge. Il n'avait rien à lui offrir. Il était un hors-la-loi. Un homme sans foyer. Sans terre. Sans avenir.

Même si elle parvenait à lui pardonner sa trahison et à accepter qu'il soit un MacGregor, la vie à ses côtés serait trop dure.

Elle souffrirait.

Lizzie n'était absolument pas préparée pour l'existence qu'il lui réserverait. Comment survivrait-elle ? Un trop grand nombre de leurs femmes étaient mortes l'hiver précédent, de faim et de froid.

Il ne laisserait pas cela arriver. Il la protégerait.

Il soutint le regard de Campbell, avec l'impression de s'agripper à un fil de coton pour sauver un bateau en train de couler.

— Je m'occuperai bien d'elle.

L'autre l'étudia avec intensité.

— Que désirez-vous réellement ? Je vous imagine peu enclin aux grands sentiments. L'aimez-vous ?

Patrick se raidit. De quel droit posait-il cette question ? Il tenait à Lizzie. Aussi profondément qu'il était possible à un homme comme lui de tenir à quelqu'un. Mais l'aimer... L'amour était mort en lui depuis longtemps. Depuis la perte de ses parents, suivie de toutes ces années passées dans la haine et la vengeance. Il serra les dents.

— Et vous ?

Robert Campbell hocha la tête.

— Je pourrai l'aimer.

Patrick tressaillit sous la force du coup. Lizzie méritait un homme capable de l'aimer. Pas un homme aux cicatrices trop profondes pour espérer guérir un jour.

Il plongea les yeux dans ceux de son rival, vit son expression sincère et solennelle. Robert Campbell était un homme bon, il ferait un bon mari pour Lizzie. Il lui offrirait tout ce que Patrick ne pouvait lui donner. Une maison, la sécurité, une ribambelle de petits enfants aux yeux bleus et aux cheveux blonds.

— Elle a besoin d'être aimée, poursuivit Campbell. Pas d'être épousée pour sa dot.

Patrick aurait tout donné pour pouvoir protester, nier. Mais c'était la vérité. Du moins en partie. L'horrible vérité.

— Je suis très attaché à elle, dit-il, incapable de masquer son amertume.

— Dans ce cas, ne l'obligez pas à choisir, répliqua doucement Campbell.

— Êtes-vous si sûr que c'est moi qu'elle choisira ?

— Non. Mais je ne suis pas sûr non plus du contraire.

Campbell le dévisagea durement et assena :

— Faites ce qui est juste. Allez-vous-en.

— De quel droit vous targuez-vous de savoir ce qui est juste ?

Campbell sourit, non sans compassion. Ce fut odieux à Patrick.

— Je crois que vous le savez également. C'est ce qui vous a fait rater ce deuxième tir, n'est-ce pas ?

Il se détourna et partit. Sans un mot de plus.

Patrick serra les poings. Il aurait voulu frapper sur quelque chose, sur cette vérité que venait de lui faire affronter Campbell.

S'il mettait son plan à exécution, non seulement il utiliserait Lizzie, mais ce faisant, il la détruirait. Si elle l'épousait, elle n'aurait plus rien. Lizzie méritait d'être heureuse. Elle était innocente.

Comme ma mère, songea-t-il.

Il fut soudain empli de honte. Sa mère aurait été horrifiée d'apprendre ce à quoi il se livrait.

Était-il le genre d'homme à détruire les femmes pour parvenir à ses fins ?

— *Faites ce qui est juste. Allez-vous-en.*

Campbell avait raison. Patrick s'en irait. Il aimait assez Lizzie pour accomplir son devoir. Il ne pouvait anéantir son bonheur au profit du sien. Son combat pour regagner les terres de sa famille n'était pas perdu, mais il devrait le remporter d'une autre façon.

La douleur qu'il ressentait à la pensée de quitter Lizzie, de renoncer à la seule femme qu'il eût jamais voulue, le crucifiait.

En offrant à Lizzie la chance d'avoir un avenir heureux, il détruirait le sien et décevrait son clan. Ce n'était pas ainsi qu'il nourrirait son peuple et lui donnerait un toit.

Le bonheur d'une seule femme valait-il ce sacrifice ? Il l'espérait, sans quoi il devrait en supporter les conséquences jusqu'à sa mort.

13

Alys sortit de l'armoire une robe bleu roi et, avec une grimace, la jeta sur le lit, qui disparaissait littéralement sous l'amoncellement croissant de vêtements en velours et en satin.

Lizzie leva les yeux au ciel en poussant un grand soupir.

— Que reproches-tu à celle-ci ?

— Elle est trop foncée, marmotta Alys, la tête déjà enfouie dans l'armoire. Ces couleurs sombres de pierres précieuses tranchent trop avec votre teint pâle.

— Peut-être veux-tu dire « fade » ?

Alys émit un grognement de protestation.

— Je veux dire « pâle ». C'est différent, et il faut choisir ses couleurs avec soin.

À l'évidence. Lizzie regarda avec stupéfaction les vêtements voler derrière Alys les uns après les autres, jusqu'à ce qu'elle émerge enfin en tenant une robe en satin nacré d'un bleu si clair qu'il ressemblait presque à du mercure.

— Ah, essayons celle-ci. Elle s'harmonisera parfaitement à votre teint pâle et vos yeux.

Lizzie secoua la tête et croisa les bras dans une posture de défi.

— Il n'en est pas question. Elle a été fabriquée pour un bal masqué à la cour il y a quelques années. J'étais censée représenter Déméter.

La robe était coupée dans un simple style grec, et dépourvue de fioritures.

— Elle n'a même pas de vertugadin.

— Bah ! rétorqua Alys. Qu'ont à faire les Highlanders de la mode de la cour ?

Lizzie ne put s'empêcher de sourire en voyant le visage dégoûté de sa servante.

— Au cas où tu l'aurais oublié, nous ne sommes pas dans les Highlands. Et elle est à peine décente.

Alys la considéra avec un sourire sournois.

— Merveilleux. Vos beaux prétendants ne pourront pas détacher les yeux de vous.

D'une partie d'elle, se dit Lizzie en se remémorant le large décolleté de cette robe. Elle fronça les sourcils.

— C'est donc de cela qu'il s'agit ?

Alys la considéra comme si elle avait perdu la tête.

— Naturellement ! Le temps passe, ma petite fille. Vous n'allez pas pouvoir garder indéfiniment ces deux soupirants autour de vous. Ils ressemblent à des loups qui se montrent les crocs. On m'a raconté ce qui s'est passé lors de la partie de chasse.

Lizzie rougit et se détourna rapidement pour éviter l'œil perçant de sa domestique. Elle fit mine de brosser ses cheveux humides.

— Il ne s'est rien passé du tout.

— Oh, pas la peine de faire des manières avec moi, mon petit. Imaginez, dit-elle avec un soupir rêveur, deux beaux et vaillants guerriers qui se battent pour vous. Comme c'est romanesque !

Elle secoua la tête et ajouta :

— Mais pourquoi les jeunes gens sont-ils si têtus et si sots dès lors qu'il s'agit d'affaires de cœur ?

Lizzie ne sut que répondre. Alys avait une façon de rendre les choses étonnamment simples. Mais elles ne l'étaient pas. Elles étaient compliquées, et cela la déchirait.

— Le mariage n'a pas grand-chose à voir avec le cœur, objecta-t-elle doucement.

— Ne soyez pas ridicule. Cela a tout à voir, bien au contraire. Ne laissez pas ce qui s'est passé il y a deux ans avec cet âne gâcher votre chance d'être heureuse. Allez-vous épouser un homme que vous n'aimez pas ?

Lizzie se tordit les mains.

— J'ai une responsabilité envers ma famille. Je n'ai aucun droit de...

— Vous en avez fait bien assez pour votre famille ! s'indigna Alys. Ils vous aiment et veulent vous voir heureuse.

C'était exactement ce que lui avait dit Patrick.

— Pour ma part, je n'ai pas regretté ma décision un instant, enchaîna la servante.

Lizzie fronça les sourcils.

— Quelle décision ?

Alys écarta quelques robes pour dégager une petite place sur le lit. Elle tapota le couvre-lit à côté d'elle afin que Lizzie vienne s'y asseoir.

— Saviez-vous que mon père est le chef des Buchanan ?

Lizzie écarquilla les yeux.

— Je savais que tu étais une Buchanan, mais tu ne m'avais pas dit que le chef était ton père.

— Jeune fille, j'étais fiancée à lord Aven, le fils du marquis de Hamilton.

Lizzie laissa échapper un petit cri, mais Alys se contenta de sourire.

— Oui, il a récemment hérité d'un comté, paraît-il. Comme vous l'imaginez, mon père n'a guère apprécié que je décide d'épouser un garde Campbell sans terre à la place. Mais dès l'instant où j'ai vu mon Donnan à la cour avec votre cousin le comte, je l'ai aimé.

Ses yeux étincelèrent.

— Et je l'aime toujours. Je n'ai jamais regretté ma décision.

Lizzie la considéra longuement. Il avait fallu faire preuve d'un vrai courage pour agir ainsi.

— Et ton père ?

Alys éclata de rire.

— Oh, au début il était furieux, mais il a fini par s'en remettre. Ma jeune sœur a fait un beau mariage. Il s'amuse encore à me rappeler tout ce à quoi j'ai renoncé, et je suppose que la moindre des choses, pour toutes ces années de bonheur qu'il m'a permis de connaître, est de le laisser faire.

Alys se leva.

— Assez parlé de moi, c'est de l'histoire ancienne. Si vous ne voulez pas être en retard pour le dîner, il faut vous habiller. Voyons, où sont vos perles ? dit-elle en retournant vers l'armoire. Il vous faudrait aussi le bracelet qui va avec.

Elle sortit une étole de mousseline assortie à la robe qui pouvait servir de voile dans les cheveux de Lizzie, puis secoua la tête.

— Non. Il faut qu'ils voient vos beaux cheveux.

Elle souleva les lourdes boucles blondes et les laissa retomber dans le dos de la jeune femme.

— Vos cheveux sont magnifiques, mon chaton. Vous devez les mettre en valeur.

— Je ne porterai pas cette robe, protesta Lizzie.

Mais, une fois encore, ses paroles tombèrent dans l'oreille d'une sourde.

Alys cherchait déjà des bas et des jupons assez fins pour être portés sous la robe.

— Essayez ceci, dit-elle en lui tendant un jupon de satin arachnéen.

Comme Lizzie s'apprêtait à discuter, elle ajouta doucement :

— Faites-moi confiance.

Patrick revint au château ce soir-là pour la dernière fois ; son expédition au village n'avait rien donné. Compte tenu de sa décision, cependant, il se réjouissait que Gregor ne soit pas encore revenu : son frère ne se serait pas montré aussi compréhensif que ses hommes.

Les gardes avaient reçu la nouvelle de leur départ le lendemain matin sans un mot de protestation. Après les événements de la journée, ils comprenaient que le temps était désormais compté. Même Hamish avait à peine discuté pour essayer de le convaincre d'emmener Lizzie. Patrick n'était pas le seul à avoir succombé au charme d'Elizabeth. Elle les avait tous séduits avec sa bonté et sa sereine beauté. Il secoua la tête. Une bande de MacGregor sans foi ni loi domptée par un petit bout de femme… Une Campbell, par-dessus le marché !

Ses hommes étaient allés dans la grande salle se joindre aux festivités de la soirée, mais Patrick n'avait pas envie de s'amuser. Il retourna dans leurs baraquements, cherchant la solitude.

Il entreprit de rassembler ses maigres effets dans les sacs de cuir qu'il attacherait à sa selle. Il avait été stupide de rejeter l'argent de Campbell. Ce n'était pas l'orgueil qui lui tiendrait chaud et qui le nourrirait durant l'hiver à venir.

Il n'avait pas encore réfléchi à la façon dont il ferait ses adieux à Lizzie. Il était certes tentant de s'en aller sans rien dire, mais elle méritait au moins une explication. Il fallait qu'il trouve les mots pour lui faire comprendre qu'il agissait en son âme et conscience…

Soudain, la porte s'ouvrit.

La silhouette de Lizzie se dressait sur le seuil ; la torche qu'elle tenait à la main illuminait son visage choqué tandis qu'elle fixait ses bagages.

Patrick sentit son corps se raidir des pieds à la tête, soudain paralysé par la beauté éthérée de la créature qui se tenait devant lui. Elle paraissait tout droit sortie d'un rêve ; ses cheveux de lin et sa robe bleutée brillaient comme du vif-argent dans la lueur tremblotante de la flamme.

On aurait dit un ange.

À une exception près : cette robe n'avait rien d'angélique.

Essayait-elle de le rendre fou de désir ?

Il la parcourut des yeux et s'arrêta sur les renflements adorables, parfaitement mis en valeur par un tissu qui en révélait plus qu'il n'en cachait. Avec ce vêtement si léger, il voyait la courbe de ses hanches, l'arrondi de ses fesses, la silhouette fuselée de ses jambes. Un coup de sang traversa son corps.

Une vague de possessivité le submergea, terrifiante dans son intensité. *Je la veux.* L'idée qu'elle appartienne à un autre homme le rendait fou de douleur.

Il lui tourna le dos en s'efforçant de tempérer l'instinct qui lui hurlait de la jeter sur la paillasse, lui arracher cette robe et la posséder là, tout de suite.

— Que faites-vous ? demanda-t-elle.

Il tressaillit en entendant sa voix, son incrédulité mêlée d'affolement. Il aurait voulu la rejoindre, la serrer dans ses bras et lui dire que tout allait bien se passer.

Mais ce n'était pas le cas.

Il contracta les mâchoires ; ce serait encore plus difficile qu'il ne l'avait imaginé. Il se pencha pour continuer à préparer ses affaires ; ses gestes étaient saccadés.

— Je fais mes bagages, comme vous le voyez.

Il entendit la porte se refermer, puis le léger bruit de ses pas. Son sang battait furieusement dans ses veines. L'odeur délicate et féminine de Lizzie le frappa de plein fouet.

— Combien de temps resterez-vous parti ? Quelques jours ?

Il prit une profonde inspiration et se redressa. Ses muscles vibraient, tant était puissant le désir qu'il avait d'elle.

— Non, Lizzie, je pars pour de bon.

Elle crut qu'on lui arrachait le cœur.

— Vous partez ? répéta Lizzie bêtement.

Ses pensées s'éparpillaient comme des pétales dans le vent. *Pour de bon.* En voyant qu'il n'assistait pas au repas, elle avait nourri quelques craintes, mais jamais elle n'aurait imaginé cela.

— Non ! Vous ne pouvez pas partir.

Il haussa un sourcil noir.

— Je veux dire... ajouta-t-elle. J'ai besoin de vous ici.

Son visage se ferma, et elle comprit qu'elle avait dit une bêtise.

— Vous avez votre frère, répliqua-t-il en lui lançant un regard dur et pénétrant. Vous n'aurez aucun mal à engager d'autres gardes.

C'était impossible.

— Mais, et nous ?

Sa voix n'était guère plus audible qu'un murmure.

— Je pensais…

Les yeux de Patrick étaient insensibles. C'étaient ceux d'un étranger.

— Campbell sera là pour cela.

Un son étranglé s'échappa de la gorge de Lizzie. Sa froideur la stupéfiait. Comment pouvait-il lui parler ainsi ? Après ce qu'ils avaient partagé, il allait partir sans l'ombre d'un regret. Ne représentait-elle donc rien pour lui ?

Elle porta la main à sa bouche. Mon Dieu, s'était-elle trompée sur son compte ? Il avait l'air si distant. Comme s'il n'avait besoin de personne au monde. Et certainement pas d'elle.

Elle détourna les yeux, chercha à reprendre son souffle. Elle s'obligea à respirer lentement pour ne pas être engloutie par la boule de douleur cinglante.

Il fallait qu'elle sorte d'ici avant de fondre en larmes et se donner en spectacle.

C'est ce qu'elle aurait fait si elle n'avait pas levé la tête vers lui une dernière fois.

Ce furent ses yeux qui le trahirent. Tourmentés. Douloureux. Emplis d'un désir brut.

Oui, il la voulait. Avec une intensité égale à la sienne.

Et pendant cette parenthèse de vulnérabilité, elle reconnut la vérité de son propre cœur.

Je l'aime.

Oui, elle aimait ce grand guerrier dont la cuirasse implacable masquait une âme torturée.

C'étaient son beau visage, sa force, son courage, son autorité naturelle qui l'avaient séduite, mais c'était l'homme blessé caché à l'intérieur qui avait ravi son cœur.

Il avait besoin d'elle.

Elle aspirait à apaiser sa tristesse. À le soulager grâce au baume de son amour. Tout comme il lui avait donné le courage de prendre à nouveau le risque d'aimer. John Montgomery appartenait au passé. Il fallait maintenant qu'elle ait confiance en elle... et en lui.

Robert représentait un choix certes plus judicieux, mais il y avait chez Patrick quelque chose qui ne s'évaluait pas à la lumière de critères objectifs, c'était ainsi et pas autrement. Peut-être était-il un simple garde, mais il avait l'étoffe d'un grand chef.

Alys avait raison. Elle ne regretterait jamais d'épouser l'homme qu'elle aimait. Sa famille comprendrait. Il le faudrait.

La nouvelle inattendue qu'elle avait reçue ce soir-là lui donnait encore plus de raisons d'espérer. Jamie lui avait écrit pour lui annoncer son mariage. Il réclamait sa présence à Dunoon dès que possible.

C'était à peine croyable : son frère, marié ! Colin avait été furieux. Apparemment, les Lamont avaient été récemment accusés de recueillir des MacGregor ; la pauvre fille avait perdu toute sa famille et s'était retrouvée pratiquement sans un penny. Dans son message, Jamie semblait exprimer une forme de responsabilité. Mais cela signifiait également que Lizzie ne serait pas la première dans la famille à faire un mariage mal assorti.

Maintenant qu'elle avait pris sa décision, elle songea à tout ce à quoi elle aurait pu renoncer sans le savoir. C'était donc de cela que parlaient Meg et

Flora : un amour si fort qu'on était prêt à mourir pour lui...

Ou sans lui.

Était-ce le destin ou le hasard, elle l'ignorait, mais elle remerciait le Ciel d'avoir placé Patrick Murray sur sa route ce jour-là.

Mais, alors même que ses sentiments devenaient clairs, il essayait de la repousser...

Elle redressa l'échine d'un air frondeur.

— Vous allez donc partir ainsi ? Sans explication ?

Il resta de marbre, mais son corps tout entier frémissait. Elle traversa la pièce d'un pas décidé et s'arrêta juste devant lui. Assez près pour inhaler son odeur virile et épicée. Il refusa de la regarder. L'atmosphère se chargea d'une tension insupportable.

Elle pencha la tête en arrière. Il serrait et desserrait les poings, comme s'il luttait pour se maîtriser. La chair de poule lui hérissa la peau devant ce guerrier redoutable.

Mais elle s'approcha encore, laissa ses seins effleurer sa poitrine.

— Je croyais que vous vouliez m'épouser ?

Ses yeux lancèrent des éclairs émeraude.

— Que diable attendez-vous de moi ? grinça-t-il. Je n'ai pas l'intention de vous regarder gentiment épouser un autre homme. Mon Dieu, Elizabeth, je ne suis pas de marbre !

Oui, il tenait à elle. Sa ferveur lui donna du courage. Elle eut l'audace de poser la main sur son torse et le sentit tressaillir sous le cuir souple de son justaucorps.

— Ah non ? répliqua-t-elle en effleurant les muscles aussi durs que de la pierre. On le dirait, pourtant.

Elle glissa la main sous le cuir, puis sous la fine chemise en lin, et inspira l'odeur de sa peau chaude et ferme.

Elle l'observa sous ses cils ; elle avait envie de déposer de petits baisers le long de sa mâchoire jusqu'à ce que sa résistance cède.

— Je n'épouse pas un autre homme, dit-elle doucement.

Ses muscles devinrent rigides sous ses doigts. Elle percevait les battements frénétiques de son cœur, mais il ne fit aucun geste pour la prendre dans ses bras.

Lizzie hésita. Elle venait plus ou moins de lui dire qu'elle l'avait choisi. Ne devrait-il pas la serrer contre lui et l'embrasser ?

Au lieu de cela, il referma une main autour de son poignet et l'écarta de lui.

— Vous le devriez.

L'expression de Patrick entama son assurance. Frappée, Lizzie perdit soudain toute sa gaieté.

— Que voulez-vous dire ? demanda-t-elle d'une voix blanche. Vous ne désirez pas m'épouser ?

Il jura et grinça des dents.

— Bon Dieu, Elizabeth. Vous ne rendez pas les choses faciles. J'essaye de me conduire noblement.

— Noblement ? répéta-t-elle en roulant des yeux. En quoi serait-il noble que j'épouse Robert ?

Il se détourna et fit quelques pas, comme pour s'éclaircir les idées.

— Il y a des choses... Il y a des choses à mon sujet que vous ignorez.

Elle posa une main sur son bras.

— Alors, dites-les-moi. Je veux tout savoir à votre sujet.

Il secoua la tête.

— Je ne le peux pas.

Elle laissa tomber sa main.

— Ou vous ne le voulez pas, répondit-elle d'une voix sans timbre.

— Ou je ne le veux pas, admit-il.

La déception lui fit l'effet d'un coup dans le ventre, mais elle perçut la tristesse dans sa voix. Même s'il ne voulait pas tout lui expliquer, elle ne pouvait pas le laisser ainsi.

— Cela n'a pas d'importance. Je sais tout ce que je dois savoir. Tout ce qui compte. Je sais le genre d'homme que vous êtes : fort, attentionné, un homme d'honneur.

Un éclat de rire douloureux fusa.

— Vous ne me connaissez pas du tout. Puissé-je être la moitié de l'homme que vous croyez.

Il secoua la tête, comme si les paroles de la jeune femme lui avaient rendu la chose plus facile.

— Non. Épousez votre Campbell, Lizzie. Il vous offrira la vie que vous méritez. Je n'ai rien à vous offrir. Ni rang social, ni fortune, ni beau château.

— Rien de tout cela ne compte.

Il la contempla comme si elle divaguait.

— Il faut n'avoir jamais connu la misère pour penser une chose pareille.

Elle s'empourpra.

— Je voulais dire que cela, je le possède déjà. Je n'ai pas besoin d'épouser Robert pour l'obtenir.

Elle se raidit, et elle craignit de l'avoir blessé à nouveau. Aucun homme ne souhaitait être entretenu par sa femme. Comment lui expliquer que sans lui à ses côtés, plus rien ne comptait ? Il s'apprêta à se détourner, et le cœur de Lizzie se brisa.

Je suis en train de le perdre, songea-t-elle.

Elle s'empara encore une fois de son bras.

— S'il vous plaît.

Elle ouvrit la bouche, mais aucun son n'en sortit. Il fallait qu'elle lui explique ce qu'elle ressentait, mais l'idée de se mettre à nu la terrifiait. Un frisson parcourut son corps. La peur lui souleva l'estomac.

Elle était lâche. Mais si elle n'agissait pas en cet instant, elle s'en voudrait toute sa vie.

— Je ne peux pas épouser Robert Campbell.

— Pourquoi ?

Elle aurait voulu fermer les yeux, se cacher, mais elle s'obligea à dire :

— Je ne l'aime pas.

Elle l'entendit retenir son souffle, et le regard de Patrick s'intensifia.

— Je...

Elle inspira profondément et lâcha tout à trac :

— Je vous aime.

Le silence qui suivit fut aussi bruyant que le tonnerre, aussi douloureux qu'un éclair frappant son cœur. Elle le fixait, attendant qu'il dise quelque chose, n'importe quoi. Mais il demeura immobile, comme pétrifié, muet.

Le cœur de Lizzie se mit à battre la chamade et sa respiration s'accéléra. Lentement, elle sentit l'horreur l'envahir.

Je me suis bercée d'illusions...

Elle détourna la tête. Si seulement elle pouvait disparaître ! Loin, très loin de cet homme qu'elle aimait et qui ne voulait pas d'elle.

— Lizzie...

Elle essaya de respirer, malgré le couteau plongé dans sa poitrine.

— Ne dites rien. Je... Je croyais juste...

Les larmes lui brûlaient la gorge.

— Je croyais que vous me désiriez.

Comme c'était douloureux ! La pression dans sa poitrine était insoutenable. Dans un souffle saccadé, elle termina :

— Je me suis visiblement fourvoyée.

Il jura et lui prit le bras pour l'attirer brutalement contre lui.

— Vous ne vous êtes pas fourvoyée. Mon Dieu, ne voyez-vous pas à quel point je vous désire ?

Ébranlée, elle hocha la tête en prenant conscience de la colonne d'acier dressée contre son ventre. En effet, il la désirait. Immensément. Mais s'agissait-il d'autre chose que de concupiscence ?

Elle leva vers lui des yeux embrumés.

— Alors, pourquoi… ?

— Pour votre bien. Vous serez plus heureuse avec Campbell.

Une vague de joie envahit le cœur de Lizzie. Il ne la repoussait pas. Il essayait seulement de penser à son bonheur. Elle plaça une main en corolle autour de sa joue ; elle aimait le contact rugueux de sa barbe naissante sous sa paume.

— Ne devrais-je pas en juger moi-même ? Ne puis-je décider de mon propre avenir ?

— Elizabeth…

Il semblait toujours tourmenté.

— Avez-vous envie de m'épouser ? demanda-t-elle.

Son regard la brûla jusqu'à l'âme.

— Plus que tout au monde.

Dans ses yeux, elle lut la vérité.

Il tient à moi, songea-t-elle.

Les larmes perlant au bord des cils, elle sourit.

— Dans ce cas, c'est décidé.

Il regarda sa bouche, et elle crut qu'il allait l'embrasser, mais il fit un pas en arrière.

— Je ne le peux pas, dit-il très doucement. Ce serait mal.

Devant la détermination farouche qu'elle lut dans ses yeux, elle comprit qu'il ne changerait pas d'avis. Son corps tout entier se mit à trembler. C'était impossible ! Alors qu'elle venait de trouver l'homme dont elle avait toujours rêvé, elle ne le laisserait pas partir sous prétexte d'un sens de l'honneur déplacé.

Lizzie avait toujours été une jeune fille sérieuse, docile. Eh bien, elle en avait assez de se cacher dans l'ombre et de laisser sa vie passer à côté d'elle. Pas cette fois. Cette fois, elle prendrait ce qu'elle voulait, et au diable les conséquences !

Elle le toisa sans ciller.

— J'ai le regret de vous dire que je ne suis pas d'accord.

Une immense satisfaction la saisit devant son air inquiet, qui s'accentua encore quand elle courut vers la porte pour abaisser la large barre de fer, avant de se retourner vers lui.

— Que faites-vous ?

— J'aurais pensé qu'un homme aussi avisé que vous l'aurait déjà compris.

Elle revint vers lui.

— Nos avis divergent, de toute évidence, et il vaut mieux que nous ne soyons pas dérangés pendant que nous réglons ce contentieux.

Elle ôta le mince châle dont elle s'était drapé les épaules et le laissa tomber sur la paillasse où Patrick avait posé ses affaires.

Il la balaya de son regard brûlant, et les pointes de ses seins se dressèrent sous cet examen.

Cette robe était un péché mortel.

— Et comment suggérez-vous que nous le réglions ? s'enquit-il d'une voix rauque.

Elle sourit, un éclat espiègle dans les yeux.

— Oh, je ne doute pas que nous trouverons une solution.

Elle baissa les yeux vers le renflement de son pantalon.

Soudain, sa bouche devint sèche. Inconsciemment, elle humecta sa lèvre inférieure. Il paraissait souffrir le martyre, mais Elizabeth se découvrait capable d'être impitoyable envers cet homme.

Lentement, elle s'approcha de lui en se réjouissant de le voir de plus en plus tendu. Une vague de chaleur l'envahit. Pour la première fois de sa vie, elle ressentait la puissance d'être une femme désirable. Cela lui donnait le courage de poursuivre.

Elle se glissa contre lui, fondant son corps au sien. Le crépitement que provoqua ce contact les fit sursauter tous les deux. Elle adorait sentir contre elle la pression dure de son corps, chaque renflement, chaque muscle.

D'une voix étranglée, il grogna :

— Vous ne savez pas ce que vous faites.

Elle redressa le menton.

— Je sais exactement ce que je fais.

Les yeux de Patrick étaient rivés aux siens, dévorants de passion.

— Nous ne pourrons pas revenir en arrière. Quand vous serez mienne, je ne vous laisserai plus jamais partir.

Le cœur de Lizzie fit un petit bond en entendant son ton possessif.

Elle passa les mains autour de son cou et se hissa sur la pointe des pieds, le corps arqué vers lui.

— Tant mieux, déclara-t-elle. Je ne souhaite pas revenir en arrière. Tout ce que je veux, c'est vous.

Le dévorer, lécher chaque parcelle de son corps.

Patrick se mit à trembler violemment contre elle, mais il continua à s'abstenir de la toucher. Sa volonté était colossale, mais celle de Lizzie aussi. Et elle avait fini par trouver une faiblesse dans l'armure de ce farouche guerrier.

Elle se frotta encore contre lui, et la friction envoya de délicieuses petites ondes de plaisir dans son ventre et entre ses jambes. Elle ferma les yeux. La bouche contre son oreille, elle formula sa pensée :

— Je vous veux à l'intérieur de moi.

Ces mots eurent raison ne lui.

— Maudite soyez-vous, Elizabeth…

Sa bouche couvrit la sienne en un baiser ravageur. Sans perdre une seconde de plus, il la souleva de terre et la porta vers une paillasse libre.

14

Son corps était un gigantesque brasier. Jamais Patrick n'avait autant désiré une femme. Sa timide et adorable petite Lizzie s'était transformée en une séductrice audacieuse. Elle avait le pouvoir de le mettre à genoux. Elle venait de le faire.

Toutes ses intentions honorables furent balayées en l'espace d'un battement de cils.

— *Je vous veux à l'intérieur de moi.*

Son sang-froid avait volé en éclats. Il ne pensait plus qu'à une chose, faire un avec elle jusqu'à ce que les démons s'apaisent. Jusqu'à ce que les émotions terrifiantes qu'elle avait déchaînées lui laissent du répit. Jusqu'à ce que la brûlure dans sa poitrine cesse.

Elle m'aime. Malheur…

Il ne voulait pas de son amour. C'était une responsabilité trop grande. Il ne pourrait que la faire souffrir. Pourtant, pendant un moment d'égarement, il avait été ému au-delà des mots, touché par son cadeau. Presque… heureux.

Son baiser fut brutal, comme s'il voulait la punir de le mettre dans cet état. Il était désespéré. Hors de contrôle. En proie à un désir aussi impérieux qu'irrationnel. Il avait besoin d'elle comme un affamé a besoin de nourriture. Comme un mourant a besoin de salut. Sur-le-champ. Avant que tout aille au diable. Avant qu'elle change d'avis.

Ce qui, en toute vraisemblance, ne risquait pas d'arriver. Elle lui répondit sans retenue, et son abandon le rendit fou.

Ses petits gémissements de plaisir ne faisaient qu'accroître son supplice. La tentation d'enrouler les jambes de Lizzie autour de sa taille et de s'enfoncer dans sa chaleur était irrésistible.

Ses instincts primitifs prenaient le dessus. Il se comportait comme un barbare. Mais il était un barbare. Il avait envie de la prendre jusqu'à ce qu'elle ne pense plus à personne d'autre que lui. Jusqu'à ce qu'elle lui appartienne entièrement.

Il cessa de l'embrasser le temps de l'allonger sur la paillasse, et s'obligea à maîtriser la bête sauvage qui s'était éveillée au fond de lui. Il se dévêtit de son justaucorps, de sa chemise, de ses bottes, et s'allongea à côté d'elle.

La douceur de son corps lui donna envie de se noyer en elle. Il avait l'impression d'être un enfant chez un marchand de bonbons. Il ne savait pas par où commencer, mais il avait la ferme intention de goûter à toutes les friandises.

Il cueillit ses seins entre ses mains. La chair douce et ronde était plus douce encore que ce qu'il avait imaginé. Sa bouche glissa sur sa gorge, sur sa peau lisse…

— Vous êtes tout simplement délicieuse, murmura-t-il en traçant un chemin avec sa langue à la lisière de son bustier. Je veux vous goûter tout entière. Votre peau, vos seins, la peau délicate au-dessus de vos cuisses…

Les yeux de Lizzie s'éclairèrent ; il y vit la surprise et quelque chose de beaucoup plus dangereux : la curiosité. Cette femme était capable de faire de lui une bête.

Il dénoua les rubans de sa robe et, enfin, ses yeux se posèrent sur ses seins. Il cessa de respirer. Ils étaient éblouissants. Propres à nourrir les fantasmes érotiques de n'importe quel homme. Lourds et ronds, fermes et dressés, couronnés par de petits tétons du même rose pâle que ses lèvres.

— Comme vous êtes belle, grogna-t-il.

Sa peau de porcelaine était trop fragile pour sa grosse main rugueuse. Mais il ne put résister. Sentir cette chair soyeuse sous ses paumes lui arracha un autre gémissement.

Elle frissonna des pieds à la tête, se cambra pour mieux épouser sa main, sa bouche, son corps. Au bord du gouffre, il encercla son mamelon avec sa langue et glissa une main sous sa jupe. Elle était prête. Il continua à la caresser, et lorsqu'elle fut saisie de spasmes et cria son nom, il la contempla. Elle était si belle, ainsi, que c'en était douloureux.

Impossible d'attendre davantage.

Il finit de se dévêtir et son sexe fut libéré, gros, dur. Tendu. Il se plaça au-dessus d'elle et le frotta doucement contre sa féminité. Le gémissement qui échappa à Lizzie secoua son corps tout entier. Il serra les dents, luttant contre le besoin de plonger en elle ; il attendait depuis si longtemps…

— S'il vous plaît, chuchota-t-elle en plongeant les yeux dans les siens. J'ai besoin de vous.

Il comprit alors que ce qu'il ressentait pour cette femme n'avait rien à voir avec la luxure.

Lentement, il commença à la pénétrer. Le plaisir était trop intense.

— Mon Dieu, c'est incroyable...

Mais il devait ménager son innocence. Rien cependant en elle ne lui paraissait innocent. Inexpérimentée, oui, mais pas innocente. Ni crainte, ni douleur.

Elle souleva les hanches pour mieux l'aspirer, et il se retint. Il était trop grand, et elle trop petite.

— Je ne veux pas vous faire de mal.

Elle rouvrit les yeux, et il y décela une anxiété fugace avant qu'elle ne secoue la tête.

— Vous ne me ferez pas de mal, Patrick.

Il s'enfonça lentement, jusqu'à ce qu'il atteigne le point de non-retour. Les yeux dans les siens, il donna un coup de reins, et le corps de Lizzie l'accueillit sans résistance. Il marqua une pause, surpris, mais quand elle l'entraîna dans son plaisir, plus rien d'autre ne compta.

Sous ses doigts et sa bouche experts, le corps de Lizzie n'était plus que picotements. Elle n'aurait jamais pensé que ses seins étaient si sensibles. Mais ce ne fut rien comparé au moment où Patrick entra en elle, un peu plus loin, encore un peu plus loin...

Elle le reçut comme si elle l'avait attendu toute sa vie.

Peut-être était-ce le cas.

Lizzie n'était plus qu'un lac de sensations, un maelström de passion et de désir. Puis, soudain, il s'arrêta.

Il avait deviné.

Elle avait eu l'intention de lui parler de John, mais s'était laissé dépasser par l'intensité de leur étreinte. Leurs regards se croisèrent, et elle lut dans ses yeux la question silencieuse. Mais sans reproche, ni colère.

Le soulagement de Lizzie brisa la dernière barrière qui restait entre eux, et elle s'adonna entièrement à la puissance de leur union.

Elle s'accrocha à lui comme si elle ne voulait jamais le laisser partir.

Dressé ainsi au-dessus d'elle, il était magnifique. Ses cheveux noirs retombaient sur son beau visage, tendu par l'effort qu'il fournissait pour se maîtriser.

Mais elle ne voulait pas qu'il se maîtrise. Elle voulait voir l'ardeur de son désir pour elle, la profondeur de son âme. Elle le voulait tout entier.

— Allez-y, murmura-t-elle.

— J'ai peur de vous blesser.

— Non.

Elle l'empoigna par les hanches et l'attira contre lui en soulevant ses propres hanches.

— S'il vous plaît...

Alors, enfin, il se laissa aller, et elle l'accueillit avec tout l'amour qu'elle avait dans le cœur. C'était magique.

Cette intimité, ce lien affectif qui rendait tout si intense, toutes les caresses, tous les baisers, tous les regards. Elle se sentait protégée. Aimée.

Et, dans la perfection de cet instant, ils atteignirent le paradis ensemble. Et ce que Lizzie découvrit dans ses yeux ébranla son âme.

Patrick se laissa retomber sur le côté pour ne pas l'écraser. Il la dévisagea, longuement. Sa sensualité le bouleversait.

S'il ne venait pas de connaître l'orgasme le plus extraordinaire de toute sa vie, il aurait été tenté de recommencer… Ne serait-ce que pour vérifier si cela avait été réel.

— Comme vous êtes belle…

Le sourire qu'elle lui adressa alors la fit rayonner. Elle devrait toujours sourire de cette façon, songea-t-il. Être heureuse sans retenue. En sécurité.

Elle resta longuement dans ses bras, son corps intimement lové contre le sien. C'était donc cela, la béatitude. Si seulement il pouvait rester ainsi pour toujours.

Une fois le rythme de leurs cœurs redevenu normal, elle le dévisagea avec gravité.

— Êtes-vous déçu ?

Il savait de quoi elle parlait. Lizzie n'était plus vierge. Il l'avait vaguement deviné, mais la confirmation l'avait déçu l'espace d'une seconde. Elle était sa femme, et il aurait aimé être le premier. C'était irrationnel, injuste, mais c'était ainsi.

Cependant, la déception s'était envolée quand il avait pensé à la souffrance qu'elle avait dû ressentir. Comment ce fumier avait-il pu lui faire l'amour et la traiter de la sorte ?

Elle reprit d'une voix mal assurée :

— Si vous regrettez, je comprendrai…

— Non ! s'exclama-t-il vivement en resserrant les bras autour d'elle. Jamais je ne regretterai.

Dans les bras de sa bien-aimée, il trouvait facile d'oublier les épreuves qui les attendaient. Il ferait tout pour la rendre heureuse, et cela seul comptait.

— Sincèrement, vous n'êtes pas en colère ?

— Pas après vous.

— Voulez-vous savoir ?

Il réfléchit, avant de secouer la tête.

— Non. C'est du passé. Car sinon, je devrais le tuer.

— Vous feriez cela pour moi ? demanda-t-elle avec surprise.

— Je tuerai quiconque vous fait du mal, décréta-t-il avant de hausser un sourcil et d'ajouter : J'espère que cela n'offense pas votre délicate sensibilité ?

— Non, répondit-elle avec hésitation. Mais je ne suis pas accoutumée à avoir un protecteur aussi farouche.

Il lui embrassa le front.

— Il va falloir vous y habituer.

Après un silence, il s'enquit :

— Pourquoi ne me l'avez-vous pas dit ?

— Je n'avais pas l'intention de vous le cacher, mais... je pensais que nous aurions d'abord une conversation avant de...

Il pouffa, et elle rougit.

— Nous n'avons pas ménagé beaucoup de place pour la conversation, conclut-elle.

— En effet. Mais si vous me l'aviez dit plus tôt, cela m'aurait épargné bien des souffrances.

Elle rit et déclara en feignant le plus grand sérieux :

— Votre maîtrise de vous-même vous honore, mon seigneur.

Il lui donna une petite tape sur les fesses.

— Vous allez payer pour votre insolence.

En plongeant son regard dans les yeux verts qui l'émouvaient toujours, elle vit bien plus qu'il ne voulait en révéler.

— Ça ne marche pas avec moi, Patrick Murray. Vous n'êtes pas aussi cynique que vous le prétendez. Derrière cette poitrine solide se cache un cœur tendre.

Le sourire de Patrick s'effaça.

— Non, Lizzie. N'essayez pas de trouver une sensibilité qui n'existe pas. Vous allez au-devant d'une grande désillusion.

Elle secoua la tête.

— Je vous aime. Vous ne pouvez pas me décevoir.

Pourtant, si.

Je vous aime. Les mots se gravèrent dans son âme. Un rai de lumière dans un abîme de ténèbres. De l'espoir pour un homme qui savait l'espoir vain.

Il l'étreignit avec force, savourant cet instant d'intimité. L'idée de la perdre le déchirait.

— Venez. Il faut que vous retourniez dans la grande salle avant que quelqu'un vienne vous chercher.

— En apprenant la nouvelle, ils comprendront. J'ai hâte de l'annoncer à mes frères et à mon cousin, dit-elle avec excitation.

Patrick tressaillit. Ce serait un désastre. Il fallait qu'il la convainque de s'enfuir avec lui, sans lui révéler la véritable raison.

— Vous savez aussi bien que moi que vos frères et votre cousin n'approuveront pas votre choix. Ils souhaitent que vous épousiez Robert Campbell, pas un vulgaire garde. Je ne veux pas leur laisser l'occasion de refuser de nous donner leur consentement.

Elle le considéra avec inquiétude.

— Que suggérez-vous ?

Il soutint son regard.

— Que nous trouvions un homme d'Église pour nous unir, avant de le dire à votre famille.

Toute son excitation la déserta.

— Vous parlez d'un mariage clandestin ?

— Oui.

— Non, répondit-elle fermement. Je ne me sauverai pas comme si j'avais honte. Je serai fière d'être votre femme. Mon cousin sera probablement un peu déçu, mais depuis le mariage de mon frère…

— Comment ?

Elle sourit.

— C'est stupéfiant. J'ai reçu un message de Dunoon avant le dîner. Jamie a épousé Katrina Lamont.

L'Exécuteur et la fille de Lamont d'Ascog, un allié des MacGregor ? Ce devait être une erreur.

— Êtes-vous certaine que cette femme est Katrina Lamont ?

— Oui. La connaissez-vous ?

Il se frotta le menton, songeur.

— Oui.

— On dit qu'elle est très belle.

Patrick releva vivement la tête et étudia son expression. Il sourit. Lizzie était jalouse.

— Elle n'est pas mon genre.

— Vous n'appréciez pas la beauté ?

Il rit et embrassa sa moue boudeuse.

— Non, Katrina est une enfant gâtée et n'a pas sa langue dans sa poche. Si c'est vrai, votre frère aura du pain sur la planche.

Elle sourit, avant de soupirer.

— Je devrais plaindre cette pauvre fille. Elle n'a pas eu la vie facile ces derniers temps.

Devant son air interrogateur, elle expliqua :

— Apparemment, cette nouvelle qu'a reçue mon frère il y a plusieurs semaines et qui l'a incité à partir d'ici si rapidement concernait les Lamont. Je ne connais pas les détails, mais d'après ce que j'ai pu comprendre, Lamont d'Ascog et ses fils ont été tués en essayant de protéger les MacGregor.

Le sang de Patrick se figea. Il lui saisit le bras.

— Tués ?

Qu'était-il arrivé aux hommes de son clan ?

— En êtes-vous sûre ? demanda-t-il avec une intensité qui la surprit.

Elle baissa les yeux sur son bras, et il se rendit compte que ses doigts s'enfonçaient dans la chair tendre.

— Pardonnez-moi, dit-il en la lâchant et en s'efforçant de calmer les battements de son cœur.

— Oui, j'en suis sûre. J'ignorais que vous les connaissiez.

— Pas bien, reconnut-il.

C'était l'implication de ces événements pour Alasdair et son frère Iain qui l'inquiétait. Où diantre étaient-ils ? Les avait-on capturés ? Était-ce la raison pour laquelle Gregor n'était pas revenu ? Une boule d'angoisse se logea dans sa poitrine.

— Comment est-ce arrivé ?

— D'après ce que j'ai compris, Colin n'y est pas pour rien. Mais ne comprenez-vous pas ce que cela signifie ? Si mon cousin ne voit pas d'objection à ce que Jamie épouse une fille démunie et souillée par la trahison, il n'aura rien contre notre mariage.

— Le comte d'Argyll pensait-il à une autre fiancée pour votre frère ?

— Non, mais...

— Alors la situation n'est pas comparable. Je ne veux pas risquer de vous perdre.

— Vous ne me perdrez pas.

— Pouvez-vous en être absolument certaine ?

Elle se mordit la lèvre.

— Presque... Mais mon cousin m'a fait demander. Je ne puis ignorer sa requête.

— Non, mais si vous êtes déjà mariée, il sera mis devant le fait accompli.

— Je ne sais pas...

Il la prit dans ses bras et l'embrassa longuement. Quand ils se séparèrent, les yeux de Lizzie étaient à nouveau adoucis par la passion. Il fit glisser un doigt sur sa bouche.

— Ce sera romanesque, murmura-t-il d'une voix rocailleuse.

— Ce sera illégal. Vous ne me persuaderez pas si facilement. Mais j'accepte d'y réfléchir.

Il devrait s'en contenter, pour l'instant.

— Et vous ne direz rien à votre frère ni à Robert Campbell ?

— Non. Je n'aurai pas grand mérite, car ils repartent demain matin. Maintenant qu'Alasdair MacGregor s'est rendu, Colin espère qu'il sera plus facile de capturer les autres proscrits.

— Quoi ? explosa Patrick.

Alasdair s'était rendu ? Impossible !

Elle le regarda curieusement.

— Ne l'avais-je pas mentionné ?

Patrick s'efforça de maîtriser son impatience.

— Non. Que s'est-il passé ?

— Jamie a trouvé le MacGregor et ses hommes sur l'île de Bute, et a négocié sa reddition avec mon cousin. Ce dernier a accepté d'emmener MacGregor en Angleterre, où le roi le recevra en audience. Le mariage de Jamie a scellé le marché.

Patrick roula sur le dos et contempla le plafond en essayant de comprendre.

— La paix reviendra, dit Lizzie.

La paix. Une telle chose était-elle possible ? Si c'était vrai, cela pouvait tout changer. Alasdair avait déjà su jadis plaider sa cause ; y parviendrait-il cette fois-ci ?

Si les MacGregor étaient graciés, il pourrait avouer la vérité à Lizzie. Il pourrait lui expliquer ce que ces terres signifiaient pour son clan, et elle lui pardonnerait peut-être plus facilement.

— Qu'y a-t-il ? demanda-t-elle. Pourquoi cet intérêt pour les MacGregor ?

Il lut l'aversion dans son regard.

— Vous m'avez surpris, voilà tout.

Lizzie continua à l'étudier d'un air beaucoup trop curieux. Il savait exactement comment la distraire.

D'un mouvement souple, il la fit s'allonger sur le dos et roula au-dessus d'elle.

— Que faites-vous ? s'enquit-elle, le souffle coupé.

Il l'embrassa et frotta son érection contre sa cuisse.

— J'aurais pensé qu'une femme aussi avisée que vous l'aurait déjà compris.

Elle rit.

— Je croyais que nous devions nous hâter ?

— En effet, dit-il. Mais ceci ne devrait pas durer trop longtemps.

15

Lizzie s'installa sur le tabouret devant le feu de tourbe et resserra son châle autour de ses épaules. Bien que confortable et gaie, la chaumière d'Alys et Donnan laissait entrer quelques courants d'air. La semaine suivante, les villageois allumeraient des feux de joie pour la fête des morts et de tous les saints. Les jours avaient considérablement raccourci, et la froidure de l'hiver s'annonçait déjà. D'ici un mois, les premières neiges blanchiraient les collines et les vallons, et il deviendrait beaucoup plus difficile de voyager.

La missive qu'elle avait envoyée à son cousin ne le ferait pas patienter longtemps ; il fallait qu'ils partent bientôt. Elle l'avait annoncé à Patrick ce matin-là, en se réveillant blottie entre ses bras puissants.

Son cœur se pinça quand elle repensa à la conversation qui avait suivi. Elle détestait se chamailler avec lui. Mais, depuis une semaine et demie que Colin et Robert étaient partis, il lui semblait qu'ils se querellaient constamment au sujet du mariage.

Elle avait cru que le plus difficile serait de trouver un mari. Elle n'avait pas imaginé qu'il serait si ardu de s'accorder sur les modalités de la cérémonie.

Alys finit de remuer le ragoût de bœuf dont l'arôme lui chatouillait délicieusement les narines et vint s'asseoir en face d'elle. Elle sortit son ouvrage du panier qui se trouvait à ses pieds, et se mit à repriser un bas de laine.

— Quel bon vent vous amène, mon petit ? demanda Alys en lui coulant un regard en coin.

Les beaux sourires de Lizzie et son humeur faussement enjouée ne la bernaient pas.

— Donnan étant parti, je pensais que tu te sentais peut-être seule.

— Hmm, fit Alys. Où est donc passé votre farouche protecteur ? Je m'étonne qu'il vous ait laissée venir seule au village.

Lizzie rougit.

— Maintenant que MacGregor s'est rendu, il n'y a plus de danger.

Elle promena le regard autour d'elle.

— Où sont les petits ? s'étonna-t-elle. D'ordinaire, ils accourent pour venir voir ce que je cache dans mon panier.

— Vous les gâtez. Ils sont partis à la pêche, mais je suis sûre que s'ils flairent ces tartes que vous avez apportées, ils ne tarderont pas.

Alys releva les yeux :

— Mais n'essayez pas de me distraire. Vous êtes venue en douce sans rien lui dire, n'est-ce pas ?

Lizzie releva le menton.

— Je suis la châtelaine, je n'ai pas à faire les choses en douce.

— Allons donc ! Inutile de prendre ce ton avec moi, mon petit. Je vous connais trop bien. Allez-vous me dire ce qui vous tracasse ?

Après un bref silence, Lizzie se lança :

— Nous nous sommes disputés.

Alys pouffa.

— C'est tout, ma pauvre enfant ? Vous n'êtes pas au bout de ces querelles. Ce qui compte, c'est de savoir se réconcilier ensuite.

Ses yeux pétillèrent.

— Cela compense chaque minute du désarroi qu'a causé la dispute, assura-t-elle.

Lizzie rougit, et Alys haussa un sourcil.

— À moins que vous n'ayez pas encore découvert de quoi je parle ? Cela m'étonnerait. Votre beau guerrier ne me fait pas l'effet d'être le genre d'homme à attendre que vous soyez passés devant un prêtre pour réclamer son dû.

Écarlate, Lizzie demanda :

— Comment savez-vous ce que j'ai décidé ?

— Cela se voit comme les yeux au milieu de la figure.

Était-elle vraiment si transparente ? se demanda Lizzie, troublée.

— Vous n'êtes pas une dissimulatrice, mon chou. C'est l'une de vos plus charmantes qualités. Si vous avez pris votre décision, quel est le problème ?

— Nous ne sommes pas d'accord concernant le mariage, expliqua-t-elle avec un grand soupir. Patrick pense que ma famille n'approuvera pas cette union.

Alys lui jeta un regard perçant.

— Il veut vous épouser sans leur consentement ?

Lizzie hocha la tête.

— Je lui ai dit qu'il a tort, que mon cousin et mes frères me donneront leur bénédiction, mais il ne veut pas risquer qu'ils nous la refusent.

Alys se tapota le menton, songeuse, puis elle fronça les sourcils.

— Qu'y a-t-il ? s'alarma Lizzie.

— Je ne sais pas. Finlay a dit quelque chose, avant de partir. Sur le coup, cela ne m'a pas interpellée, mais il s'est déclaré impatient d'aller rencontrer le seigneur de Tullibardine afin de se renseigner au sujet de Patrick Murray. Croyez-vous que votre Highlander puisse cacher quelque chose ?

Lizzie secoua la tête.

— Non, je crois qu'il craint réellement que nous n'ayons pas le droit de nous marier. Mais il ne connaît pas ma famille aussi bien que moi.

Des larmes lui montèrent aux yeux.

— Il ne comprend pas combien ils me sont importants. Que je serais très triste de me marier sans que ma famille partage mon bonheur. Manquer le mariage de Jamie a déjà été assez décevant, mais contrairement à lui, nous n'avons pas à agir dans la précipitation.

— Soyez patiente, ma fille. Cet homme vous aime. Il voudra vous rendre heureuse.

Il m'aime ? songea-t-elle. Elle voulait l'espérer. Pourquoi alors se montrait-il aussi têtu ?

Un rire au-dehors la détourna de ces moroses pensées. Peu après, les cinq enfants d'Alys faisaient irruption dans la chaumière, et ce fut un festival d'embrassades excitées. Assaillie de questions et de rires, Lizzie retrouva sa gaieté.

C'était pour cela qu'elle était venue. Non seulement pour obtenir les conseils d'Alys, mais pour s'immerger dans cette vie de famille bourdonnante et ce bonheur auquel elle aspirait tant.

Patrick attendait impatiemment la fin de la visite. Les bras croisés, adossé à un arbre, il observait la scène par la porte laissée ouverte à l'arrivée des enfants d'Alys et de Donnan. Dans l'œil du cyclone, sa Lizzie riait et gloussait comme une petite fille tandis que les petits essayaient de voir ce qui se trouvait dans son panier.

Des gâteaux ou des tartes, devina-t-il à l'odeur de beurre fondu et de sucre qui lui rappela douloureusement le parfum de miel de sa peau.

Même en colère, il n'eut pas le cœur de la déranger. Elle s'amusait si bien dans cette modeste chaumière... Il s'autorisa à penser qu'une vie dénuée du luxe auquel elle était habituée, pourrait ne pas lui être aussi désagréable qu'il le redoutait.

Ce fut Alys qui l'aperçut la première et chuchota quelque chose à Elizabeth. Elle darda les yeux sur lui, et il éprouva une certaine satisfaction à voir son visage pâlir.

Elle avait peur de sa réaction. Tant mieux.

Elle fit cependant ses adieux sans se presser, releva le menton et sortit tranquillement.

Patrick plissa les yeux. Se préparait-elle à une dispute ? Eh bien, elle ne serait pas déçue.

Sans un mot, il lui prit le bras et revint avec elle au château. Ses hommes se dispersèrent derrière eux, leur laissant sagement une bonne avance.

L'hiver approchait. Il fallait qu'ils partent. Qu'ils trouvent un abri. Un abri à côté duquel la chaumière d'Alys ressemblerait certainement à un palace.

Où diable était son frère ? Ils n'avaient plus reçu aucune nouvelle. Patrick aurait voulu garder espoir.

Au bout de quelques minutes, elle pivota vers lui.

— Allez-vous vous contenter de me faire ces yeux noirs, ou me direz-vous ce qui vous met tant en colère ?

Son regard s'assombrit encore.

— Je vous ai dit de ne pas quitter le château seule.

Les yeux bleus de la jeune femme étincelaient avec un air de défi qui, en d'autres circonstances, aurait été adorable. Pour l'heure, il n'était pas d'humeur à admirer sa fougue.

— J'ignorais que vous aviez le droit de me donner des ordres.

Il serra les poings.

— J'en ai tous les droits, rétorqua-t-il d'une voix menaçante. Vous allez devenir ma femme.

— Encore faudrait-il nous marier, répliqua-t-elle en haussant les sourcils.

Avec un mouvement de tête exagéré qui fit voleter ses mèches blondes, elle accéléra l'allure. Mais il la ramena brutalement contre lui.

— Nous allons nous marier, Elizabeth, dussé-je vous ligoter et vous traîner jusqu'à l'église.

Il posa les yeux sur son ventre.

— Il se pourrait même que vous portiez déjà mon bébé.

Devant ses yeux écarquillés, il ajouta avec une pointe de satisfaction :

— Vous n'ignorez sûrement pas qu'il existe une conséquence naturelle à nos activités nocturnes ?

Elle déglutit.

— Bien sûr que non. Je ne suis pas une enfant.

— Alors, comportez-vous en adulte. La prochaine fois que vous serez en colère contre moi, ne mettez pas votre vie en danger.

Elle émit un ricanement.

— Ne dites pas n'importe quoi. Je n'ai pas besoin de votre protection pour me rendre au village. Maintenant que le MacGregor s'est rendu, il n'y a plus aucun danger. Comptez-vous m'enfermer pour toujours, ou uniquement jusqu'à ce que nous soyons mariés ?

Pour toujours, songea-t-il. Afin de ne plus ressentir cette angoisse lorsqu'il avait appris qu'elle était sortie seule. C'était irrationnel, mais tout l'était, dès qu'il s'agissait de Lizzie.

— Je ne l'ai pas encore décidé, répondit-il sèchement.

Elle émit un petit cri outré et lui tapota la poitrine du doigt.

— J'ai trois frères aînés, alors n'espérez pas pouvoir me malmener.

— Trois ? s'étonna-t-il.

Elle acquiesça sans s'étendre sur le sujet.

— Vous êtes l'homme le plus exaspérant, le plus...

— Assez.

Il l'interrompit de la meilleure façon : en l'attirant contre lui et en l'embrassant. Passionnément. Jusqu'à ce que le désir affaiblisse la colère. Leurs corps se fondirent l'un contre l'autre.

Perdu dans la douce soie de ses lèvres, il oublia tout.

— Vos hommes, murmura-t-elle contre sa bouche.

Il jura et s'écarta. Il inclina le menton de Lizzie et la regarda dans les yeux.

— Nous terminerons ce soir, promit-il.

— Le baiser ou la discussion ?

— Les deux.

Il lut l'inquiétude dans son regard, et cela lui fendit le cœur. Cette histoire commençait à les user tous les deux.

— Tout ira bien, Elizabeth.

Un mouvement dans les arbres derrière la jeune femme le glaça soudain. D'un seul coup d'œil, il évalua la situation : son frère était revenu… et une flèche était pointée vers le dos d'Elizabeth.

Instantanément, Patrick la plaça derrière lui pour faire écran de son corps.

— Que se passe-t-il ? s'étonna-t-elle.

Il fit un geste de la main, pour ordonner à ses hommes de les rejoindre.

— Qu'y a-t-il ? insista Lizzie en regardant autour d'elle.

Il la prit par les épaules et lui demanda :

— Avez-vous confiance en moi, Lizzie ?

Elle plissa le front.

— Bien sûr.

— Alors, ne me posez pas de questions pour l'instant et retournez au château avec mes hommes.

Il vit qu'elle avait envie de protester mais, à son grand soulagement, elle obéit. Les hommes formèrent un cercle autour d'elle et l'emmenèrent en sécurité.

Quand elle fut trop loin pour les voir, il se tourna vers son frère qui, accompagné d'une demi-douzaine d'autres guerriers, avait émergé des arbres. Ils étaient tous couverts de poussière et de sang séché, leurs tartans en lambeaux.

— Pour l'amour du Ciel, que fais-tu là, Gregor ? Je t'avais averti que je m'occupais d'Elizabeth Campbell.

La colère de Gregor n'avait rien à envier à la sienne.

— Il est trop tard pour cela.

— Détrompe-toi. Mon plan fonctionne : la fille a accepté de m'épouser.

— Ton plan ? J'aurais mieux fait de tuer cette garce dès le début.

En deux foulées, Patrick fut devant lui et le saisit par le col.

— Fais attention à la façon dont tu parles de celle qui va devenir ma femme, dit-il d'un ton menaçant en plantant les yeux dans les siens.

Mais le regard de son frère était chargé d'une telle haine qu'il le reconnaissait à peine.

Dégoûté, Patrick le repoussa.

— Elle ne sera jamais ta femme, cracha son frère.

Patrick ne se laissa pas impressionner.

— Où étais-tu pendant tout ce temps ? J'ai des nouvelles de notre cousin.

L'expression de Gregor l'alarma.

— Alasdair est mort, grinça-t-il. Assassiné par les Campbell, ainsi que notre frère Iain, et tous ceux que la fausse promesse d'Argyll a incités à se rendre.

Le sang se glaça dans les veines de Patrick. Il eut envie de tomber à genoux, frappé par un désespoir si noir qu'il en était presque inconcevable.

— Dieu tout-puissant, chuchota-t-il.

— Dieu ? rugit Gregor. Dieu n'a rien à faire là-dedans. C'est ce diable d'Argyll !

Sa voix était secouée par la fureur.

— Vingt-cinq MacGregor ont été pendus cette semaine grâce aux bons soins des Campbell. À l'heure qu'il est, la tête de notre chef est fichée sur un pieu sur les grilles de Dumbarton, à côté de celle de notre frère. Et pendant que tu jouais au gentilhomme avec ta dame en lui faisant une cour de petit chiot amoureux, notre sœur était violée par les hommes de son frère.

— Non !

Le son qui émergea de sa gorge n'était pas humain. Une douleur brute lui lacéra la poitrine. Pas sa sœur ! Pas la douce, l'obstinée, la belle Annie… Il prit Gregor par la chemise et le secoua.

— Je t'avais demandé de les cacher, dit-il d'une voix étranglée. Tu devais les protéger.

— J'ai essayé, par tous les diables ! répliqua Gregor. Mais ils ont été trahis pour de l'or, et Auchinbreck a exercé ses représailles sur Annie.

Auchinbreck est un homme mort, songea Patrick.

— Pourquoi, des représailles ?

— Quand nous avons appris la trahison d'Argyll, et la mort de notre chef et de notre frère, il y a eu des soulèvements, des collines de Balquhidder à Rannoch Moor. Nous avons semé la vengeance.

— Sans rien me dire ?

La mort d'Alasdair signifiait qu'il était désormais le chef.

Gregor haussa les épaules.

— Nous n'avions pas le temps.

Piètre excuse, ils le savaient tous les deux. Gregor entendait-il contester sa supériorité ? Si les MacGregor avaient une chance de survivre, ce ne serait pas avec l'impitoyable Gregor à leur tête. Ce dernier avait changé. Auparavant, Patrick avait toujours su le calmer.

— Et c'est parce que les combats ont repris qu'Auchinbreck a exercé des représailles ?

— Les hommes étaient enragés, incontrôlables. Ils avaient soif de vengeance… Une fille Campbell s'est trouvée là.

Patrick jura en comprenant ce qui avait dû se passer.

— Et les hommes de notre clan ont choisi d'évacuer leur rage en s'en prenant à une femme ?

Il détourna les yeux, dégoûté, en songeant que deux semaines plus tôt, il s'était trouvé devant le responsable du viol de sa sœur, Colin d'Auchinbreck. J'aurais dû la protéger, pensa-t-il. S'il avait tué les frères Campbell, son cousin et son frère seraient toujours en vie.

Son estomac se souleva.

— Il faut que je voie Annie, déclara-t-il. Où est-elle ?

Gregor secoua la tête.

— Elle ne veut voir personne.

— Où est-elle ?

— Sur l'île de Molach, avec quelques-unes des autres femmes et des enfants. Elle est en sécurité pour l'instant.

En sécurité ? Annie ne se sentirait plus jamais en sécurité.

Patrick avait l'impression d'être vide. Mort. Son humanité avait été détruite par ces terribles nouvelles.

Auchinbreck et les Campbell paieraient. Toutes ses visions d'un avenir possible avaient volé en éclats. Épouser Lizzie était désormais hors de question.

Récupérer les terres de sa famille devenait secondaire. Il devait d'abord sauver son clan de la destruction et assumer son devoir de chef.

L'énormité de ses responsabilités le frappa de plein fouet. Son clan réclamerait vengeance, et il la lui donnerait. Avec joie.

Comment avait-il pu croire qu'il pourrait trouver le bonheur avec une Campbell ? Quel imbécile !

— Où est Auchinbreck ? demanda-t-il.

— Je n'en sais rien, répondit Gregor. Mais nous savons comment le faire venir.

Lizzie.

Je tuerai quiconque vous fait du mal. Il se rappela sa promesse faite à la jeune femme. Jamais il n'avait pensé qu'il s'agirait de son propre frère.

— Je ne te laisserai pas t'en prendre à une autre innocente, l'avertit-il. C'est Auchinbreck qui mérite notre vengeance, pas sa sœur.

Gregor lui adressa un regard empli de mépris.

— Tu t'es émoussé, mon frère. Cette fille t'a aveuglé. Tu as un devoir envers le clan.

— Inutile de me le rappeler.

La voix de Patrick était tranchante comme le fil du rasoir.

— Je sais exactement ce qui doit être fait.

— Tu ferais passer cette traînée Campbell avant ta propre famille ? Elle mourra, mais d'abord, elle souffrira comme notre sœur. Si tu n'es pas assez homme pour faire ce qui doit être fait, je m'en chargerai.

Tous les muscles du corps de Patrick se tendirent, mais ce fut d'une voix mortellement calme qu'il répondit :

— Violer une femme ne fait pas de toi un homme. Si tu la touches, je te tue. Je suis le chef, c'est moi qui prends les décisions.

— Pour l'instant.

Le ton de Patrick se durcit.

— Me mettrais-tu au défi, frère ?

— Pas si tu fais ce qui doit être fait.

— Tu parles de se venger sur Elizabeth Campbell ? Détruire des innocents n'aidera pas notre cause.

— Quelle cause ? Les Campbell ne cesseront leur traque que lorsque nous serons tous morts. J'ai l'intention d'en emporter autant que possible avec moi dans la tombe.

Patrick entendit les murmures approbateurs de ses hommes. Il comprenait leur désespoir, mais ils devaient garder leur sang-froid.

— Ainsi, tu comptes baisser les bras ? se moqua-t-il. Mourir dans un dernier éclat de gloire ? Ne comprends-tu pas que chaque jour que nous vivons constitue une victoire ? Les Campbell essayent depuis des années de se débarrasser de nous, mais nous sommes toujours là, toi et moi, et cela prouve qu'ils ont échoué.

Il se tourna vers les autres.

— Et nos femmes ? Et nos enfants ? Les laisseriez-vous sans protection ? Laisseriez-vous mourir le nom des MacGregor ?

— Le clan veut sa revanche, s'obstina Gregor.

— Et il l'aura. Nous n'oublierons pas ce qu'ils ont fait. Mais si nous faisons du mal à Elizabeth Campbell, tous les Campbell se retourneront contre nous. Ne le comprends-tu pas ?

Les yeux de son frère avaient perdu un peu de leur lueur rageuse. Lentement, il hocha la tête.

— Si.

— Bien. Alors, pars vers le nord. Je veux que tous les MacGregor se rassemblent sur la colline de Balquhidder dans sept jours.

Gregor fronça les sourcils.

— Et toi ? Ne viens-tu pas ?

— Si, mais je dois d'abord essayer de découvrir quels sont les plans de Campbell et d'Auchinbreck. Je vous rejoindrai dans quelques jours.

— Et la fille Campbell, tu comptes simplement la laisser ?

— Oui.

La boule dans sa poitrine l'empêchait de respirer. Son destin était tout tracé. Rejoindre ses hommes. Se battre. Punir ceux qui avaient assassiné sa famille et souillé sa sœur.

Une seule chose le retenait.

Lizzie.

L'accusation de son frère résonnait dans ses oreilles. Il ne faisait pas passer la jeune femme avant son clan, mais ne pouvait la laisser sans protection. Dieu seul savait de quoi était capable Gregor, à présent.

Patrick élabora son plan sur le chemin du retour. Ce soir-là, il enverrait quelques-uns de ses hommes suivre son frère pour veiller à ce qu'ils retournent dans les Highlands. Et le lendemain matin, le vœu de Lizzie serait exaucé.

Dès qu'il franchit la grille, elle courut vers lui.

— Que s'est-il passé ? Pourquoi m'avoir renvoyée ainsi ?

En voyant sa mine, elle s'arrêta net.

— Qu'y a-t-il, Patrick ?

Il s'obligea à la regarder comme une Campbell, une ennemie, la sœur de l'homme qui avait ordonné le viol de sa sœur à lui, la cousine de celui qui avait causé la mort de son frère et de son chef.

Il voulait la haïr.

Mais, devant son adorable visage inquiet, son cœur se serra.

— Nous nous mettons en route. Préparez vos affaires et soyez prête à partir au lever du soleil.

— Partir ? répéta-t-elle, surprise. Pour aller où ?

Le regard qu'il lui adressa ne trahissait rien des tourments qui le ravageaient. Il avait beau mépriser

Argyll, il savait que Lizzie serait en sécurité auprès de son puissant cousin, et il n'avait d'autre choix que de l'y conduire lui-même.

— À Dunoon. N'est-ce pas ce que vous désiriez ?

— Si, mais…

— Eh bien, votre vœu sera exaucé.

Sur ces mots, il tourna les talons, incapable de la regarder une seconde de plus.

Il avait cru être mort, ne plus pouvoir ressentir la moindre émotion.

Il s'était trompé.

Renoncer à Lizzie reviendrait à s'arracher le cœur. Et il se demanda ce qu'il resterait de lui, sans elle à ses côtés.

Le visage de son frère lui apparut en guise de réponse.

16

Après une nuit sans sommeil passée à attendre vainement que Patrick vienne dans sa chambre lui expliquer sa brusque décision, Lizzie le regardait, frissonnant dans la pénombre de l'aube, préparer leurs chevaux dans la cour.

Son cœur chavira.

Jamais elle ne l'avait vu ainsi. Cet homme n'était plus que la carapace froide de l'homme qu'elle aimait. Son expression était dure, implacable.

Que s'était-il passé la veille, au retour de Dollar ?

Tout cela était absurde.

Elle l'écouta donner des ordres à ses hommes et aux quelques gardes Campbell qui les accompagneraient, et, avant le lever du soleil, ils furent en route pour Dunoon.

Ils longèrent les collines d'Ochil, puis franchirent le pont traversant le Forth à Sterling. Ils restèrent au nord de la rivière, empruntant d'étroits chemins parfois difficilement praticables.

Patrick se méfiait d'une nouvelle attaque. Elle sentait sa vigilance à l'intensité de son regard et à la manière dont il réagissait aux moindres sons, proches ou distants. Des hommes étaient partis devant en éclaireurs, et une escouade fermait la marche, par mesure de précaution supplémentaire.

Il leur imposait une allure acharnée. Ils voyagèrent pendant des heures, ne s'arrêtant que brièvement pour abreuver les chevaux, avant de faire enfin une halte pour se reposer.

Lizzie était une bonne cavalière, mais elle n'avait pas l'habitude de chevaucher à cette allure pendant si longtemps. Ses jambes tremblaient lorsqu'elle voulut mettre pied à terre, et elle serait tombée si Patrick ne l'avait pas rattrapée.

La simple sensation de ses mains solides autour de sa taille suffit à faire bondir son cœur, mais il la relâcha tout de suite.

Miséricorde ! Il ne voulait même pas la toucher.

Ses genoux se dérobèrent, mais elle réussit à tenir sur ses pieds.

— Merci.

Déjà, il se détournait avec un bref hochement de tête. Elle lui saisit le bras.

— Attendez.

Il ne prit pas la peine de masquer son impatience. Le cœur battant, elle demanda :

— Où sommes-nous ?

— À l'est de Menteith.

Lizzie fronça les sourcils.

— Si loin au nord ? Ne devrions-nous pas nous rabattre plus au sud ?

Le froid lui mordait déjà les doigts.

— Nous bifurquerons vers le sud aux abords du lac Lomond.

— Est-ce là que nous dormirons ?

Il secoua la tête.

— Non, nous ne nous arrêtons pas pour la nuit.

Un grognement de protestation lui échappa. Montrant enfin un peu de compassion, Patrick expliqua :

— Je me rends compte que vous êtes fatiguée, mais vous savez que les routes peuvent être dangereuses.

Elle fut saisie d'un frisson. Elle ne le savait que trop. D'une voix plus douce, il reprit :

— Vous êtes bien protégée, Lizzie. Mais mieux vaut ne pas nous arrêter. Du reste, votre cousin vous attend.

Sa mâchoire se durcit et il conclut :

— Je dois m'occuper des chevaux.

Il la congédiait. Lizzie sentit monter sa colère. Elle ne méritait pas d'être traitée ainsi.

— Je n'ai pas terminé, dit-elle sèchement. Je veux savoir pourquoi vous vous conduisez de la sorte.

Les yeux de Patrick lancèrent un avertissement.

— C'est inutile, Lizzie.

Elle leva le menton.

— Non, ce n'est pas inutile. Qu'ai-je fait pour justifier votre mécontentement ? Je vous prie de m'excuser d'avoir quitté le château sans escorte hier, mais sincèrement, ce n'était pas si téméraire.

Sans rien dire, il continua à lui adresser ce regard dur et implacable. Elle le sonda, s'efforçant de pénétrer la mystérieuse barrière qu'il avait dressée entre eux.

— Je sais que vous ne vouliez pas aller à Dunoon, et puisque c'est si important pour vous, je veux bien partir avec vous, sur-le-champ… où vous le souhaitez. Peu importe si nous ne nous marions…

Il l'interrompit d'un juron.

— Bon Dieu, Lizzie ! Vous ne comprenez donc pas ? Nous n'allons pas nous marier.

Elle tressauta comme s'il l'avait frappée. Un éclair de douleur lui coupa le souffle.

Des larmes brûlèrent ses yeux devant le beau visage farouche de l'homme à qui elle avait donné son cœur, l'homme qui venait de l'écraser sous son talon comme il l'aurait fait d'un vulgaire insecte.

Elle ne supplia pas, n'implora pas, n'éclata pas en sanglots. Elle redressa les épaules et ravala sa douleur, trop choquée pour laisser exploser ses émotions. Elle n'était pas un vulgaire insecte, et elle méritait mieux.

— Puis-je connaître la raison de cette décision, ou pensiez-vous simplement me déposer devant la grille de mon cousin et me quitter sans une explication ?

Son expression la fit reculer, horrifiée.

— Mon Dieu, murmura-t-elle. C'est exactement ce que vous comptez faire.

Sa gorge était tellement nouée que les mots avaient de la peine à en sortir.

— Je ne signifie donc rien pour vous ? Je croyais... Je croyais que vous...

Que vous teniez à moi. Que vous m'aimiez, peut-être même.

Il la transperça de son regard.

— Les circonstances ont changé. Notre mariage est devenu impossible.

— Les circonstances ? répéta-t-elle.

Elle commençait à élever la voix et les hommes se tournaient vers eux, mal à l'aise, mais Lizzie n'en avait cure. La froideur de Patrick la mettait hors d'elle. Avec un sarcasme hautain, elle demanda :

— Puis-je espérer quelques précisions ?

— Non. Je vous ai déjà dit que certaines choses chez moi...

— J'en ai assez de vos secrets ! s'écria-t-elle. Quels qu'ils soient, dites-les-moi. J'ai le droit de connaître la vérité. À moins que vous ne preniez plaisir à séduire les femmes en leur promettant le mariage, pour mieux les dédaigner quand vous n'avez plus besoin d'elles ? ajouta-t-elle avec mépris.

— Ce n'est pas ainsi que les choses se sont passées ! riposta-t-il.

Ses yeux brillèrent d'un éclat qu'elle n'avait jamais vu... Il voulut dire quelque chose, mais fut coupé à cet instant.

— Chef... Capitaine !

Lizzie pivota au son de la voix de Robbie et du fracas des sabots. Le jeune guerrier qui fermait la marche avait l'air affolé.

Il avait appelé Patrick « chef ». Étrange... Elle se tourna vers ce dernier, mais il était déjà auprès de Robbie. Les deux hommes s'entretinrent à voix basse, mais elle reconnut un mot. Un mot qui la fit frémir des pieds à la tête : « suivis ».

L'injustice alimentait la colère de Patrick. Il était furieux qu'elle soit une Campbell, si adorable et confiante. Et il était furieux de ne pas y être insensible.

Seigneur, comme il tenait à elle ! La pauvre Lizzie ne comprenait rien, et pour cause, mais il valait mieux qu'elle le déteste. Il lui serait plus facile de la quitter.

Pour s'assurer sa haine, il avait failli lui dire : « Je suis un MacGregor. Un hors-la-loi. Le chef d'un clan brisé depuis que votre cousin a assassiné mon chef. » Il n'avait plus besoin de lui dissimuler son identité.

Mais Robbie était arrivé sur ces entrefaites, pour lui annoncer qu'ils étaient suivis.

— Les Campbell, chef. Le garde Finlay et dix autres hommes nous talonnent.

Bon Dieu ! Ajoutés aux quelques Campbell qui les escortaient... ses cinq hommes et lui ne feraient pas le poids. Il réfléchit.

— Dis aux hommes de se préparer à repartir. Je voudrais nous rapprocher des collines avant de découvrir ce qu'ils nous veulent.

Ils étaient encore dans la vallée de la Forth, à quelques lieues des collines boisées et des vallons qui séparaient les Lowlands des Highlands. Si nécessaire, ils disparaîtraient dans ces collines.

Robbie hocha la tête.

— Et la fille ?

Il aurait voulu l'accompagner en personne à Dunoon, mais si Finlay avait découvert son identité, leurs chemins devraient se séparer avant.

Le cœur lourd, il déclara :

— Elle sera en sécurité avec les hommes de son clan.

Heureusement, Lizzie ne se plaignit pas que leur repos soit écourté. Ils repartirent à bride abattue à travers la lande.

Malgré les circonstances, à mesure qu'ils s'approchaient des Highlands, Patrick sentait croître son excitation. Ils arrivaient en terre MacGregor.

Et cela faisait trop longtemps qu'il en était parti.

Au bout d'une heure de galop, ils parvinrent au pied du mont Beinnmheadhonaidh. Alors enfin, ils ralentirent. Bientôt, ils aperçurent derrière eux leurs poursuivants.

En les voyant, Lizzie s'arrêta :

— Attendez ! Ce sont des Campbell. Pourquoi fuyons-nous les hommes de mon cousin ?

— Nous ne fuyons pas, répondit Patrick.

Finlay et ses hommes arrivèrent.

— Finlay ? s'étonna-t-elle en faisant volter son cheval pour le rejoindre. Que faites-vous ici ? Pourquoi nous suivez-vous ?

— Écartez-vous, madame, ordonna Finlay.

Patrick et ses hommes se tinrent prêts. Un seul regard au visage triomphant du garde Campbell lui suffit pour comprendre. S'ils devaient se battre, une seule chose l'inquiétait : que Lizzie ne coure pas de danger.

— De quoi dois-je m'écarter ? questionna-t-elle.

— De moi, lui répondit Patrick sans quitter des yeux le garde.

Lizzie les dévisagea alternativement.

— Que se passe-t-il, Finlay ?

— Oui, le défia Patrick. Que se passe-t-il ?

La colère rendit le visage de Finlay écarlate.

— Cet homme n'est pas celui qu'il prétend être.

Un silence de mort accueillit cette nouvelle. Les épaules de Lizzie se raidirent.

— Alors qui est-il ?

Sa voix était creuse, sans timbre.

— Je n'en sais rien, se rembrunit le garde. Mais le seigneur de Tullibardine n'a jamais entendu parler de Patrick Murray.

Le fracas d'un cheval jaillissant de la forêt fut salué par une salve de cliquetis métalliques tandis que les hommes tiraient leurs épées des fourreaux.

— Attendez, dit Patrick. C'est mon éclaireur. Qu'y a-t-il, Tormod ?

Le guerrier regarda autour de lui, incertain.

— Des MacGregor, annonça-t-il. Lancés au galop.

Patrick jura. La situation pouvait-elle empirer encore ? Que son frère soit maudit. Il réfléchit rapidement et se tourna vers Finlay.

— Emmenez la dame. Je vais les retenir.

Finlay protesta.

— Vous me prenez pour un idiot ? C'est un plan pour vous échapper.

— Ce n'est pas un plan, et si vous ne partez pas immédiatement, vous découvrirez très vite que je vous dis la vérité. Mais il sera trop tard. Nous réglerons ce différend ultérieurement. Pour l'instant, votre devoir consiste à protéger lady Elizabeth.

Le garde ne se laissa pas fléchir.

— Arrêtez ces hommes, ordonna-t-il aux autres.

— Non, s'interposa Lizzie. De quoi l'accuse-t-on ?

— Votre cousin en décidera lorsque nous serons à Dunoon.

— Et s'il dit la vérité, concernant les MacGregor ?

Lizzie fixa Patrick, et il vit de la douleur dans ses yeux. Elle savait qu'il n'était pas l'homme qu'il prétendait être.

— Je dis la vérité, je le jure sur l'âme de mes parents. Ces hommes vous veulent du mal.

Il aurait eu tant de choses à lui expliquer, mais c'était impossible. Il plongea les yeux dans les siens, pour la supplier silencieusement de lui pardonner, puis il se tourna de nouveau vers Finlay.

— Espèce d'idiot ! cria-t-il. Écoutez le tonnerre des sabots. Emmenez-la loin d'ici !

Finlay sembla enfin ébranlé.

— Vous avez peut-être raison...

— Partez vite, l'exhorta Patrick.

Et, après un dernier regard à Lizzie, il pivota pour aller affronter son frère.

Mais il était trop tard.

Une nuée de flèches fendirent les arbres derrière lui et atterrirent avec une précision meurtrière. Patrick se retourna juste à temps pour voir Finlay glisser de son cheval et tomber mollement à terre, une flèche entre les deux yeux. Deux des gardes Campbell qui l'accompagnaient tombèrent à ses côtés.

Gregor et une dizaine de guerriers surgirent de la forêt. Patrick reconnut les plus dangereux du lot, les plus assoiffés de sang, ceux qui avaient valu aux MacGregor leur réputation de hors-la-loi.

Les Campbell sous ses ordres le considérèrent avec incertitude.

Patrick était pris entre deux mondes. Il était un MacGregor, l'ennemi juré des Campbell. Quelques mois plus tôt, il n'aurait pas hésité à lever son épée contre eux. Mais il avait appris à les connaître. Il mangeait avec eux. Il buvait avec eux.

Il avait espéré mettre Lizzie en sécurité sans verser de sang, mais Gregor venait de rendre cela impossible.

Au moment où un garde Campbell à côté de lui sortit une arquebuse et visa son frère, son hésitation se volatilisa. D'un mouvement souple, Patrick attrapa la poignée de son épée et la fit voler. La longue lame métallique heurta l'arquebuse et l'homme bascula de son cheval.

Il avait choisi son camp.

C'était un MacGregor. Le chef MacGregor. Pour le meilleur et pour le pire, ces hommes étaient les siens.

— Mon Dieu, que faites-vous ? demanda Lizzie, livide.

Patrick n'avait pas le temps de s'expliquer. Le combat fit rage autour d'eux tandis que ses hommes rejoignaient ceux de Gregor contre les Campbell. Les guerriers Campbell qu'il avait emmenés s'extirpèrent de leur stupeur et s'apprêtèrent à charger, mais il les en empêcha.

— Emmenez la dame et partez vers Dunoon, aussi vite que vous le pourrez.

L'un des hommes sortit son mousquet, mais Patrick fut plus rapide. Le garde ôta vivement sa main avec un cri de douleur, entaillé du pouce au poignet par la lame de son épée.

Un autre voulut le venger, mais Patrick l'esquiva aisément. Du coin de l'œil, il voyait les Campbell tomber sous les lames des MacGregor. Le combat se rapprochait.

— Partez ! Protégez lady Elizabeth !

À cet instant, Lizzie, restée étrangement silencieuse, prit la parole.

— Pourquoi vous écouterait-on ?

— Si vous voulez vivre, faites ce que je dis, lança-t-il avec ferveur. Je vous le répète, ces hommes vous veulent du mal.

— Dans ce cas, pourquoi avez-vous…

Elle se tut en reconnaissant soudain le visage de Gregor et poussa un cri.

Elle tourna vivement les yeux vers Patrick. Confusion. Incrédulité. Douleur.

Une vie entière anéantie se dessina dans ce seul regard. Ses yeux qui brillaient gaiement, son sourire séducteur, son corps sublime, ses joues rosies par la passion… Lizzie assise avec lui devant un feu, son ventre arrondi…

Tout ce qui ne pourrait jamais être.

— Partez !

La froideur était le seul masque qu'il était capable d'endosser.

Il avait voulu qu'elle le haïsse, c'était fait. Il le vit dans le dernier regard, accusateur, qu'elle lui lança.

Adieu, ma princesse…

Le poids dans sa poitrine lui coupait le souffle.

Mais avant que Lizzie et ses gardes ne soient hors de vue, deux flèches se fichèrent dans le dos des deux hommes qui chevauchaient derrière elle. L'un s'affaissa en avant, l'autre tomba sur le côté, le pied coincé dans l'étrier, et fut traîné un peu plus loin par son cheval.

La voix de Gregor s'éleva :

— Ne la laissez pas partir ! Je la veux !

C'est alors que le dernier garde chargé de veiller sur Lizzie fut mortellement blessé à son tour.

Le cri de la jeune femme vrilla les tympans de Patrick. Il jura. C'était à lui de l'emmener en sécurité.

Avant même qu'il ne puisse l'approcher, deux gardes Campbell se jetèrent sur son cheval. Il lui cria de reculer en espérant qu'elle obéirait, et les percuta de plein fouet. Il mania son épée avec une précision parfaite et les repoussa avant de mettre pied à terre. Dans ce sous-bois dense, son cheval l'encombrait.

Un rapide coup d'œil lui apprit qu'il ne restait plus que quelques Campbell. Sa rage envers Gregor fut décuplée lorsqu'il constata que quatre MacGregor gisaient à terre…

Il comprenait la colère de Gregor et sa soif de vengeance, mais ne pouvait tolérer qu'il fasse fi de son autorité. Sa fureur relevait également d'un instinct primitif : son frère avait menacé sa femme et, en cet instant, Patrick aurait été prêt à tuer pour cela.

Soulagé de voir que Lizzie avait suivi son ordre et s'était cachée derrière les arbres, il pivota vers Gregor. Lentement, ils avancèrent jusqu'à ce qu'ils se trouvent face à face.

Quelle tristesse, songea Patrick à travers sa rage.

— Je devrais te tuer, dit-il avec un calme glacial. Tu crois pouvoir être chef ?

Le visage de Gregor était aussi fermé et intraitable que le sien.

— Un meilleur chef que toi, en tout cas. Je ne ferais pas passer une fille avant mon clan. Avant ma propre sœur.

— Si tu défies mon autorité, frère, fais-le en homme.

Il tira son épée.

— En croisant le fer.

S'il perdait, il laisserait Lizzie sans protection, à la merci de son frère.

Mais il ne perdrait pas.

La bouche de Gregor se tordit sur un hideux sourire.

— Et le butin revient au vainqueur ? demanda-t-il en regardant dans la direction de Lizzie.

Patrick suivit son regard, et Gregor en profita pour abattre son épée avec une violence qu'il eut du mal à parer. C'était un coup vicieux qui aurait fait honte aux véritables chevaliers. Mais les MacGregor ne survivaient qu'en bafouant les règles.

Coup après coup, chacun essaya de trouver le point faible de l'autre. S'ils étaient égaux en force et en vitesse, Patrick disposait d'un atout supplémentaire : la vie de Lizzie était entre ses mains.

Grâce à un large arc de cercle qu'il fit décrire à son épée, Patrick devança son frère d'une fraction de seconde, et son assaut le déséquilibra.

C'était l'ouverture qu'il attendait. Avec un cri féroce, il frappa, et Gregor bascula à terre.

Patrick posa la pointe de sa lame contre son cou avant qu'il n'ait le temps de se relever.

Son cœur battait follement. Il avait envie de le tuer. Mais c'était son frère. Le seul qu'il lui restait. Il avait gagné, cela lui suffisait.

— Rends-toi, ordonna-t-il.

Une étincelle haineuse lui apprit que Gregor n'aurait pas fait preuve de la même clémence. Il enfonça la lame un peu plus :

— Te rends-tu ?

— Oui, grogna Gregor à travers ses dents serrées.

— Articule.

— Je me rends, bon Dieu !

Patrick retira son épée. Gregor était furieux, mais il s'en remettrait.

Il remonta en selle et parcourut la courte distance qui le séparait de Lizzie. Il se laissa tomber à terre et l'approcha précautionneusement. Elle le regardait, les yeux hagards, comme si elle ne l'avait jamais vu.

— Vous n'êtes pas blessée ?

Elle fit quelques pas en arrière.

— Qu-qui êtes-vous ? Que... m-me voulez-vous ?

Son bégaiement le bouleversa. Elle a peur de moi, songea-t-il.

— Je ne vous veux pas de mal.

Elle poussa un cri.

— Mon Dieu, comment pouvez-vous dire cela ?

Dans son désir de l'apaiser, Patrick ne remarqua le mouvement que trop tard. Il entendit le cri d'avertissement de Robbie dans son dos et se retourna, juste à temps pour voir le canon d'un mousquet braqué sur lui.

L'un des gardes Campbell n'était pas mort.

Tout sembla se passer au ralenti. Il entendit le coup de feu. Vit la fumée. Puis une douleur fulgurante traversa sa cuisse.

Robbie se précipita et abattit l'homme.

Hébété, Patrick prit conscience de la situation. En épargnant son frère, il lui avait laissé une chance de se venger sur la jeune femme. Une chance que Gregor n'hésiterait pas à utiliser. Patrick ne pouvait mettre la vie de Lizzie en danger ainsi.

Avec une balle dans la cuisse, il ne serait plus de taille. Il serra les dents pour ravaler la douleur et se redressa.

— Retiens Gregor et ses hommes, dit-il à Robbie en montant à cheval.

La douleur faillit le faire tomber ; seule la pensée de Lizzie l'aida à rester en selle.

— Oui, chef.

— La grotte, dit Patrick en réponse à sa question muette. Si vous pouvez l'atteindre ce soir sans être suivis. Autrement, rallie les hommes à Balquhidder comme prévu.

Avant que les autres ne réalisent ce qu'il allait faire, Patrick souleva Lizzie, la déposa devant lui sur la selle et s'enfonça dans la forêt.

17

Lizzie le roua de coups tandis qu'ils chevauchaient à travers les arbres dans la semi-obscurité.

Le bras de Patrick lui encerclait les côtes. La muraille de muscles familière était aussi dure que le granit.

— Nom d'un chien, Lizzie, arrêtez ! gronda-t-il à son oreille d'une voix âpre. J'essaye de sauver nos vies à tous les deux, mais si vous continuez à me frapper la jambe ainsi, nous allons tomber.

Bien sûr. Sa jambe. Dieu du ciel, il était blessé ! Malgré sa trahison, elle ne souhaitait pas sa mort. Du moins, pas avant de connaître la vérité.

Le choc, en le voyant lever son épée contre les hommes de son clan, avait été épouvantable.

— Pourquoi devrais-je vous suivre ?

— Auriez-vous préféré que je vous laisse là-bas avec eux ?

— Vous êtes donc le moindre de deux maux ?

Il proféra un son rocailleux ressemblant à un rire amer.

— En l'occurrence, oui.

La précarité de leur situation la dissuada d'insister pour l'instant. De toute évidence, ce scélérat MacGregor voulait sa peau. Et Patrick était blessé. Elle étouffa une vague de panique et garda le silence.

Enfin, Patrick fit stopper le massif destrier près d'un large rocher.

— Pourquoi nous arrêtons-nous ?

— Nous ne pourrons jamais les distancer à cheval, et je dois trouver un lieu sûr pour extraire cette balle de ma jambe.

— Où irons-nous ensuite ?

— Vers le nord.

— Mais…

— Nous ne pouvons plus nous rendre à Dunoon, Lizzie. Pas pour l'instant, du moins. Je vous y emmènerai, mais seul je ne le peux pas. Ils sont à nos trousses. Nous n'y arriverions jamais.

Il mit pied à terre et l'aida à descendre. Il délesta le cheval des sacs et de la couverture, et les plaça sur ses épaules, déjà alourdies par son arc et son épée. Puis il donna une tape sur le flanc du cheval et lui cria un ordre. L'animal disparut à travers les arbres.

Tout était soudain très calme. Le croissant de lune ne suffisait pas à éclairer le sous-bois.

— Avec un peu de chance, ils ne retrouveront pas le cheval avant longtemps, chuchota-t-il contre son oreille.

Il lui tendit la main.

— Prenez garde où vous mettez les pieds, dit-il. Ils vont nous pister.

À contrecœur, Lizzie mit la main dans la sienne. Se trouver ainsi proche de lui déclencha en elle un tumulte d'émotions contradictoires. Elle avait cru si bien le connaître…

Une fois encore, elle avait confondu l'amour et l'acte sexuel.

Elle avait à la fois envie de se jeter dans ses bras et fondre en larmes, et de marteler sa poitrine de coups pour le blesser autant qu'il l'avait blessée. Quelle était l'étendue de sa duplicité ?

— Pourquoi nous pistent-ils ? Vous connaissez les hommes qui m'ont attaquée, n'essayez pas de le nier.

— Je ne nierai pas. Vous pourrez me poser toutes les questions que vous désirez, Lizzie, mais pas pour l'instant. Rien ne doit nous ralentir.

— Attendez. Votre jambe.

Le sang avait imprégné le cuir brun de ses chausses. Une large tache s'était formée en haut de sa cuisse gauche.

Rapidement, elle souleva sa jupe en laine et déchira le bas d'un de ses jupons de mousseline.

— Tenez, vous devriez la bander avec ceci.

Il lui adressa un regard curieux, avant de s'exécuter rapidement.

— Merci.

Elle hocha la tête, et ils repartirent. Il l'entraîna dans les bois. À l'évidence, il espérait que les autres suivraient le cheval. Même blessé, il se déplaçait avec l'agilité et la vitesse d'un félin ; elle avait du mal à le suivre. Seul un grognement occasionnel lui rappelait la balle logée dans sa jambe. Malgré le froid, elle transpirait. Son souffle était de plus en plus haletant. Elle courut jusqu'à ce que ses poumons menacent d'éclater.

Puis elle commença à traîner des pieds.

Il ralentit et lui tendit une gourde. Elle avala une longue gorgée d'eau.

— Nous ne pouvons pas nous arrêter, Lizzie. Ce n'est plus très loin.

Elle n'avait plus assez de souffle pour lui dire qu'elle était incapable de continuer.

— Si vous êtes épuisée, je peux vous porter.

Elle agrandit les yeux. Il était sérieux. Elle émit un son entre le rire et le cri. Il était capable de le faire.

Pourquoi avait-elle cru qu'il tenait à elle ?

Elle respira un grand coup et s'appliqua à poser un pied devant l'autre sans penser à la brûlure de ses poumons.

Après encore une demi-lieue, les arbres devinrent plus clairsemés, et le sol fut tapissé de fougères et de bruyère. Il la laissa se reposer un instant pendant qu'il ramassait des branches mortes et de la mousse, qu'elle espérait destinées à faire un feu dans un avenir proche.

Une fois sortis du couvert des arbres, ils durent progresser plus lentement, le terrain étant pentu.

Bientôt, elle leva les yeux vers la masse sombre d'un mont rocheux.

— Voici Beinnmheadhonaidh, annonça-t-il.

La montagne aux grottes, traduisit-elle.

— Dans les Lowlands, on l'appelle Ben Venue.

Il avait parlé d'une grotte à Robbie : était-ce leur destination ? Elle l'espérait.

Il ralentit encore tandis que la roche remplaçait fougères et bruyère.

— Prenez garde, les pierres peuvent être rendues glissantes par l'humidité.

Ils contournèrent le pied de la montagne et atteignirent un étroit et profond ravin. En levant les yeux, elle ne voyait qu'une falaise.

Elle s'arrêta.

— Vous ne comptez tout de même pas l'escalader ? Dans le noir ?

— Rassurez-vous. Nous allons tomber sur une fissure dans la roche d'ici une centaine de mètres. C'est la grotte des Satyres.

— Idyllique, commenta-t-elle avec ironie. Je présume qu'elle est hantée ?

— Non, fit-il, plus détendu. Bien que ce soit l'endroit, dit-on, où se réunissent les lutins de toute l'Écosse.

Elle frissonna.

— Les MacGregor ne risquent-ils pas de nous y retrouver ?

Il secoua la tête.

— Ils devraient nous chercher vers le sud pendant quelque temps, cela nous donnera plusieurs heures de répit. Quant à Robbie et mes autres hommes, ils sauront se débrouiller, ajouta-t-il d'une voix sombre.

Après une courte mais difficile escalade, il jeta quelques pierres au fond de la grotte, sans doute pour en déloger une éventuelle bête sauvage, puis il l'attira dans la caverne. Elle était aussi grande que sa chambre au château Campbell. Avec un immense soupir de soulagement, Lizzie chercha un endroit où s'installer.

— Asseyez-vous là, dit-il en étalant la couverture par terre.

La laine épaisse la protégerait au moins de l'humidité. Dans son état d'épuisement, c'était un véritable matelas de plumes.

— Nous ne pourrons pas nous attarder, mais je dois extraire cette balle.

Son ton détaché la stupéfia.

— Comment comptez-vous vous y prendre ?

— Avec ma dague.

Seigneur...

— N'est-ce pas dangereux ?

— Je l'ai déjà fait.

Il lui tendit une gourde et un morceau de galette, qu'elle mastiqua lentement pendant qu'il s'affairait dans la grotte. Elle mourait de faim, n'ayant pratiquement rien mangé depuis l'aube.

Peu à peu, son souffle redevint normal et son corps commença à ressentir les effets de l'air froid et humide de la nuit. Le feu que préparait Patrick serait le bienvenu. Il ôta l'écorce d'une branche de bouleau, qu'il entreprit d'écraser.

— Que faites-vous ?

— Le bois et la mousse sont trop humides pour être enflammés par mon silex, mais il y a de l'huile dans cette écorce, qui prendra feu facilement.

En effet, après quelques tentatives, elle entendit les crépitements caractéristiques de l'écorce qui s'enflammait. Il souffla jusqu'à ce qu'une flamme apparaisse.

À la lueur vacillante du feu, elle étudia son visage. Le moment était venu d'affronter la réalité.

— Vous êtes l'un d'eux, dit-elle d'une voix étranglée. Vous êtes un…

Le mot sortit avec peine.

— MacGregor.

Un hors-la-loi, un scélérat, un ennemi de leur clan.

Elle vit à ses épaules raidies qu'il n'appréciait pas son ton. Lentement, il tourna vers elle un visage empli de fierté coléreuse.

— Dois-je vous rappeler que je n'ai plus le droit d'utiliser ce nom ? dit-il d'une voix tranchante. Mais, en effet, je suis né Patrick MacGregor, fils aîné d'Ewin le Tuteur.

Elle poussa un cri. Le poids dans sa poitrine était insupportable. Il l'avait dupée. Mais pourquoi ? Son cœur battait si fort qu'elle n'était pas sûre d'être de taille à entendre la suite. Pourtant, il fallait qu'elle connaisse la vérité.

Faites que ce ne soit pas ce que je redoute... pria-t-elle.

— Et l'homme qui m'a attaquée ? Qui veut me tuer ?

— C'est mon frère.

Un sanglot déchirant jaillit de son cœur avec une douleur si poignante qu'elle étouffa tout le reste. Cet homme immonde et brutal était son frère. Muette, elle contempla Patrick MacGregor en songeant aux circonstances de leur rencontre.

— Votre apparition sur cette route n'était pas un hasard... dit-elle enfin.

Une expression de regret apparut sur le visage de Patrick.

— Non. Mais personne n'était censé être blessé.

Le menton de Lizzie frémit.

— Espérez-vous que je vais vous croire ? Les MacGregor ne sont pas réputés pour leur mansuétude.

— Vous avez peut-être remarqué aujourd'hui que mon frère et moi ne partageons pas les mêmes valeurs.

— Vous voulez dire qu'il veut me tuer et pas vous ! ironisa-t-elle.

— Jamais je n'aurais pensé que les choses iraient si loin. Gregor avait toujours été loyal, jusqu'à présent.

Elle le contempla avec incrédulité.

— Mon Dieu, je ne vous connais même pas...

Il vint vers elle, l'aida à se relever et l'obligea à le regarder.

— Je suis toujours le même homme. L'homme que vous disiez aimer.

Comment osait-il ?

— J'aimais Patrick Murray, pas un proscrit sans foi ni loi. J'aimais un homme qui n'existe pas.

La mâchoire de Patrick se contracta.

— Je suis le même homme, Lizzie. Vous savez de moi tout ce qu'il est important de savoir.

— Par exemple, que vous êtes un hors-la-loi et un voleur ? Un assassin et un menteur…

— Taisez-vous, coupa-t-il dans un grognement de colère. Je ne suis pas un saint, mais je n'ai jamais tué personne ailleurs qu'au combat.

— Et ce qui s'est passé à Glen Fruin ? Le meurtre de quarante garçons innocents était-il acceptable parce qu'il s'est déroulé sur un champ de bataille ?

Il se raidit.

— Ne croyez pas tout ce que vous entendez, Elizabeth. Certes, c'est à mon clan qu'on a imputé ce massacre, mais ce n'est pas un MacGregor qui a tué ces garçons. C'est un MacDonald. Notre combat à nous était contre les Colquhoun, et à l'instigation de votre cousin. Même si le sournois Argyll prétend le contraire.

Cette accusation la prit de court. Lizzie savait que son cousin et les Colquhoun se vouaient peu d'estime, mais elle ne pouvait croire Archibald assez retors pour utiliser les MacGregor contre eux, et les en accuser ensuite.

— Insinuez-vous que la réputation de votre clan est usurpée ?

— Certains des miens sont sauvages et indisciplinés, je le reconnais, mais ne peut-on en dire autant des vôtres ? Oui, j'ai volé, mais pour empêcher mon clan de mourir de faim ou de froid. Est-ce différent des biens que votre clan m'a volés ?

S'agissait-il de cela, au fond ? De vengeance ?

Des larmes brûlantes coulèrent le long des joues de Lizzie.

— Pourquoi ? Pourquoi moi ? sanglota-t-elle en levant les yeux vers lui.

Patrick n'aurait jamais pensé que ce serait aussi difficile. La blesser. La faire pleurer. Il rêvait de la prendre dans ses bras et d'effacer ses larmes. Mais il se l'interdit. Elle ne voulait pas de son réconfort, elle voulait une explication. La vérité. Il lui devait au moins cela.

— Les Campbell ont volé les terres de ma famille. Je voulais les récupérer.

— Quelles terres ?

— Près du loch Earn. Celles qu'Argyll vient d'ajouter à votre dot.

Lizzie blêmit. Elle le dévisagea avec horreur en comprenant soudain. On aurait dit un chaton qui vient de recevoir un coup de pied.

Il tendit une main vers elle, mais elle se déroba vivement.

— Vous m'avez donc utilisée pour ces terres ? Pour vous venger mesquinement de mes frères et de mon cousin ?

— Croyez-moi, il n'y a rien de mesquin dans l'antagonisme qui oppose nos clans.

Des raisons de se venger, il en avait à revendre. Mais pas de se venger sur Lizzie.

— Au début, je me suis intéressé à vous pour vos terres, mais ce n'est pas la seule raison pour laquelle je désire vous épouser.

Il avança vers elle, mais s'arrêta en la voyant reculer. La brûlure de sa jambe remonta jusqu'à sa poitrine.

— J'ai des sentiments pour vous, Lizzie, dit-il doucement.

— Vous m'avez trompée ! riposta-t-elle avec colère. Pourquoi vous croirais-je ?

— Parce que c'est la vérité.

— La vérité ? Qu'est-ce qui est vrai, chez vous ? Ni votre nom, ni vos intentions…

Sa voix se brisa, et elle demanda avec un regain de répugnance :

— Mon Dieu… et votre femme et votre enfant ?

Sans ciller, il soutint son regard.

— Je n'ai jamais été marié.

Elle laissa échapper un cri et porta la main à sa bouche.

— Comment peut-on mentir à propos d'une chose pareille ? Cela ne vous a donc pas suffi de faire mine de me sauver de ces soi-disant brigands ? Fallait-il que vous vous inventiez une femme et un enfant morts pour vous attirer ma compassion ?

Il ne se déroba pas devant son mépris.

— J'avais besoin de justifier notre présence sur cette route, et désirais éviter les questions.

— Félicitations ! se moqua-t-elle. Le plan était brillant. Et il a fonctionné à merveille, je suis tombée dans le piège. Vous a-t-on choisi pour votre beau visage et vos talents de séduction ?

— Bon sang, Lizzie, ce n'était pas cela…

— Vraiment ? Je m'étonne que vous ayez même pris la peine de me séduire. Pourquoi ne pas m'enlever et m'obliger à vous épouser de force ? Cela ressemblerait davantage aux méthodes de vos hommes assoiffés de sang.

— Pas aux miennes. Je ne voulais pas d'une femme qui ne serait pas consentante. Un mariage forcé peut aisément être annulé.

— Et vous vouliez ces terres. Vous vouliez que je tombe amoureuse de vous.

Sa voix creuse ébranla Patrick jusqu'au tréfonds de son être.

— Mon Dieu, que je suis sotte !

Ce qu'il avait fait était impardonnable. Il savait combien elle avait été blessée par Montgomery, or il avait agi exactement de la même manière. Mais la suite des événements s'était révélée entièrement différente.

— Je n'ai pas d'excuses, Elizabeth. J'ai détesté vous tromper ainsi, mais j'avais de bonnes raisons de le faire. Le lien qui s'est tissé entre nous est sincère et réel. Pouvez-vous honnêtement penser que je ne tiens pas à vous ? Tout ce que j'ai fait, je l'ai fait parce que je me suis attaché à vous. J'ai combattu mes propres hommes, mon propre frère, pour vous protéger.

— Cela prouve seulement que vous ne vouliez pas que je sois tuée avant de pouvoir revendiquer votre butin.

— Bon sang, Lizzie, si vous m'étiez indifférente, pourquoi vous aurais-je encouragée à accepter la demande en mariage de Robert Campbell ? Je ne pouvais vous refuser cette chance d'être heureuse. J'ai essayé de vous fuir, ce soir-là, quand vous êtes venue me retrouver au baraquement.

— Mais je ne vous ai pas laissé faire, dit-elle. Vous pouvez avoir la conscience tranquille, alors, à supposer que vous en ayez une. Dieu merci, mon erreur n'est pas irréparable. Par bonheur, nous ne nous sommes pas mariés. Je serai heureuse de ne plus jamais vous revoir.

Ces paroles le blessèrent davantage qu'il ne voulait l'admettre.

— Votre souhait sera bientôt exaucé, répliqua-t-il durement.

Pourquoi cela se passait-il ainsi ? Il aurait aimé la supplier de comprendre, au lieu d'essayer de rendre leur rupture plus facile. Il aurait voulu qu'ils n'aient pas à se séparer. Mais à quoi bon rêver…

Leurs regards se croisèrent. Les yeux d'Elizabeth lançaient des éclairs.

— Je vous hais.

Ces mots libérèrent en lui quelque chose de primitif. De la colère. De la frustration. La peur, aussi. Son cœur battait frénétiquement, dangereusement, du besoin irrépressible de lui donner tort.

Elle ne me hait pas, songea-t-il. Je ne la laisserai pas faire.

Embrasse-la.

Prends-la.

Sans réfléchir, il l'attira dans ses bras. Elle poussa un petit cri et voulut se dégager, mais il la tenait fermement.

Il sentait les battements effrénés de son cœur, voyait trembler sa bouche, ses yeux agrandis et brillants de larmes. Ils se regardèrent un long moment, sa bouche délicate entrouverte sous la sienne. Il aurait presque pu goûter la douceur de sa langue.

Le corps de Patrick se mit à trembler d'un besoin incontrôlable. Presque violent.

Mais que diable faisait-il ? Il la relâcha soudainement.

Ce qui existait entre eux était indéniable, mais le démontrer ne servirait à rien d'autre que satisfaire son orgueil.

Il passa une main dans ses cheveux et se détourna. Elle le considérait avec méfiance.

Enfin, il lui dit :

— Vous pourrez me détester plus tard. Pour l'instant, il n'y a que moi entre la survie et vous. Et maintenant, je vais extraire cette balle de ma jambe.

Il s'assit devant le feu, sortit sa dague de son fourreau, et se mit au travail.

Lizzie regarda Patrick essuyer le plat de la lame sur son pantalon, le cœur toujours battant. Pendant un instant, elle avait failli l'embrasser.

Je le déteste. Jamais elle n'avait éprouvé une colère pareille, aussi irrationnelle dans sa virulence. S'il n'était pas déjà blessé, elle s'en serait chargée !

C'était un MacGregor. Le frère de l'homme qui avait attaqué leur carrosse. Ce n'était pas pour elle qu'il l'avait désirée, mais pour sa dot. Il s'était servi d'elle comme d'un pion sur un échiquier, il l'avait trompée, rendue amoureuse de lui, tout cela pour quelques lopins de terre.

Un monstre…

Comme elle avait été bête de croire qu'il tenait à elle… Lizzie croisa les bras. Elle avait cru trouver le bonheur, mais tout ce qu'elle avait trouvé, c'était la trahison. Comment avait-elle pu se tromper ainsi ?

Mon Dieu, c'était horriblement douloureux.

Elle s'efforça de contenir ses larmes.

Sois forte, s'ordonna-t-elle.

Elle ne le laisserait pas voir à quel point il l'avait blessée. Elle ferma les yeux. Il avait raison : pour l'instant, elle avait besoin de lui, aussi odieux que cela lui soit.

Elle essaya de ne pas s'intéresser à ce qu'il faisait.

Elle entendit un déchirement et comprit qu'il agrandissait l'accroc de son pantalon.

Un frisson la parcourut.

— Avez-vous besoin d'aide ? ne put-elle s'empêcher de demander.

Après tout, elle avait besoin qu'il reste en vie.

Il secoua la tête.

— Non, j'ai soigné suffisamment de blessures sur les champs de bataille pour savoir m'y prendre. Celle-ci n'est pas trop profonde. S'il avait visé avant de tirer, nous n'aurions pas cette conversation.

Il hésita.

— Et il vaut peut-être mieux ne pas regarder.

Lizzie pinça les lèvres. Elle n'était pas une femmelette. Pourtant, elle se surprit à crisper les doigts sur la couverture.

Après avoir bu une longue gorgée dans l'une de ses gourdes – probablement quelque chose de plus fort que de l'eau –, Patrick plaça le manche de son canif dans sa bouche et, à l'aide de sa dague, il fouilla dans la chair meurtrie. Elle comprit bientôt la raison du couteau dans la bouche. Le corps de Patrick se tendit sous la douleur, et il serra les dents de toutes ses forces. Les muscles de son cou et de ses bras étaient rigides, et un son guttural jaillit du fond de lui. Mais ses mains ne tremblaient pas. D'un mouvement rapide et déterminé, il plongea la pointe de la lame profondément dans la plaie.

Il remua la pointe de façon à la glisser sous la balle, et un grognement lui échappa. La main qui tenait la dague fit remonter le projectile puis, avec deux doigts de son autre main, il parvint à l'extraire.

Du sang jaillissait de sa jambe – tant de sang qu'elle craignit une grave hémorragie. Son cœur manqua un battement.

Avec le linge qu'elle lui avait donné, il forma une compresse qu'il appliqua contre la blessure, puis il but une nouvelle rasade, avant de commencer à chauffer la lame de sa dague dans le feu.

Certes, elle le haïssait, mais elle ne pouvait plus rester passive. Sans un mot, Lizzie se leva, alla vers lui et s'agenouilla pour tenir la compresse et étancher le flot de sang. L'odeur métallique se mêlait à celle du whisky.

Leurs regards se rencontrèrent et elle lut de la gratitude dans le sien.

À présent, la lame rougeoyait dans les flammes. Alors il souleva le linge. En lui faisant signe de reculer, sans hésiter, il appliqua le plat de la lame contre la plaie.

Son corps entier tressaillit. L'odeur de chair brûlée faillit faire vomir Lizzie, mais elle s'interdit de faiblir. Elle porta une main à sa bouche pour ne pas crier. Seigneur, comment pouvait-il faire une chose pareille ?

Enfin, au bout de quelques secondes, il ôta la lame de sa jambe et le manche du couteau de sa bouche.

Lizzie déchira encore un morceau d'étoffe de son jupon, qui lui arrivait maintenant au genou. Elle le lui tendit, et il banda la blessure cautérisée. Il était dangereusement pâle.

— Allez vous reposer, Lizzie, dit-il doucement. Nous n'avons que quelques heures devant nous. Il est trop dangereux de voyager de nuit dans ces montagnes, mais nous partirons aux premières lueurs du jour.

Muette, elle hocha la tête et retourna à sa place sur la couverture. Elle s'allongea et lui tourna délibérément le dos, de crainte d'être tentée de veiller sur lui. Il n'avait pas besoin d'elle ; par quelle folie avait-elle pu croire le contraire ?

Lizzie ferma les yeux et laissa l'épuisement l'emporter.

Le bruit de quelqu'un qui marchait discrètement sur les rochers résonna dans son oreille collée au sol et la réveilla en sursaut. Elle ouvrit les paupières dans la pénombre, et fut soulagée de constater qu'il s'agissait de Patrick. L'espace d'un instant, son cœur bondit de joie, puis la réalité se rappela à elle avec fracas.

Le feu s'était éteint, mais curieusement elle n'avait pas froid. Elle se rendit compte qu'il l'avait enveloppée de la couverture.

— Vous pouvez vous rafraîchir au lac, dit-il en passant les doigts dans ses cheveux encore humides. Je vous ai laissé du bœuf séché et un morceau de galette. Ce n'est pas grand-chose, mais nous devons nous rationner, au cas où.

Lizzie ressentit un petit coup au cœur. Il avait une mine épouvantable.

— Votre jambe… commença-t-elle. Vous fait-elle beaucoup souffrir ?

Il haussa les épaules.

— J'ai connu pire.

— Mais…

Elle se mordit la lèvre, incapable de dissimuler son appréhension.

— Je ne vais pas mourir, Lizzie, dit-il gentiment. Mais nos frères respectifs, lorsqu'ils découvriront ce qui s'est passé, essaieront de corriger cela. Je ne vous mentirai pas, Lizzie. Les journées qui viennent s'annoncent éprouvantes. Tiendrez-vous le coup ?

— Bien sûr, répliqua-t-elle, contrariée qu'il l'estime si faible.

Elle aurait l'occasion, par la suite, de regretter son assurance.

18

Lizzie tenait le coup mieux que ne l'avait craint Patrick. La contrepartie d'un orgueil entêté : elle prenait cela comme un défi.

Elle évitait soigneusement son regard ; il savait qu'elle souffrait. Sa fureur initiale s'était transformée en tristesse, comme si elle pleurait la mort d'un être aimé. Cette acceptation silencieuse était presque plus difficile à supporter que ses éclats de colère.

Leur progression à travers le défilé marécageux séparant le loch Katrine du loch Achray avait pris plus longtemps que prévu, compliquée par ses efforts pour dissimuler leurs traces dans la boue et éviter de dangereuses tourbières. Mais à mesure qu'ils grimpaient et que le sol redevenait ferme, il put accélérer l'allure.

Les nuages bas et la brume qui s'étendait progressivement avec le jour n'étaient pas de bon augure, et Patrick voulait atteindre la lisière des arbres avant la pluie. Là, ils pourraient s'abriter en attendant de voir s'ils avaient échappé à leurs poursuivants.

Il avait l'habitude d'être traqué et de disparaître dans la nature, mais cette fois-ci, c'était différent.

Il jeta un coup d'œil à Lizzie, remarqua ses joues rougies, sa respiration saccadée. Même en s'aidant du bâton de marche qu'il lui avait fabriqué, elle peinait. Mais il ne pouvait se permettre de prendre du retard.

Drapée dans la couverture, la pauvre petite ressemblait davantage à une mendiante en haillons qu'à une héritière Campbell. Ses cheveux avaient perdu leurs rubans depuis longtemps, et des mèches blondes tombaient en travers de son visage, tout emmêlées. De la boue maculait sa robe jusqu'aux genoux. Au moins, elle portait de solides bottes de cavalière au lieu de ses mules habituelles.

Cela ne faisait qu'une journée qu'ils marchaient. Il était arrivé à Patrick de vivre ainsi pendant des semaines. Comment avait-il pu envisager de l'entraîner dans ce genre d'existence ?

Elle n'était pas la seule à lutter. En vérité, il avait hâte lui aussi d'atteindre leur destination. Chaque pas arrachait à sa jambe un éclair de douleur. Il avait pris le risque, en brûlant sa blessure, d'y enfermer une éventuelle infection. Mais, le cas échéant, cela n'arriverait pas avant plusieurs jours et au moins, il n'aurait pas perdu trop de sang. Sentant que Lizzie avait besoin de se reposer, il s'arrêta sur un petit promontoire et lui tendit la gourde qu'il avait remplie au lac.

Une trouée dans les arbres en contrebas offrait une vue spectaculaire sur le lac à travers le brouillard.

— S'agit-il du lac où nous étions ce matin ?

Elle avait gardé le silence pendant si longtemps qu'il fut surpris d'entendre la mélodie de sa voix cristalline.

— Oui. La grotte se trouve là-bas, dit-il en tendant le doigt, à flanc de montagne.

Elle hocha la tête.

— Ce lac est magnifique. Comment s'appelle-t-il ?

— Le loch Katrine.

Lizzie regardait vers l'est et soudain, ses yeux s'éclairèrent.

— Est-ce une île, là-bas ?

— Oui. Molach.

C'était la petite île sur laquelle s'étaient réfugiés sa sœur et quelques femmes et enfants MacGregor. La seule chose qui avait retenu Patrick d'aller voir Annie était que son frère se rendrait directement là-bas pour les y chercher. Dès que Lizzie serait en sécurité, il retrouverait Annie. Puis il se mettrait en quête d'Auchinbreck.

— Comme c'est charmant, dit-elle.

En l'absence de réponse, elle demanda :

— Croyez-vous qu'ils nous suivent ?

— Oui. Mon frère ne renoncera pas si facilement. Mais ce n'est pas par hasard que j'ai choisi ces montagnes, Lizzie, ajouta-t-il pour la rassurer. Ici, nul ne nous trouvera.

Il avait voulu alléger ses craintes, mais cela produisit l'effet opposé.

— Nous devrons aller dans les montagnes ? questionna-t-elle.

— Uniquement s'il le faut, mais je dois me rendre à Balquhidder pour regrouper mes hommes.

Il avait besoin d'aide pour la conduire en lieu sûr. Il espérait ardemment que Robbie et les autres avaient pu se sauver sans problème. Il désigna le mont vers lequel ils se dirigeaient.

— De là-haut, j'aurai une vue dégagée sur les environs. Si Gregor a retrouvé notre trace, je le verrai. Si nous ne le voyons pas, nous suivrons les lacs vers le nord et rejoindrons mes hommes, puis je vous emmènerai chez votre cousin.

— À Dunoon ? N'est-ce pas trop dangereux pour vous ? Et si ma famille a déjà découvert ma disparition ? Et si… si je décidais de tout leur dire ?

Il scruta son visage, y lut le défi.

— Le feriez-vous ?

Elle fit une moue.

— Pourquoi pas ?

Il esquissa un sourire.

— Je n'ai d'autre choix que de courir ce risque.

Ils savaient tous deux qu'elle ne dirait rien. Même très en colère contre lui, Lizzie n'avait pas de méchanceté en elle.

— Et si votre frère a découvert notre trace ?

— Nous passerons par les montagnes. Sur les rochers, Gregor ne pourra pas nous pister aussi aisément, et nous disposons de suffisamment d'avance pour le distancer. Mais à cette époque de l'année, s'aventurer dans les montagnes peut être dangereux.

— Pourquoi ?

— Le temps change vite.

Au moins, il était encore trop tôt pour la neige. Il remit la gourde en bandoulière.

— Ce qui, aujourd'hui, œuvre en notre faveur. La pluie les ralentira.

— La pluie ?

Lizzie leva les yeux vers le ciel et fronça les sourcils.

— Quelle pluie ?

Lizzie s'était promis de ne pas se plaindre. Elle avait beau être épuisée, affamée, elle lui prouverait qu'elle n'était pas un bibelot de porcelaine se fissurant au premier choc.

Puis, comme il l'avait prédit, la pluie se mit à tomber.

Un déluge typique de la région, accompagné de rafales cinglantes et glaciales.

De sorte qu'en plus de la fatigue, de la faim et du froid, quand ils atteignirent l'endroit où Patrick avait décidé de s'arrêter pour la nuit, elle était trempée jusqu'aux os.

Et en comprenant qu'il n'y aurait pas de grotte douillette pour dormir cette nuit-là, elle eut envie de pleurer.

Mais apparemment, elle avait sous-estimé les ressources de Patrick. Il lui montra un arbre tombé pour qu'elle s'y asseye pendant qu'il collectait des branches et de la mousse afin de leur bâtir un abri. Il dégagea le sol des feuilles et des cailloux, et construisit une structure avec les plus grosses branches. Puis il entrelaça les feuillages de manière à former un toit, et disposa de la mousse sur le sol.

Sur le côté ouvert de leur refuge, il fit un petit feu. Il dégagerait peut-être de la fumée, mais cela les réchaufferait. Et quelques minutes plus tard, lorsqu'il l'installa sous leur abri de fortune, elle réalisa qu'il était sec.

— Vous avez déjà fait cela, dit-elle avec ironie.

— Peut-être une fois ou deux, répondit-il avec un sourire en coin. Ce n'est pas ce à quoi vous êtes habituée.

— Non, reconnut-elle.

— Avez-vous faim ?

— Je mangerais un bœuf.

— À défaut, je peux essayer d'attraper un lapin. Il faudrait que je fabrique une ficelle avec du lierre, ou bien...

Il la regarda étrangement, comme s'il était gêné.

— Ou bien ?

— Si nous disposions d'un genre de ficelle...

Elle pencha la tête, perplexe.

— Le genre de ficelle que l'on pourrait trouver dans les vêtements d'une dame.

— Vous voulez le ruban de mon corset ? Pourquoi ne le disiez-vous pas ?

Il l'avait vue nue, pourtant il était embarrassé de parler de ses dessous. C'était... adorable. Dans la mesure où un Highlander tout en muscles d'un mètre quatre-vingt-dix pouvait être décrit comme « adorable »...

Il se retourna pour ne pas la gêner, et elle ôta rapidement la couverture qu'il lui avait donnée et l'épaisse veste de laine qu'elle portait dessous, puis elle desserra le ruban de son corset et le fit glisser sur sa taille. Avec toute cette marche et cette escalade, ce serait agréable d'être un peu plus libre de ses mouvements. Cependant, elle dut s'arrêter. Elle avait oublié que les baleines étaient lacées dans le dos.

Elle se tourna vers lui, en hésitant.

— Tout va bien ? demanda-t-il.

— Euh, justement...

Elle prit une inspiration et se lança :

— Je crains d'avoir besoin d'aide.

Elle couvrit ses seins, parfaitement visibles sous le lin humide de sa chemise, pendant qu'il se retournait. Leurs regards s'accrochèrent un instant, puis il se pencha et, lentement, délaça les cordons des baleines dans son dos. Elle retint son souffle, douloureusement consciente de la chaleur de ses mains, de l'effleurement de ses doigts sur ses reins, de son souffle sur son cou...

C'était une intimité familière, dont son corps se souvenait trop bien. Sa peau la picota. L'effet du froid, se dit-elle. Mais alors, pourquoi ses joues la brûlaient-elles ?

Seigneur, suffisait-il qu'il la touche pour qu'elle perde la raison ? Oubliait-elle si facilement qu'il lui mentait et la dupait depuis le premier instant ? Que ses attentions étaient un froid calcul ne visant qu'un but, sa dot ? Qu'il était un MacGregor, ennemi de son clan et hors-la-loi ?

Elle carra les épaules et s'obligea à ne pas se laisser affecter par son contact.

Il dut percevoir sa résistance, car il termina rapidement, murmura un brusque remerciement et la laissa se rhabiller en disant qu'il reviendrait sous peu.

Être seule dans la forêt au crépuscule, cependant, même devant un petit feu, n'était pas propice à la sérénité. Lizzie sursautait dès qu'elle entendait un bruit, en imaginant toutes sortes d'horribles créatures tapies derrière les arbres. Le temps passa lentement, égrené par chaque brindille qui craquait et chaque gouttelette s'écrasant sur un rocher. Quand Patrick revint, elle était si nerveuse qu'elle aurait accueilli le diable lui-même les bras ouverts.

En voyant son visage, il s'excusa.

— Ce fut un peu long. Avec la pluie, rares sont les lapins qui s'aventurent hors de leur tanière.

Il posa son arc et son épée et s'assit en face d'elle. Après avoir placé l'animal devant lui, il sortit sa dague.

— J'espère que vous n'avez pas eu peur ?

— Bien sûr que non, répondit machinalement Lizzie, avant de constater qu'il souriait. Ma foi, peut-être un peu, concéda-t-elle. Je pensais aux loups. Y a-t-il d'autres animaux sauvages que je devrais craindre ?

Elle détourna les yeux, vaguement dégoûtée, tandis qu'il commençait à dépecer l'animal.

— Vous voulez dire en dehors des sangliers et des chats sauvages ?

Des sangliers et des chats sauvages, doux Jésus !

Il réfléchit et secoua la tête.

— Non, je ne vois pas.

— Nous voilà rassurés, ironisa-t-elle.

Il eut un petit rire.

— Ce ne sont pas des animaux sauvages qu'il faut vous inquiéter. Ils ont autant peur de vous que vous d'eux.

— J'en doute.

— Avec moi, vous êtes en sécurité, Lizzie.

Elle examina son visage à la lueur du feu, et eut envie de le croire. Cet homme paraissait capable de tout. Sa force l'avait toujours impressionnée, mais elle en prenait seulement la mesure. Jamais elle n'avait rencontré un homme tel que lui, aussi coriace, aussi stoïque, aussi ingénieux. Il la protégerait jusqu'à son dernier souffle. Même contre son propre frère.

Elle avait été trop en colère pour y repenser, mais elle était heureuse que Patrick ne l'ait pas tué. L'idée qu'il puisse tuer son frère pour elle… Elle frissonna.

— Comment va votre jambe ?

— Un peu raide, répondit-il avec un haussement d'épaules.

— Ah oui, j'oubliais. Hamish a dit un jour que vous êtes insensible à la douleur.

Il lui adressa un regard appuyé.

— Je ne suis pas insensible, Lizzie. J'ai simplement appris à ne pas le montrer.

Ils se dévisagèrent un moment, puis elle détourna les yeux.

Peu après, l'odeur de viande grillée ne fut surpassée en délice que par la première bouchée. C'était son premier vrai repas en presque deux jours et, ne sachant quand serait le prochain, Lizzie mangea tout son content.

— C'est bon ? demanda Patrick avec un petit sourire.

— Délicieux, déclara-t-elle avec enthousiasme.

Il lui tendit la gourde.

— Si nous avions quelque chose pour faire bouillir de l'eau, je nous préparerais une boisson chaude à base d'aiguilles de pin.

— Hmm… J'ignorais que vous étiez un chef aussi talentueux.

— Nécessité fait loi.

Elle comprit que, derrière sa petite phrase, il parlait de sa vie de proscrit. Cela devait s'apparenter à ce périple, supposait-elle. Être traqué, se sauver en permanence, devoir s'abriter en pleine nature. Elle fit taire sa compassion en se rappelant comment il en était arrivé là.

Mais, maintenant que la douleur de sa trahison s'était légèrement émoussée, il lui restait beaucoup de questions à poser.

— Il y a une chose que je ne comprends pas.

Il hocha la tête, et elle poursuivit :

— Je croyais que le chef MacGregor avait accepté de se rendre.

Quelque chose se durcit dans le regard de Patrick.

— C'est le cas, répliqua-t-il prudemment.

— Dans ce cas, pourquoi votre frère a-t-il attaqué mes gardes ?

Il ne répondit pas, et seuls le crépitement et les sifflements du feu rompirent le silence.

— Qu'y a-t-il ? Que refusez-vous de m'expliquer ?

Il crispa les mâchoires.

— Vous n'aimerez pas entendre ce que j'ai à dire.

Son ton acéré la fit hésiter, mais elle insista.

— Je désire l'entendre.

Il prit une profonde inspiration et fixa son regard sur elle.

— Alasdair MacGregor s'est rendu suite à la promesse que lui avait faite Argyll de l'emmener en sécurité en territoire anglais ; tel était le marché proposé par votre frère Jamie. Eh bien, votre cousin a tenu sa promesse, il a conduit notre chef en Angleterre, mais sitôt après avoir franchi la frontière, il l'a arrêté et expédié à Édimbourg. Alasdair a été exécuté ainsi que vingt-quatre autres hommes de mon clan.

Lizzie poussa un cri, incrédule.

— Vous devez vous tromper !

Son cousin ne commettrait pas un acte aussi déshonorant… Sa haine envers les MacGregor la faisait cependant douter. Mais, même si Archie avait pu se montrer aussi vil, Jamie ne pouvait pas faire partie du complot.

Les yeux de Patrick étaient aussi durs que l'acier.

— Hélas, je ne me trompe pas. Les têtes de mon cousin et de mon frère sont plantées sur la grille de Dumbarton à l'heure qu'il est.

— Votre cousin et votre frère ? répéta-t-elle avec stupeur.

— Oui, Alasdair MacGregor était doublement mon cousin : nos pères étaient frères et nos mères étaient sœurs. Mon plus jeune frère, Iain, est mort à ses côtés.

Lizzie eut un haut-le-cœur. Elle ne doutait pas de sa parole : la tristesse sur son visage n'était pas feinte.

— Je suis désolée, dit-elle.

— Vous n'y êtes pour rien.

— Mais c'est à cause de cela que votre frère m'en veut ?

— Oui. J'ai commis une erreur en faisant confiance à Gregor, mais jusqu'à présent j'avais toujours pu le convaincre d'entendre raison.

Elle vit quelque chose dans son expression.

— Que me cachez-vous ?

Il garda les yeux rivés sur le feu.

— À la suite de ces exécutions, des soulèvements ont eu lieu. Ma sœur...

Il avait une sœur ? Seigneur, elle ne savait rien de lui.

Il se tut et s'éclaircit la gorge. Lizzie sentit son cœur marteler sa poitrine.

— Ma sœur, Annie, a été vio...

Sa voix se brisa. Lizzie posa une main sur son bras, l'estomac soulevé. Il n'avait pas besoin de terminer.

— Mon Dieu, c'est terrible...

Il regarda sa main, puis son visage. Jamais elle ne l'avait vu aussi sombre.

— Sur ordre d'Auchinbreck.

Elle ôta sa main comme si elle s'était brûlée.

— Non !

Des larmes jaillirent de ses yeux.

— C'est un mensonge abject ! Comment osez-vous proférer une telle accusation !

Sans rien dire, Patrick garda les yeux fixés sur elle... Il semblait presque avoir pitié d'elle.

Lizzie n'était pas naïve. Elle savait que des hommes violaient les femmes pendant les guerres : c'était un moyen d'humilier leurs adversaires. Mais la pensée que son frère Colin soit capable d'un acte aussi cruel, aussi méprisable…

Seigneur, était-ce possible ?

Il devait exister une explication…

Toutes ces révélations lui firent tourner la tête. Elle comprenait maintenant que Patrick ait changé d'avis quant à leur mariage. Il avait toutes les raisons de la haïr.

Au lieu de cela, il lui avait sauvé la vie et s'était battu contre son frère pour elle.

Elle se rappela soudain le mot qui avait échappé à Robbie.

— Mon Dieu. Vous êtes le chef.

— Oui, bien que manifestement, mon frère ait l'intention de le contester.

Patrick Murray, simple garde, était en réalité le chef du clan MacGregor. Il était en tout point son égal en termes de rang et, en d'autres temps, il aurait pu constituer un bon parti pour elle. Et dire qu'elle avait cru à une mésalliance !

— Le peut-il ? demanda-t-elle.

— Si le clan estime que je ne suis pas apte.

— Mais pourquoi penseraient-ils… Oh !

À cause de moi.

— Je n'ai pas dit qu'ils le feraient, simplement qu'ils le pouvaient. Gregor essaiera, mais je saurai l'en dissuader.

Elle espérait du fond du cœur que Patrick y parviendrait. Les qualités qui lui avaient donné à penser qu'il serait un bon mari faisaient aussi de lui un excellent chef : il était intelligent, fort, maître de lui, gardait son calme en toute circonstance, et c'était un valeureux guerrier. Le genre d'homme qui forçait le respect.

Mais elle savait dans quel danger le plaçait ce statut. Il deviendrait l'individu le plus traqué d'Écosse.

Il s'approcha de l'ouverture de leur abri. Elle remarqua qu'il avait cessé de pleuvoir.

— Assez parlé pour ce soir. Reposez-vous.

Elle s'allongea sous la couverture, et posa la tête sur une pile de mousse qui ressemblait étonnamment à un oreiller. Elle ferma les yeux, mais ses paupières se rouvraient toutes seules. Enfin, elle chuchota :

— N'allez-vous pas dormir ?

— Plus tard, Lizzie. Plus tard.

« Plus tard » ne vint jamais.

Le soleil s'était levé une heure plus tôt, et toujours aucun signe de Gregor. Patrick aurait aimé être soulagé, mais la sombre prémonition qui l'avait tenu éveillé toute la nuit subsistait.

Ce n'était pas seulement à cause de cela qu'il avait monté la garde sans relâche, mais parce qu'il ne se faisait pas confiance. Leur abri était juste assez grand pour qu'ils y tiennent tous les deux ; il serait allongé trop près d'elle. Tentation insupportable.

Il avait réveillé Lizzie juste avant l'aube et l'avait envoyée faire sa toilette.

L'ascension avait été une véritable épreuve. Pour l'instant, au moins, la blessure ne s'était apparemment pas infectée.

Il devait reconnaître que la jeune femme le surprenait. Elle était plus volontaire qu'il ne l'avait imaginé, plus résistante. Même épuisée, elle s'était adaptée à la situation et avait accepté son sort avec une grande force d'âme.

Cela lui donnait presque envie de…

Non. Même si elle parvenait à lui pardonner, il était chef à présent. Il avait un devoir envers son clan.

Il aurait préféré lui taire la trahison des siens, mais au moins, maintenant, elle comprenait.

Il observa les lacs et la forêt en contrebas, à l'affût de mouvements inhabituels. Quelques pêcheurs étaient dispersés sur l'eau.

Gregor avait-il décidé de ne pas les poursuivre ? Avait-il perdu leur trace ?

Cela ne ressemblait pas à son frère. De toute façon, ils ne pouvaient pas s'attarder : si les Campbell ne sillonnaient pas déjà la région à la recherche de Lizzie, ce serait pour bientôt.

Un aigle prit son essor. Il descendit en flèche, et Patrick plissa les yeux. Là, dans une clairière, il discerna un mouvement. Puis un autre.

Les sens en alerte, il vit un groupe de cinq hommes emprunter exactement le même chemin que le leur. Il ne distinguait pas les visages des hommes ni leurs tartans, mais il savait qui ils étaient.

Bon sang ! Un seul chemin désormais s'offrait à eux pour rejoindre Balquhidder : la piste des sommets. Il pria le Ciel pour que Lizzie soit à la hauteur.

Il contourna la partie nord de l'arête rocheuse de Binnein sur laquelle il s'était perché pour observer les alentours et retourna rapidement au campement. Chaque seconde comptait. Ils disposaient d'une bonne avance, il fallait qu'il en reste ainsi.

Dès qu'elle le vit, Lizzie comprit.

— Ils arrivent ?

— Oui. Mais nous les sèmerons dans les montagnes.

Elle hocha la tête, incapable de dissimuler complètement son tremblement. Il faillit aller vers elle, mais elle se détourna, et Patrick serra les dents. Elle ne voulait plus de ses tentatives de réconfort maintenant qu'elle connaissait la vérité.

Il se retourna pour préparer leurs affaires, et découvrit qu'elle avait déjà tout rangé dans les sacoches. Elle avait même pensé à remplir les gourdes au petit ruisseau dans lequel elle s'était lavée.

Il étouffa rapidement le feu, mais ne prit pas la peine de dissimuler les preuves de leur passage. Cela leur ferait perdre du temps, et ne leurrerait pas son frère. Dans la montagne, en revanche, Gregor aurait plus de mal à les pister.

Il partit d'un pas rapide, déterminé à les distancer le plus possible avant la nuit prochaine. S'ils avaient de la chance, ils ne passeraient qu'une nuit dans les montagnes et atteindraient Balquhidder avant le lendemain soir.

Ils quittèrent bientôt les bois. À mesure qu'ils grimpaient, la fougère, la bruyère et l'herbe laissaient place à des sentiers plus rocailleux.

Patrick surveillait régulièrement leurs arrières, et gardait un œil sur Lizzie. Il ralentissait de temps en temps pour la laisser reprendre son souffle. Ils ne firent halte qu'au sommet. Devant eux, d'est en ouest, se dressait un grandiose panorama de sommets que jalonnaient des lacs ou des petits bois nichés dans les cirques et les failles rocheuses.

— C'est magnifique, s'émerveilla Lizzie, pantelante. Ces montagnes à perte de vue…

Elle se mordit la lèvre.

— Il serait si facile de se perdre.

— Nous ne nous perdrons pas.

— Comment pouvez-vous en être aussi sûr ?

— Ce sont les terres des MacGregor. J'ai été élevé dans ces montagnes.

Elle rougit.

— Bien sûr. Sommes-nous près de chez vous ?

Le regard de Patrick se durcit.

— Chez moi ? Je n'ai plus de maison depuis l'âge de dix ans.

— Pardonnez-moi, je…

— Nous devons repartir.

Il lui tourna le dos et s'apprêta à redescendre sur l'autre flanc. Il n'avait pas besoin de sa compassion.

Ils marchèrent pendant des heures. Il lui imposa une allure aussi rapide qu'elle pouvait l'endurer sans s'écrouler. Quant à lui, chaque pas causait une explosion de douleur si insupportable qu'il se demanda combien de temps encore il pourrait tenir le rythme. Une détermination farouche lui permettait de continuer.

Mais son frère n'était pas leur seul souci.

Plus le temps passait, plus les nuages bas prenaient un caractère menaçant. Ils s'épaissirent et devinrent noirs. Le temps dans ces montagnes changeait très vite, sans prévenir. Et ce n'était pas seulement la perspective de la pluie qui inquiétait Patrick. C'était la chute brutale de la température.

À cette altitude, sans protection, le froid serait terrible. Enveloppée dans la couverture et ses épaisses jupes de laine, Lizzie était mieux protégée que lui, mais ni l'un ni l'autre ne pourrait résister longtemps ; or ils avaient encore un bon bout de chemin à parcourir avant de rejoindre l'endroit où il pensait s'abriter pour la nuit.

Comprenant qu'ils n'y parviendraient pas avant l'orage, il réfléchit à un abri plus proche. Il se dirigea vers un bois de l'autre côté de l'arête rocheuse.

Chaque fois qu'il regardait Lizzie, épuisée et tremblante, qui s'efforçait de ne pas trahir son angoisse, il ressentait une bouffée de culpabilité. Il lui prodiguait des mots d'encouragement, mais elle faiblissait.

C'était sa faute. Pourquoi avait-il fait tout cela ? Pour reprendre possession de ses terres, certes, mais aussi parce que dès l'instant où il l'avait vue, il l'avait voulue. Et voilà le résultat.

Pour la première fois de sa vie, Patrick avait vraiment peur.

Ses craintes étaient fondées : peu après, la neige se mit à tomber, comme si elle attendait depuis des mois cette première occasion. Elle recouvrit instantanément leurs traces d'un manteau blanc et rendit chaque pas, sur les rochers glacés et le tapis de bruyère, plus traître que le précédent. Mais le pire était le vent. Il soufflait par rafales, aveuglant, les empêchant de distinguer leur chemin.

Et le jour baissait, inexorablement.

— Patrick, je…

Les yeux de Lizzie, tout juste visibles sous la couverture qui lui recouvrait la tête, étaient remplis de larmes. En voyant ses joues rougies par le froid, sa poitrine se serra.

— Je suis désolée ! cria-t-elle. Je ne crois pas que je puisse continuer.

Il l'attira contre lui, comme s'il pouvait la protéger des éléments avec son corps. Elle se laissa faire.

— Allons, ma douce, vous avez été merveilleuse jusqu'à présent, ne renoncez pas maintenant. Nous ne sommes plus très loin, mentit-il.

— Mais comment le savez-vous ? On n'y voit rien du tout !

Il lui montra un rocher.

— Je le vois. À la direction de la neige sur les rochers.

Le vent soufflait de l'est.

— Y a-t-il un endroit où nous pouvons nous reposer quelques instants ?

Il soupira. Il n'y avait aucun abri, uniquement des rochers, de la lande et quelques touffes de bruyère.

— Je sais que vous êtes fatiguée, Lizzie, mais nous devons avancer.

S'ils s'arrêtaient, ils mourraient de froid. Et dans une heure, il ferait nuit.

Elle leva vers lui des yeux pleins d'inquiétude.

— J'ai pris votre couverture. Vous devez être transi.

— Je suis habitué.

Il regarda sa main minuscule sur son bras. Le bout de ses doigts était bleu, découvrit-il avec horreur. Rapidement, il sortit de son sac la fourrure du lapin qu'il avait gardée.

— Enveloppez vos mains là-dedans.

Elle obéit, malgré son probable dégoût.

— Nous devons continuer à marcher. Je vais vous aider, êtes-vous d'accord ?

Elle hocha la tête et se laissa guider. Son corps l'abritait du vent tandis qu'il se frayait lentement un chemin à travers les rocs. Mais plus la couche de neige devenait épaisse, plus ses jupes entravaient sa progression.

Il la traînait littéralement, et quand elle trébucha et manqua tomber tête la première sur un rocher, il la souleva dans ses bras.

— Que faites-vous ? protesta-t-elle faiblement. Votre jambe. Vous ne pouvez pas me porter.

Le froid avait engourdi sa douleur. La seule chose à laquelle pensait Patrick était qu'il fallait aller de l'avant s'ils ne voulaient pas mourir là tous les deux. Sourd à ses protestations, il la serra contre lui et continua d'avancer à travers la tempête.

Mais alors qu'il s'approchait du dernier sommet avant de redescendre vers le bois, la neige redoubla d'intensité. Il ne distinguait rien à plus d'un mètre devant lui. Il n'y arriverait pas. Il examina son environnement immédiat.

Il aperçut à travers les flocons une large saillie rocheuse. Ce n'était pas grand-chose, mais cela devrait suffire. Lorsqu'il l'atteignit et voulut poser Lizzie, son cœur cessa de battre.

Elle avait les yeux fermés, et des cristaux de glace étaient accrochés aux cils reposant sur ses joues exsangues.

— Lizzie ! cria-t-il en lui tapotant la joue.

Elle ne se réveillait pas.

— Bon sang, Lizzie ! Je vous interdis de me quitter maintenant !

Elle était glacée.

Saisi de panique, il la posa par terre et se mit à creuser furieusement, afin de créer une cavité dans la neige à côté du rocher. Lorsque le trou fut assez profond pour qu'ils s'y logent tous les deux, il pressa Lizzie contre lui, la blottit contre sa poitrine et replia les bras autour d'elle en essayant de réchauffer son corps tremblant. Tantôt il priait, tantôt il jurait. Mais il avait peu de chaleur à donner ; jamais il ne s'était senti aussi impuissant.

Emportez-moi, pria-t-il, mais ne la laissez pas mourir...

Non, cette adorable jeune fille n'avait commis que l'erreur de donner son cœur à un homme qui ne le méritait pas.

Mon Dieu, qu'ai-je fait ?

— Je vous aime, Lizzie, dit-il à voix haute pour la première fois.

Sa poitrine le brûlait, la douleur de son cœur était si profonde qu'il ne pouvait plus refuser la vérité : il l'aimait. Il l'aimait comme jamais il n'avait aimé. Il s'était cru incapable d'éprouver à nouveau ces émotions. Mais il s'était trompé. Son amour pour Lizzie était trop fort pour être nié.

Avec désespoir, il pressa sa bouche sur son front ; la moiteur glacée de sa peau envoya une décharge dans ses veines.

La neige et le vent s'abattaient toujours, tandis que la nuit se refermait autour d'eux tel un linceul.

19

Lizzie se réveilla lentement, engourdie. Ses tempes palpitaient, comme si elle avait bu trop de vin. Elle était frigorifiée.

Elle battit des paupières et, pendant un instant, affolée, elle ne vit que du blanc.

Sa gorge se noua. Je suis morte, songea-t-elle.

Mais, presque immédiatement, elle prit conscience des bras puissants serrés autour d'elle et du rythme régulier d'un cœur dans son dos. Patrick. Instinctivement, elle se détendit.

— Lizzie.

Il la secoua doucement.

— Où sommes-nous ?

— Le Ciel soit loué, vous êtes réveillée.

Elle essaya de se retourner, mais ses gestes étaient entravés.

— Attention, vous allez faire s'écrouler le toit sur nous.

— Quel toit ?

— J'ai construit un toit et des murs de neige. C'était la seule façon de nous protéger de la tempête.

Les souvenirs de la veille revinrent, et Lizzie eut soudain pleinement conscience de leur situation.

— Neige-t-il encore ? demanda-t-elle.

— Je vais vérifier.

Elle eut envie de pleurer quand il écarta les bras et la priva de la chaleur de son corps. Il pratiqua un trou dans le mur de neige avec son pied et sortit précautionneusement. Un instant plus tard, il tendait les bras pour l'aider à le rejoindre dehors.

— Venez voir.

Complètement ankylosée par le froid, Lizzie eut du mal à s'extraire du réduit. Quelques instants plus tard, elle fut récompensée par la douce chaleur du soleil matinal sur son visage. Le soleil se levait à l'horizon et déployait des rayons dorés sur un manteau immaculé et scintillant.

Elle retint son souffle.

— C'est splendide.

— Oui. Mais cela aurait pu être mortel.

Elle se tourna vers Patrick.

— Merci, dit-elle doucement.

Il la regarda avec surprise.

— De quoi, mon Dieu ?

— De m'avoir sauvé la vie.

— J'aurais pu vous tuer ! C'est ma faute si nous sommes ici.

— Vous ne pouviez pas savoir qu'il allait neiger.

— Non, il est certes tôt dans la saison, mais je n'aurais jamais dû vous entraîner dans cette aventure.

Il ne parlait pas de la tempête.

— Je n'ai jamais eu l'intention de vous faire du mal, je tiens à ce que vous le sachiez, enchaîna-t-il. J'espère qu'un jour, vous serez capable de me pardonner.

Elle plongea les yeux dans les profondeurs vertes des siens, n'y trouvant que la sincérité ; elle était en proie à une grande confusion.

Il l'avait trompée, lui avait menti, pour un simple bout de terrain. Elle aurait dû le mépriser. Le détester.

Mais, depuis deux jours, ses actes n'étaient pas ceux d'un homme froid et impitoyable. C'était peut-être un hors-la-loi, mais il avait le sens de l'honneur.

Un MacGregor pouvait-il être un homme d'honneur ? Sa famille estimait que non ; pourtant, face à Patrick, elle s'interrogeait.

Ici, dans ces contrées impitoyables, Lizzie avait l'impression de le voir pour la première fois ; et il était impossible de ne pas admirer ce qu'elle voyait. Ce paysage dur et sauvage contribuait à le définir. Les angles de son beau visage et la force de son corps faisaient écho à ces montagnes. Telle la bruyère, il était résistant. Telle la virulence d'une tempête imprévue, il pouvait être dangereux. Et, à l'instar des Highlands, il était farouche et dur. Traqué, démuni, avec une blessure à la cuisse, il les avait maintenus en vie.

Si ces quelques jours étaient à l'image des défis que devaient quotidiennement affronter les siens, c'était un miracle qu'ils aient survécu aussi longtemps. Et Lizzie comprenait mieux les difficultés auxquelles Patrick devait faire face en tant que chef d'un clan brisé. Un clan sans terre.

Elle mourait d'envie de croire qu'il tenait à elle, que tout cela n'avait pas été uniquement un mensonge.

Elle déglutit, la gorge nouée.

— Mon pardon est-il important à vos yeux ? s'enquit-elle.

— Très.

Il la considéra longuement, l'air de se demander s'il devait ajouter quelque chose. Quand il referma sa main autour des siennes, la poitrine de Lizzie se serra malgré elle.

Un petit morceau du mur qui s'était dressé entre eux s'effrita.

— Venez, dit-il. Sur l'autre versant de cette montagne, il y a un bois et un ruisseau où nous pourrons nous laver et nous restaurer. Ensuite, j'aimerais vous montrer quelque chose.

Elle dut attendre deux heures pour comprendre ce qu'il voulait dire.

Marcher en montagne était déjà difficile. Dans la neige, c'était pire encore. Elle suivait de son mieux les traces de Patrick, mais ses jupes la ralentissaient. À mesure qu'ils descendaient, cependant, la neige devenait moins profonde ; bientôt, elle ne fut plus que clairsemée. Le soleil opérait sa magie. Lorsqu'ils pénétrèrent dans le bois, elle avait même assez chaud pour se défaire de la couverture. Ils longèrent un ruisseau à travers les arbres pendant quelque temps, et s'arrêtèrent enfin devant un ravissant lac, très étroit, mais très allongé. À sa droite, sur la rive sud, se dressait un petit château. Récemment construit, lui sembla-t-il.

Elle leva les yeux vers Patrick, mais son visage était insondable tandis qu'il scrutait avec intensité leur environnement. Le cœur de Lizzie fit un petit saut. Il était encore plus beau, si cela était possible. Sa peau était tannée par le vent, le froid et le soleil, ses cheveux emmêlés, le chaume d'une barbe mettant en valeur sa mâchoire ferme.

— Où sommes-nous ? demanda-t-elle.

— Au loch Earn.

Il tourna vers elle un visage solennel.

— C'est ici que j'ai grandi.

Elle retint son souffle. Voilà donc les terres que son cousin avait ajoutées à sa dot. Les terres que Patrick voulait se réapproprier. Pour lesquelles il l'avait utilisée. Sa poitrine se contracta.

— Pourquoi m'y avez-vous emmenée ?

— Sincèrement, je l'ignore.

Songeur, il reporta son attention sur le lac.

— Je voulais que vous connaissiez cet endroit. Que vous sachiez ce qui s'est passé ici. Que vous sachiez pourquoi j'ai fait ce que j'ai fait.

— Que s'est-il passé ? s'enquit-elle doucement.

Patrick continuait à regarder le lac, le visage ravagé par une émotion brute. Disparue, sa façade détachée. Son visage n'exprimait qu'un immense chagrin.

Lorsqu'il prit la parole, ce fut d'une voix sans timbre.

— Ces terres appartenaient à mon clan depuis des centaines d'années, mais nous ne possédions pas de document écrit pour le prouver. Les comtes d'Argyll ont fait de nous les métayers de nos propres terres.

Lizzie connaissait un peu l'histoire des MacGregor. Durant la querelle opposant les Bruce et les Balliol pour l'accession au trône, ils avaient choisi le mauvais camp et, devenu roi, Robert le leur avait fait payer. Ne disposant pas d'actes de propriété officiels, les MacGregor avaient été dépouillés de leurs terres. Les Campbell en avaient profité, ce qui avait été à l'origine de la guerre que s'étaient livrée les deux clans dans les années qui avaient suivi.

— Cela s'est passé il y a plusieurs siècles, fit remarquer Lizzie.

— Oui. Mais le temps ne répare pas les torts.

Son visage se durcit.

— Pendant des années, ma famille est restée sur ces terres en tant que vassale d'Argyll. Insatisfaite, mais résignée. Voici près de vingt ans, ce lien a été tranché. Illégalement, Argyll a vendu la métairie de nos terres à Glenorchy, et ce maudit homme en a aussitôt revendiqué la propriété.

— Glenorchy a donc chassé votre famille de cet endroit ?

— Chassé ? répéta Patrick. Le terme est faible. Les méthodes de Glenorchy s'apparentaient davantage à de l'extermination. Mon père refusant de céder sa terre, Glenorchy a décidé de tout brûler. J'avais dix ans le jour où les soldats sont arrivés.

Le cœur battant, Lizzie attendit qu'il poursuive.

— Ma mère nous a envoyés, mes frères et moi, dans la forêt. Annie n'était qu'un bébé, et ma mère pensait qu'elle ne craignait rien. Après tout, elle était la sœur de Glenorchy. Mais j'avais oublié un objet que m'avait confié mon père, aussi suis-je revenu sur mes pas. Tout était en feu, j'ai cru franchir les grilles de l'enfer. Les cadavres des hommes de notre clan jonchaient les lieux. Parmi eux, celui de mon père.

Lizzie lui pressa le bras. Il était si crispé qu'elle eut l'impression de toucher de la pierre.

— Deux soldats Campbell m'ont trouvé à côté de lui et ont décidé de me tuer.

— Mais vous n'étiez qu'un enfant !

— Oui, mais ils savaient que je ne songerais plus désormais qu'à me venger. Voyant ce qui allait se passer, ma mère est accourue pour les en empêcher ; c'est elle qui a reçu le coup qui m'était destiné. Elle est morte dans mes bras.

Sa voix était étouffée. Lizzie sentit les larmes lui brûler les yeux. Elle avait perdu ses parents très jeune, mais voir les siens mourir assassinés sous ses yeux...

— Ce n'était pas votre faute, votre mère vous a protégé...

— Je sais, mais il m'a fallu des années pour me débarrasser de cette culpabilité. Glenorchy a construit son maudit château sur les cendres de ma maison, sur le sang de mes parents et des hommes de mon clan.

Il chercha ses yeux.

— Vous voyez, Lizzie, il ne s'agit pas simplement de quelques lopins de terre. Depuis ce jour, je me bats pour récupérer ce qui m'a été enlevé. Toutes mes démarches légales ont échoué. Quand j'ai entendu que votre cousin avait ajouté cet endroit à votre dot, j'ai compris que l'occasion se présentait. Il y a simplement une chose qui m'avait échappé.

Le cœur battant, elle demanda :

— Laquelle ?

Il esquissa un sourire.

— Vous. Je ne pouvais pas vous révéler la vérité, mais vous tromper a été une chose terrible. Je me disais que je me rattraperais ensuite, mais tout a changé à l'arrivée de Robert Campbell.

Lizzie retenait son souffle. Cela avait dû être horrible, pour lui, de voir le fils de l'homme qui lui avait tout pris lui faire la cour. Soudain, elle songea à une chose.

— Vous vouliez que je l'épouse.

— Je savais qu'il vous rendrait heureuse et vous donnerait la vie que vous méritiez. Avec moi, vous auriez été...

Il se tut, avant de reprendre en redressant les épaules :

— Jusqu'à ce que le roi en décide autrement, je suis un proscrit.

Seigneur, il l'avait aimée au point de sacrifier tout ce pour quoi il se battait depuis son enfance... et de la laisser au fils de l'homme qui avait tué ses parents.

Stupéfaite, elle ne savait que dire.

— Merci de m'avoir amenée ici.

Après une brève hésitation, il fit un signe de tête, un peu gêné. Puis il détourna les yeux et déclara :

— Nous n'avons pas le temps d'atteindre Balquhidder avant la nuit. Venez, je connais un endroit sûr où nous pourrons dormir.

Ils longèrent le lac et passèrent devant quelques chaumières, mais elle s'étonna de voir le château désert.

— Le château... commença-t-elle.

— Il s'appelle Edinample.

— Pourquoi est-il inoccupé ?

— Il est hanté.

Lizzie crut d'abord qu'il plaisantait.

— Comment cela ?

— C'est ce que prétendent les villageois. On dit que Glenorchy a jeté l'architecte du toit lorsqu'il a découvert que le parapet qu'il avait réclamé n'avait pas été construit. Son fantôme se promène sur le toit la nuit, en maudissant le seigneur des lieux.

Lizzie grimaça. D'après ce qu'elle savait de Glenorchy, c'était parfaitement plausible.

— Quelle horreur !

Patrick hocha la tête.

— Il paraît qu'il a utilisé pour le construire les pierres tombales des MacGregor.

Lizzie frissonna.

Ils marchèrent encore un peu, et Patrick la laissa un moment pour s'adresser à un vieux monsieur au visage tanné, qui tirait du lac un petit esquif.

Patrick revint, le sourire aux lèvres.

— Nous avons de la chance. Non seulement nous aurons un endroit chaud où dormir cette nuit, mais vous pourrez même prendre un bain et dîner.

Lizzie réprima un cri de joie. Ce qui lui avait semblé élémentaire quelques jours plus tôt lui faisait à présent l'effet d'un luxe merveilleux.

— Où allons-nous ?

— Là-bas, répondit-il en désignant le lac. C'est une île artificielle construite par nos ancêtres il y a des centaines d'années. De l'autre côté, il y a une petite maison en pierre. On y garde quelques denrées pour qu'elle puisse servir de refuge en cas d'attaque. Autrefois, une passerelle en bois la reliait à la terre ferme, mais elle s'est écroulée.

Il l'aida à monter dans la barque, et le vieil homme les emmena sur l'île. Elle était plus grande qu'on ne l'aurait dit depuis le rivage.

Patrick remercia le pêcheur, lui donna une pièce et lui fit promettre de revenir les chercher à l'aube. En partant, l'homme lui murmura quelque chose et ricana.

— Que vous a-t-il dit ? demanda Lizzie lorsqu'ils furent seuls.

— Rien de convenable.

— Que lui avez-vous raconté à notre sujet ?

Gêné, Patrick répondit :

— Que nous venions de nous marier et fuyions votre père, qui s'y opposait.

— Et c'est un grand sentimental ? interrogea-t-elle, sceptique.

Patrick éclata de rire.

— Pas vraiment. C'est un MacLaren, et j'ai prétendu que votre père était un Buchanan.

— Laissez-moi deviner : les deux clans sont en guerre ?

Patrick lui sourit avec malice.

— Depuis des années.

L'espace d'un instant, Lizzie vit le jeune homme heureux et insouciant qu'il aurait pu être si la tragédie ne l'avait pas frappé dès l'enfance. Pourtant, malgré l'adversité, il était stupéfiant. C'était un homme admirable.

Je l'aime toujours... songea-t-elle, stupéfaite.

Peut-être même davantage encore. Car, connaissant à présent la vérité, elle comprenait ce sombre bouillonnement qu'elle avait toujours perçu en lui.

Il lui était odieux que Patrick lui ait menti, mais elle ne doutait plus qu'il tenait réellement à elle. Murray ou MacGregor, peu importait son nom. Ce qui comptait, c'était l'homme, or il n'avait pas changé.

Elle savait ce que cela signifiait. Elle savait ce à quoi elle renoncerait. C'était un hors-la-loi, traqué par sa propre famille. En l'épousant, elle perdrait tout. Sa maison, son confort, sa sécurité.

Mais elle savait également que sans lui, elle ne serait jamais heureuse.

Elle le voulait.

Son cœur se serra. Mais lui, la voulait-il ?

Patrick fronça les sourcils. Lizzie était anormalement silencieuse. Il la regarda manger de délicats morceaux de poisson, savourant chaque bouchée comme si elle n'avait jamais rien goûté d'aussi délicieux.

Ses cheveux humides étincelaient à la lumière du feu et des mèches folles bouclaient, enchanteresses, autour de son visage.

Cette maisonnette était trop exiguë. Trop douillette. L'atmosphère trop étouffante et humide depuis qu'il avait chauffé de l'eau pour remplir la petite baignoire en bois.

Il avait préféré la laisser seule et aller apaiser le douloureux élancement de son entrejambe en plongeant dans le lac glacé.

De retour, il avait eu du mal à ne pas penser que, sous la couverture drapée autour d'elle, seule une mince chemise déchirée couvrait sa nudité.

Il se détourna de son adorable silhouette.

— Tout va bien ? demanda Lizzie.

— Oui, répondit-il d'un ton un peu cassant.

Elle se leva et vint se placer à côté de lui. Son odeur féminine s'enroula autour de lui telle une liane sensuelle.

— On ne le dirait pas, commenta-t-elle en posant la main sur ses épaules. Vous avez l'air très tendu.

Elle entreprit de masser les muscles de ses épaules et de son cou.

— Ne voulez-vous pas ôter votre justaucorps ? Il fait chaud ici.

Avec une familiarité intime, elle déplaça ses mains sur l'avant de sa poitrine et se mit à déboutonner son justaucorps. Lorsqu'elle laissa descendre ses mains trop bas sur son ventre, et que son poignet effleura le renflement de son érection, il comprit que ce n'était pas une coïncidence.

Il lui saisit les mains et l'amena face à lui. La mâchoire crispée, il la dévisagea :

— Que faites-vous, Lizzie ?

Ses joues devinrent toutes roses. On aurait dit une petite fille qui vient de se faire prendre la main dans le pot de confiture, mais elle ne détourna pas les yeux.

— J'ai envie de vous.

Un afflux de sang bondit dans les veines de Patrick. Son pouls se mit à battre furieusement. Il se leva et lui lâcha les poignets, mais elle ne s'écarta pas.

— C'est une mauvaise idée.

Lizzie tressaillit.

— Pourquoi donc ?

— Rien n'a changé, Lizzie. Je ne peux pas me marier avec vous. Vous faire l'amour ne serait pas correct.

Elle se raidit et il crut qu'elle allait se détourner, mais au lieu de cela, elle releva le menton et planta les yeux dans les siens.

— Pourquoi ?

— N'est-ce pas l'évidence ? Après ce qui s'est passé, il y a trop de haine entre nos clans.

— Mais pas entre nous deux.

— Que suggérez-vous ? Vous savez certainement que votre famille ne nous autorisera jamais à nous marier.

Elle prit une profonde inspiration.

— Peut-être pas tout de suite, en effet. Mais ils m'aiment. Ils changeront d'avis… un jour ou l'autre. Vous ne pouvez pas fuir toute votre vie, vous le savez bien. Laissez-moi vous aider.

— Comme votre cousin a aidé Alasdair et Iain ?

Elle ferma un instant les yeux.

— Vous m'en voulez donc pour ce qui est arrivé à votre cousin et à votre frère. Et à votre sœur.

Il perçut la douleur dans sa voix.

— Je ne vous en veux pas, mais d'autres vous le reprocheront, dit-il.

— Je suis prête à courir ce risque.

Le regard empli de défi, elle ajouta :

— Avez-vous donc renoncé à restituer vos terres à votre clan ?

— Bon sang, Lizzie !

Il plissa les yeux.

— J'en reprendrai possession, dit-il d'une voix grinçante, mais je ne veux pas vous utiliser pour cela.

— Dans l'intérêt de votre clan, n'avez-vous pas plus de chances si je suis de votre côté ?

Elle se tut pour lui laisser le temps de réfléchir à ses paroles.

— Ma famille m'écoutera, insista-t-elle. Laissez-moi intercéder auprès d'eux.

Elle avait raison. L'influence dont elle jouissait auprès des siens constituerait la meilleure option, la seule, pour les MacGregor. Mais il voulait avant tout la protéger.

— Et si vous vous trompez au sujet de votre famille ? Si elle ne nous accepte jamais ?

— Je veux être avec vous, Patrick. Où que vous soyez.

Le cœur de Patrick battait la chamade. C'était tellement tentant… Mais il se rappela le corps froid de Lizzie dans ses bras pendant la tempête.

— Voulez-vous encore dormir en pleine tempête de neige ? Bon sang, Lizzie, vous auriez pu mourir !

Il ne put dissimuler l'émotion dans sa voix.

— Mais je suis là, répliqua-t-elle avec calme.

Sa tranquille assurance l'irrita.

— Cette fois-ci, mais qu'en sera-t-il de la prochaine ? Car il y aura une prochaine fois. Je suis un hors-la-loi. Vous n'avez aucune idée de ce que c'est que de vivre en étant traqué, affamé, sans avoir de maison. Ce n'est pas une vie pour vous.

— N'ai-je pas le droit de prendre ma décision moi-même ?

Elle posa une main sur sa poitrine. Sa bouche était douce et tentante. Il avait tellement envie d'elle qu'il n'arrivait plus à penser.

La perspective d'accepter sa proposition le terrifiait. Il l'aimait trop pour lui infliger cela. Il ne pouvait accepter un tel sacrifice.

Son visage se durcit.

— Vous avez été élevée dans l'un des plus beaux châteaux d'Écosse, entourée de domestiques prêts à accéder à vos moindres désirs. Imaginez-vous ce que c'est que se coucher sans rien avoir dans le ventre ? Entendre votre bébé pleurer de faim ? Avoir froid pendant des mois au point de ne pouvoir remuer les doigts ? Il ne s'agit pas d'un petit défi, d'une chose à laquelle on peut mettre un terme quand on s'en lasse. C'est la vie de tous les jours.

Elle rougit.

— Je sais très bien que ce ne sera pas facile.

— Facile ?

Il éclata d'un petit rire sec.

— Vous ne tiendriez pas un mois.

Les yeux de Lizzie lancèrent des éclairs.

— De quel droit me traitez-vous avec une telle condescendance ? Me suis-je montrée plus faible que les femmes de votre clan ? Je refuse d'être traitée comme une princesse choyée. Je sais prendre mes propres décisions, et personne ne le fera à ma place. Ce que vous m'avez décrit est terrible, et je ne prends pas à la légère les conditions de vie de votre clan, mais pour une raison mystérieuse, vous me rendez heureuse. Je vous aime, et je préfère supporter l'enfer avec vous que l'enfer sans vous. Si vous ne me voulez pas pour femme, dites-le, mais il est inutile de m'en dissuader en me faisant peur.

Il fallut à Patrick déployer toute sa volonté pour ne pas l'attirer dans ses bras.

— Il ne s'agit pas de ce que je veux. Mon Dieu, Lizzie, vous me tuez. J'essaie simplement de faire ce qui est juste.

Elle se pencha vers lui. Ses seins délicats se pressèrent contre sa poitrine, mais ce fut l'éclair d'espoir dans ses yeux qui eut raison de sa résistance.

— Alors, cessez. Voici ce qui est juste.

Elle lui serra les mains. Ses doigts chauds s'emmêlèrent aux siens.

— Accordez-moi une année pour vous le prouver. Si je me trompe, vous serez libre de me quitter.

Il se figea. Elle lui proposait ni plus ni moins un mariage à l'essai. L'Église d'Écosse n'approuvait pas cette ancienne coutume, qui restait relativement commune. Un an ? Lorsque Lizzie serait sienne, jamais il ne voudrait la laisser repartir. Mais cela donnerait à la jeune femme une échappatoire.

Il contempla ses grands yeux bleus limpides. Il ne pouvait pas lutter contre son destin. Il l'aimait, et il en avait assez de chercher des raisons pour les séparer.

Il porta sa main à sa bouche et lui embrassa les doigts.

— Ici, devant Dieu, moi, Patrick MacGregor, je m'engage devant toi, Elizabeth Campbell, ma fiancée. J'accepte d'être uni à toi pendant un an et un jour, en vertu des rites anciens.

— Ici, devant Dieu, moi, Elizabeth Campbell, je m'engage devant toi, Patrick MacGregor, mon fiancé. J'accepte d'être unie à toi pendant un an et un jour, en vertu des rites anciens.

Dans le silence retombé, un grand sourire fendit le visage d'Elizabeth, et réveilla chez Patrick un sentiment qu'il n'avait pas éprouvé depuis des années : le bonheur.

Il effleura sa bouche doucement, tendrement, pour sceller leurs vœux d'un baiser respectueux. Ce moment resterait à jamais gravé dans son âme.

Il la souleva dans ses bras et la porta jusqu'à la paillasse qui se trouvait près du feu.

— Ta jambe, protesta-t-elle.

— Je ne sens plus rien.

En vérité, il était si heureux que cela anesthésiait toute douleur. Il la posa et ôta la couverture de ses épaules pour l'arranger sur la paillasse. Chacun dévêtit l'autre tantôt fébrilement, tantôt avec une infinie lenteur et, soudain, ils furent nus. Il s'agenouilla devant Lizzie et fit remonter ses mains sur ses mollets. Sa peau ressemblait à du velours. Elle était incroyablement douce sous ses doigts rugueux. Le contraste entre eux n'aurait pu être plus marqué, mais il ne l'inquiétait pas. Certes, sa fiancée était frêle et délicate, mais elle était faite pour lui. Elle ne se briserait pas.

Quand ses mains eurent fini d'explorer toute la surface de sa peau, il décrivit le même tracé avec sa bouche, remontant les courbes de ses mollets et embrassant ses genoux, l'intérieur de ses cuisses, jusqu'à son sexe aussi doux qu'un pétale de rose.

Les jambes de Lizzie se mirent à trembler et son souffle devint irrégulier tandis qu'il s'approchait lentement de sa destination.

Il rêvait d'enfouir la tête entre ses jambes et de la goûter, d'aspirer son suc, mais il s'obligea à prendre son temps, à faire durer chacun de ces délicieux moments.

— Non... protesta-t-elle. Ce n'est pas...

Elle poussa un petit cri. Ses mots se noyèrent dans un gémissement lorsqu'il ferma les yeux en savourant son goût et le parfum de son désir, avant de refermer la bouche sur son bouton de rose.

Tremblante, elle dut s'agripper à ses épaules quand il glissa la langue à l'intérieur d'elle. Elle était si chaude, si douce. Si délicieusement mouillée...

Ses gémissements désordonnés le firent chavirer. Lorsqu'elle succomba aux spasmes de la volupté, il eut du mal à garder son sang-froid.

Il s'écarta pour la contempler. Nue. Rassasiée. Les joues rosies par le plaisir. Jamais elle n'avait été aussi belle.

Ma femme.

L'émotion et l'émerveillement brûlaient la poitrine de Patrick, étreint par un bouleversement indicible.

Incapable de résister davantage, il se plaça entre ses jambes.

Elle lui prit les épaules et le fixa de son regard bleu quand il la pénétra. Son corps l'enveloppa ; ils s'emboîtaient parfaitement. L'effort qu'il déployait pour se refréner le fit frissonner des pieds à la tête. Elle était si menue, si étroite.

Ensemble, ils grimpèrent les marches du plaisir, impatients, insatiables.

Jamais il ne s'était senti autant à sa place. Aussi proche d'une autre personne.

Son cœur tambourinait dans sa poitrine. La pression dans son entrejambe était brûlante. Il accéléra le mouvement de ses hanches, et elle se cambra, en parfaite harmonie avec lui.

Le souffle court, Patrick sut qu'il ne résisterait plus longtemps. Lizzie non plus.

Leurs regards se croisèrent et le monde vola en éclats dans un vertigineux kaléidoscope. Elle cria, et son corps se contracta autour de lui. Avec un dernier coup de reins, Patrick rugit de plaisir à son tour. Il se donna à elle complètement, et fut aspiré dans un tourbillon intense.

Cette femme avait pris possession non seulement de son corps, mais de son âme.

À tout jamais.

20

Lizzie recula pour mieux plaquer ses fesses contre lui et l'absorber en elle, en proie au rêve érotique le plus ardent de sa vie. Dans les bras puissants de Patrick, contre ses cuisses musclées et sa peau brûlante, elle grésillait littéralement.

Elle se sentait belle. Sensuelle. Libre. Elle ne pensait plus ; ni la gêne ni la timidité n'entravaient ses sensations. Elle prenait ce qu'elle voulait, et ce qu'elle voulait c'était lui. Lui tout entier. Aussi profondément qu'il pouvait aller.

Oh, ne jamais se réveiller…

Elle se cambra davantage encore pour mieux offrir ses seins à ses caresses. Ses gémissements se muèrent bientôt en cris frénétiques, tandis que la route du paradis s'ouvrait devant elle.

C'était trop beau, trop bon. Le souffle court, Lizzie fut soudain secouée de frissons.

— C'est cela, mon amour, chuchota-t-il d'une voix rocailleuse. Jouis pour moi.

Une lueur aveuglante transperça l'esprit de Lizzie, qui décolla vers des sommets inconnus, plus haut, toujours plus haut. Et lorsqu'il la rejoignit, le flot brûlant de sa semence se mêlant à celui de sa propre jouissance, le plaisir s'accrut encore.

Enfin, allongée contre lui, des picotements la parcourant des pieds à la tête, elle poussa un long soupir satisfait. Elle aurait pu rester ainsi jusqu'à la fin de ses jours.

— Tu ne dors plus, murmura-t-il contre son oreille.

Elle rit.

— Maintenant, non.

— Je suis désolé, je n'ai pas pu résister.

Il enveloppa son postérieur d'une main.

— Quand je me suis réveillé, ces deux petites choses étaient pressées contre moi, c'était beaucoup trop tentant. Ta peau est si douce... ajouta-t-il en la caressant. J'espère que tu n'es pas trop endolorie.

Ils avaient fait l'amour pratiquement toute la nuit, mais elle n'avait mal nulle part.

— Non. Au début, je croyais que je rêvais.

Il lui embrassa le sommet du crâne.

— Ce n'est pas un rêve, Lizzie.

Elle se retourna et lui sourit, la gorge nouée par l'émotion.

— Non, ce n'est pas un rêve.

Ils s'étaient engagés l'un envers l'autre. Il était à elle pendant un an et un jour. Elle ne le laisserait pas partir.

Il avait lutté contre son propre désir, essayé de lui résister, il l'avait exhortée à épouser Robert Campbell. C'était un homme d'honneur. Et l'affection qu'elle lisait dans ses yeux à présent...

Il m'aime. Elle le savait dans son cœur.

Une ombre vint ternir l'expression de Patrick.

— J'aimerais que nous puissions rester plus longtemps, mais ce n'est pas prudent. Nous devons rejoindre Balquhidder et mes hommes.

Il s'écarta et, aussitôt, un frisson la parcourut.

— Le jour va se lever. Notre passeur ne tardera pas.

Ils eurent à peine le temps de se laver et s'habiller avant que Patrick distingue le bruit d'un bateau qui s'approchait. Ses sens étaient incroyablement aiguisés ; elle-même n'avait rien entendu.

Dès qu'ils sortirent, ils comprirent que quelque chose n'allait pas.

— Dépêchez-vous, dit le vieux pêcheur. Des hommes arrivent.

— Les avez-vous vus ? demanda Patrick, redevenu le guerrier implacable.

L'homme secoua la tête.

— De loin seulement. Mais ils descendent de la montagne, et j'ai pensé qu'ils étaient à votre poursuite.

La courte distance qui les séparait du rivage parut interminable. Patrick scrutait sans relâche les montagnes et les arbres vers l'est.

Sur la berge, il remercia l'homme et lui donna encore quelques pièces.

— S'ils viennent jusqu'ici, je vous serais reconnaissant de ne pas parler de nous.

L'homme porta une pièce à sa bouche et la mordit. Apparemment satisfait, il leur adressa un grand sourire qui creusa des centaines de rides sur son visage.

— Je serai muet comme une carpe, promit-il.

Sans perdre plus de temps, Patrick prit la main de Lizzie et l'entraîna en direction de l'ouest.

— Crois-tu qu'il s'agit de ton frère ? demanda-t-elle.

— Ou du tien. Dans un cas comme dans l'autre, nous devons atteindre Balquhidder au plus vite.

Ils parcoururent une certaine distance en courant, mais le sol était glissant et Lizzie avait du mal à suivre. Les épreuves des jours écoulés avaient laissé des traces. Ses jambes flageolaient, mais elle se mordit la langue. Pas question de se plaindre. C'était le premier jour de sa nouvelle vie ; elle allait devoir s'y habituer.

Patrick marchait à plusieurs mètres devant elle quand le sol se déroba sous ses pieds, et elle tomba dans une flaque de boue. L'impact lui coupa le souffle et elle mit quelques instants à comprendre qu'elle ne s'était pas fait mal.

Patrick accourut.

— Vas-tu bien ?

— Je crois, oui. C'est mon amour-propre qui a le plus souffert, sourit-elle. Il est rare que je sois si maladroite.

Son sourire s'effaça. Elle se rappelait soudain une autre chute, et scruta le visage de Patrick. Alors qu'il lui tendait la main pour l'aider à se lever, un rouage se déclencha dans son cerveau.

Elle ôta vivement sa main, la bouche sèche.

— Mon Dieu, souffla-t-elle, c'était toi ! Ce jour-là, aux jeux…

— Oui, dit-il doucement, c'était moi.

Pendant un moment, elle resta immobile, bouleversée de découvrir que son chevalier servant et l'homme à qui elle avait donné son cœur ne faisaient qu'un. Puis elle se plaqua contre sa poitrine, savourant l'idée qu'un lien existait entre eux depuis plus longtemps qu'elle ne l'avait imaginé.

C'était *lui*. Elle avait du mal à le croire.

Était-ce le destin qui les avait réunis ?

Lizzie mit un moment à trouver le mot qu'elle avait rêvé de dire un jour, si l'occasion s'en présentait, à l'homme qui avait fait preuve d'une telle gentillesse envers elle. Elle sourit, les yeux pleins de larmes.

— Merci.

Mal à l'aise, il répondit :

— Ce n'était rien.

Non, ce n'était pas rien. Il avait risqué sa vie pour lui venir en aide. Comment ne pas lui vouer une reconnaissance éternelle ?

— Je ne comprends pas, reprit-elle en secouant la tête. Pourquoi ne pas me l'avoir dit ?

— Tu aurais su que j'étais un MacGregor.

— Mais pourquoi ne pas me l'avoir dit ensuite ? Lorsque j'ai découvert ton identité ? demanda-t-elle en fronçant les sourcils.

— Je craignais que ce souvenir ne te soit douloureux. Je pensais qu'il valait mieux l'oublier.

Elle fit une grimace. Avait-il entendu ce que John et ses amis avaient dit ?

Bien sûr, songea-t-elle les joues brûlantes, mortifiée.

Elle baissa les yeux, trop embarrassée pour le regarder, craignant de lire sur son visage la pitié.

D'un doigt, il lui releva le menton.

— La honte est sur eux, Lizzie, pas sur toi.

Il déposa sur ses lèvres un tendre baiser.

— Oublie tout ceci. C'est une vieille histoire qui ne signifie plus rien aujourd'hui.

Il avait raison. C'était du passé, et Patrick représentait son avenir. Et à présent qu'elle savait le rôle qu'il avait joué, le souvenir serait un peu plus supportable.

Elle dissimula son embarras sous un sourire ironique.

— Qu'as-tu dû penser de moi ? Ce devait être pitoyable.

Elle eut un petit rire et ajouta :

— Pour une première impression… Comment as-tu pu vouloir m'épouser, après cela ? Vous avez dû tirer à la courte paille.

Elle leva les yeux vers lui, attendant qu'il la rassure. Mais ce fut trop tard qu'il répondit :

— Pas du tout, et c'est moi qui ai beaucoup de chance de t'avoir, Lizzie. Jamais je n'aurais pensé connaître une femme aussi exceptionnelle que toi.

Il voulut la prendre de nouveau dans ses bras, mais elle recula.

— Mon Dieu… murmura-t-elle d'une voix enrouée. Patrick… la scène à laquelle tu as assisté… a-t-elle joué un rôle dans ta décision de me séduire ?

Le cœur battant, elle attendit sa réponse.

Il n'avait aucune idée de ce qu'elle pouvait ressentir. Il n'avait probablement jamais vécu un seul moment de doute, jamais manqué d'assurance. Elle contempla son visage parfait, la poitrine nouée. Des larmes lui montèrent aux yeux.

Tout, mais pas la pitié…

Il ne réagit pas tout de suite.

— Mon Dieu… La réponse est oui, murmura-t-elle.

— Ce n'est pas ce que tu crois ! s'écria-t-il.

— P-p-pauvre, pathétique Elizabeth Campbell.

Elle respira un grand coup pour faire cesser le bégaiement.

— Une fille quelconque qui bégaye et qui a rompu trois fois ses fiançailles, comment ne succomberait-elle pas instantanément à ton charme ?

La cruauté des souvenirs lui arracha un sanglot.

— T'es-tu moqué de moi ? demanda-t-elle d'une toute petite voix.

Cette fois, il l'enlaça avec ferveur sans lui permettre de se dérober.

— Jamais ! Je t'interdis de penser une chose pareille. Je t'ai trouvée vulnérable, oui, mais dès que je t'ai vue, je n'ai eu de cesse de te vouloir.

Elle entendit l'accent de sincérité dans sa voix, mais cela ne compenserait pas l'atteinte faite à sa fierté... Une fierté qu'elle avait mis des années à reconstruire.

Comme elle aurait voulu le croire...

— Je ne sais pas ce qui est pire, se lamenta-t-elle. Être courtisée pour mes terres ou parce que je suis une cible facile.

— Tais-toi, ordonna-t-il. Je refuse que tu puisses penser de telles horreurs. Mes motivations étaient peut-être fallacieuses, mais jamais je ne regretterai de t'avoir retrouvée. Je voulais me marier avec toi parce que j'étais tombé amoureux de toi. Pas à cause de tes terres.

Du pouce, il effaça une larme solitaire sur sa joue et la regarda droit dans les yeux.

— Je t'aime, Elizabeth Campbell, je t'aime de tout mon cœur.

Je t'aime. Les mots qu'elle avait désespérément rêvé d'entendre... Pourquoi maintenant ?

— Ce n'est pas la peine d'essayer de me consoler avec de belles paroles.

— Je n'ai jamais dit ces mots à quiconque.

Son regard pénétrant la vrillait.

— Et ce n'est pas une vérité facile à prononcer pour moi, ajouta-t-il.

Lizzie poussa un profond soupir.

— J'ai tellement envie de te croire ! se désola-t-elle.

Il prit son menton et leva le visage de la jeune femme vers lui. Ses yeux étaient tendres et aimants.

— Alors, crois-moi. Quelle que soit la façon dont notre histoire a débuté, je t'aime sincèrement. Ce n'est pas un mensonge. Après tout ce que nous avons enduré, tout ce que nous avons partagé, peux-tu réellement douter de mes sentiments à ton égard ?

Un bruit au loin derrière eux les interrompit. Patrick jura et lui saisit la main.

— Je te le prouverai, même si je dois y consacrer ma vie entière, mais nous reprendrons cette conversation plus tard. Ils arrivent. Il faut partir. Vite.

Elle acquiesça de la tête et courut. Peu après, elle aperçut une vieille église en pierre, sur le flanc opposé. Une petite cascade ruisselait à côté. Une foule d'hommes et de chevaux encombraient la cour.

Patrick se tourna vers elle avec un sourire encourageant.

— Nous approchons. Mes hommes…

Il se tut, puis un grondement lui échappa.

— Que se passe-t-il ?

— Ce ne sont pas mes hommes.

— Qui sont-ils, alors ?

Elle reporta son attention vers l'église, où un homme montait à cheval, manifestement décidé à les pourchasser. Elle le reconnut aisément.

— C'est Jamie !

Son cœur bondit avant qu'elle ne réalise ce que cela signifiait : si son frère était là, les hommes de Patrick ne pouvaient y être.

En reconnaissant celui qui se trouvait à son côté, elle posa une main sur le bras de Patrick. Colin. Grands dieux !

À cet instant précis, une volée de flèches siffla à leurs oreilles ; elles venaient des arbres, derrière eux. Patrick la plaqua contre lui. Elle sentit dans son dos les battements frénétiques de son cœur.

Elle n'eut pas besoin de se retourner pour savoir qu'il s'agissait du frère de Patrick.

Ils étaient piégés, pris entre deux feux.

Entre deux mondes.

Aucune échappatoire possible.

Il n'avait pas le choix.

Patrick se mit à marcher droit devant lui.

— Où vas-tu ? s'écria Lizzie. Tu ne peux pas faire cela ! Colin... J'ignore de quelle façon il réagira. Essaye plutôt de t'enfuir.

Son angoisse lui déchira le cœur, mais il fit la sourde oreille. Les Campbell étaient à cheval et galopaient vers eux. Ils se répartirent en deux groupes ; le plus grand mené par Colin se dirigea vers les arbres, derrière eux, à la poursuite de Gregor. Jamie Campbell chevauchait droit vers lui, son épée brandie.

Patrick tira sa propre épée de son fourreau et écarta Lizzie.

Immobile, il attendit.

Ce ne fut pas long. Le visage de Campbell était déformé par la colère, mais c'était la lame de son épée que surveillait Patrick. Le bruit des sabots résonnait dans ses oreilles.

L'épée de Jamie décrivit un arc de cercle que Patrick essaya de contrer en élevant la sienne des deux mains. La douleur irradia sa jambe blessée. Il vacilla, mais se rétablit rapidement.

Campbell mit pied à terre, l'épée au-dessus de sa tête.

Patrick entendit Lizzie supplier son frère de cesser ; elle aurait voulu s'interposer entre eux, mais heureusement, quelques hommes de son clan la retinrent.

Jamie se battait comme un beau diable. Sa rage était sa seule faiblesse. Ils échangèrent coup après coup et, à chaque accrochage, Patrick se sentait faiblir.

Dans un sursaut d'énergie, il parvint à frapper l'épaule de Jamie, et entendit Lizzie crier. Il tourna les yeux vers elle et comprit soudain que, même s'il le pouvait, il serait incapable de tuer Jamie Campbell.

Le temps se suspendit. Son instinct lui hurlait de se battre. Mais il baissa son arme.

Lorsque l'Exécuteur fit tournoyer son épée et essaya de faire tomber Patrick avec son coude, au lieu d'esquiver le choc, il le prit dans la tempe à pleine puissance.

Le hurlement de Lizzie résonna dans ses oreilles tandis que le néant l'engloutissait.

21

Il n'était pas mort. Ce fut la première chose que constata Patrick en se réveillant. La seconde fut que sa tête avait explosé et été recollée n'importe comment. La troisième fut qu'il avait de la compagnie.

Allongé sur un lit dans ce qui ressemblait à une vieille chaumière, il avisa une cheminée, quelques tables et chaises, une armoire et, assis sur un fauteuil dans un coin de la pièce, qui le regardait la mine sombre, Jamie Campbell. Il avait beau paraître détendu, Patrick ne se faisait pas d'illusions. L'Exécuteur d'Argyll était l'un des hommes les plus cruels d'Écosse.

Mais il était seul et, pendant un instant, Patrick songea à s'enfuir.

Jamie lut dans ses pensées et sourit.

— Je ne vous le conseille pas. Même si vous parveniez à m'échapper, ce dont je doute étant donné votre état, mes hommes encerclent la maison. Ils n'hésiteront pas à faire feu, cette fois-ci.

C'était donc la présence de Lizzie qui les avait empêchés auparavant d'utiliser leurs mousquets. Les dents serrées, Patrick se redressa lentement. Il fut saisi d'une violente nausée. Ravalant l'envie de vider ses tripes, il vit une flasque à côté du lit. Il but une longue gorgée. Le feu du whisky dans son corps fut le bienvenu.

— Patrick MacGregor, dit Jamie en tapotant des doigts l'accoudoir du fauteuil de bois. Cela fait bien longtemps.

Pas aussi longtemps que tu le crois, songea Patrick. Jamie faisait allusion aux moments qu'ils avaient brièvement passés ensemble sur l'île de Lewis, et ignorait que son ennemi avait pointé une flèche dans son dos quelques semaines plus tôt.

— Pas assez longtemps, répondit-il. Comment nous avez-vous retrouvés ?

— Nous avons appris presque immédiatement que Lizzie avait été kidnappée ; l'un de nos gardes est parvenu à s'enfuir.

— Et mes hommes ?

Jamie le considéra longuement.

— Jusqu'à votre arrivée ici, nous n'en avions vu aucun. Le hors-la-loi Gregor et ses hommes ont été capturés. Ils seront exécutés à Édimbourg pour leurs crimes.

Patrick eut l'impression qu'on lui poignardait le cœur.

— Et les crimes de votre frère ? demanda-t-il d'un ton tranchant. Auchinbreck sera-t-il exécuté pour les siens ?

Campbell pinça la bouche.

— Je suis navré de ce qui est arrivé à votre sœur.

Ces mots surprirent Patrick. Jamie Campbell avait l'air sincèrement dégoûté par les méfaits de son frère.

— Mais Auchinbreck ne paiera pas pour ce qu'il a fait, dit Patrick.

Ce n'était même pas une interrogation.

— Pas devant un tribunal, concéda Campbell. Mais je ne doute pas qu'un jour il devra rendre des comptes.

Patrick l'étudia attentivement. Manifestement, Jamie Campbell ne lui disait pas tout.

Mais si Gregor avait été capturé et était déjà en route pour Édimbourg, que faisait-il ici, lui ?

— Où est Lizzie ?

Campbell lui lança un regard noir.

— En lieu sûr.

— Je veux la voir.

— Non.

Si Campbell espérait qu'il se contenterait de cette réponse, il se trompait. Elle était sa femme.

Jamie frotta son épaule à l'endroit où l'épée de Patrick l'avait touché.

— Vous vous êtes amélioré depuis notre dernière rencontre.

— Vous aussi.

À Lewis, ils avaient été jeunes tous les deux. Ils étaient des hommes, à présent, des guerriers.

Campbell soutint le regard de Patrick.

— Vous êtes un combattant aguerri. Vous auriez dû éviter ce coup à la tête.

Sans répondre, Patrick détourna les yeux. Ils connaissaient tous les deux la vérité, mais il n'avait aucune intention de s'expliquer.

— Ma sœur m'a raconté une histoire intéressante, lança Jamie avec une feinte désinvolture.

— Vraiment ?

Les yeux de Campbell étincelaient de colère.

— Donnez-moi une bonne raison de ne pas vous tuer sur-le-champ.

La colère de Patrick n'avait rien à envier à la sienne, et il répliqua :

— Votre sœur affirme que vous croyez en la justice, or je n'ai pas commis le seul crime dont j'ai été accusé. Les atrocités perpétrées à Glen Fruin n'étaient pas l'œuvre des MacGregor.

Campbell plissa dangereusement les yeux.

— Je parle de ce que vous avez fait à ma sœur. Vous lui avez menti, vous vous êtes introduit au château Campbell pour la convaincre de vous épouser, vous avez mis sa vie en danger ; même si, d'après ce qu'elle raconte, vous la lui avez sauvée à plus d'une reprise.

Patrick se demanda si Lizzie lui avait tout raconté. Probablement pas.

— Je suppose que la seule chose qui retient votre main est celle qui a retenu la mienne : me tuer la ferait souffrir.

Jamie tiqua en entendant cette remarque, mais il parut en accepter à contrecœur la vérité. Ils étaient liés par le bonheur de la femme qu'ils aimaient tous les deux...

— Ma main n'est pas la seule que l'envie de frapper démange, l'avertit Campbell, faisant allusion à Argyll et Auchinbreck. Les sentiments de Lizzie ne vous maintiendront pas en vie indéfiniment.

La tête de Patrick le faisait atrocement souffrir, et il en avait assez de cet interrogatoire subtil.

— Que voulez-vous, au juste ?

Jamie sourit froidement.

— Parfait. Parlons sans détour. Ma sœur prétend tenir à vous, et compte tenu de votre attitude aujourd'hui, je veux bien concéder que son attachement est partagé, mais il faut que vous disparaissiez de son existence. Bien que je ne sois pas insensible au sort de votre clan, je ne souhaite pas qu'Elizabeth s'attache à un MacGregor.

Son regard devint implacable tandis qu'il poursuivait :

— Vous jouirez de votre liberté et de la métairie des terres qui entourent le loch Earn, puisque c'est la raison initiale de votre intérêt pour ma sœur. Je trouverai un moyen d'amadouer Glenorchy et Argyll. En échange, vous renoncerez à votre engagement envers elle et ne chercherez plus jamais à la revoir.

— Non, répliqua Patrick sans l'ombre d'une hésitation.

Jamie Campbell lui offrait ce qu'il avait désiré le plus au monde, mais ce n'était plus le cas. Lizzie lui avait donné quelque chose de beaucoup plus important. Elle l'avait sorti des ténèbres. Sans elle, il ne serait qu'une coquille vide et froide, comme avant. Comme son frère, que les circonstances avaient transformé en un homme plein de fiel.

La mâchoire de Campbell était crispée.

— Même si c'est ce qui est le mieux pour Lizzie ?

— Qui êtes-vous pour juger de ce qui est le mieux pour votre sœur ?

— Apparemment, gronda Campbell, je suis la seule personne capable de penser rationnellement, ici. Bon sang, l'avez-vous vue ? Vêtue de haillons, au bord de l'épuisement, on dirait qu'elle a traversé l'enfer, ces derniers jours !

Patrick serra les dents. Oui, elle avait traversé l'enfer.

— Si vous l'aimez, vous ne l'entraînerez pas dans la déchéance, reprit Jamie. Vous ne pouvez pas lui refuser la vie qui serait la sienne sans vous.

— C'est à elle de prendre la décision.

Campbell commençait à perdre patience. Il se leva et se dirigea vers le lit. Mais s'il pensait l'intimider, il se trompait. Patrick se redressa et le regarda dans les yeux.

— Vous pouvez vraisemblablement la rendre heureuse maintenant, tonna Jamie. Mais sera-t-elle toujours heureuse dans quelques années, quand la vie avec vous aura eu raison de sa jeunesse ? Êtes-vous prêt à lui faire courir le risque de tout perdre ?

Patrick se raidit ; ces arguments, il les avait ressassés lui-même.

— Que souhaite-t-elle ?

— Elle est bouleversée, elle ne sait plus ce qu'elle veut. Mais si vous disparaissez maintenant, elle s'en remettra.

Patrick serra les poings.

— Laissez-moi lui parler.

— Vous ne feriez que rendre l'épreuve plus pénible.

Campbell se tut, avant de reprendre doucement :

— Si vous l'aimez sincèrement, comme je le crois, vous ferez ce qui est juste. Ne le mérite-t-elle pas ?

La vérité lui tordit les entrailles. Campbell exprimait ce qu'il savait déjà. Lizzie méritait tout, et un homme qui pouvait le lui donner. Mais il en avait tellement assez de faire ce qui était juste…

Lizzie.

Son cœur hurlait son nom. Elle incarnait tout ce qu'il désirait au monde.

— Et si j'accepte, qu'est-ce qui vous fait penser qu'elle sera d'accord ?

Il ne savait plus à quoi se raccrocher.

— Si vous connaissez ma sœur aussi bien que je le crois, vous connaissez la réponse à cette question.

La dot. Jamie lui laisserait entendre que, depuis le début, Patrick n'en avait qu'après ses terres. Il espérait qu'elle ne penserait pas cela de lui mais, après leur dernière conversation, elle était redevenue si vulnérable…

— Elle va me détester, dit-il, le visage sombre.

L'espace d'un instant, il crut lire de la compassion dans le regard de Campbell.

— Oui, mais c'est pour la bonne cause.

C'était peut-être pour la bonne cause, mais Patrick n'en avait pas moins l'impression qu'on lui arrachait le cœur.

La poitrine brûlante, n'osant prononcer une parole, il hocha la tête.

— Je suis désolé, petite sœur, mais il est parti, lui apprit Jamie.

Non.

C'était impossible.

Lizzie était assise dans une chambre au premier étage de l'auberge, non loin de Callander, où elle attendait des nouvelles de Patrick depuis que les hommes de Jamie l'avaient arrachée à lui, près de Balquhidder. Stupéfaite, elle contempla son frère.

— Répète-moi tout ce qu'il a dit.

— Je lui ai offert la métairie des terres qui entourent le loch Earn, ainsi que sa liberté, s'il renonçait à votre engagement. Il a accepté.

— Comme cela ?

Patrick ne serait pas parti ainsi. Ses derniers mots résonnaient encore à ses oreilles :

— *Peux-tu réellement douter de mes sentiments à ton égard ?*

Elle secoua la tête.

— Tu as mal compris.

— Je suis sûr qu'il t'aime beaucoup, ma Lizzie, mais depuis le début, c'est aux terres qu'il s'intéresse. N'est-ce pas ce que tu m'as dit ?

Incapable de parler, elle hocha la tête.

Elle sonda le visage de son frère, espérant trouver un filament d'espoir auquel se raccrocher, mais la compassion qu'elle lut dans ses prunelles ne fit qu'aggraver les choses.

Jamie l'aimait trop. Elle plissa les yeux.

— Tu ne l'as pas obligé à accepter, n'est-ce pas ?

Il haussa un sourcil, comme s'il voulait paraître offensé.

— Cela n'a pas été nécessaire.

— Pourquoi n'est-il pas venu me trouver pour me l'annoncer lui-même ?

— Il pensait certainement que ce serait plus facile ainsi. Une rupture claire et nette.

Elle émit un reniflement méprisant.

— Et si je ne veux pas d'une rupture claire et nette ? Je dispose d'un an…

— Est-ce que tu désires que les choses traînent en longueur ? Retenir un homme…

Lizzie retint son souffle et considéra son frère, horrifiée. « Retenir un homme qui te fait clairement comprendre que tu ne comptes pas vraiment pour lui », voilà ce que Jamie essayait de lui dire. Était-ce ce qu'elle avait fait ? S'était-elle jetée à la tête d'un homme qui ne voulait pas d'elle ?

James vint se placer derrière elle et posa une main réconfortante sur son épaule.

— Avec ce qui s'est passé entre nos clans, je ne peux pas lui en vouloir, Lizzie. Et toi ?

Des larmes lui brouillaient la vue, et elle secoua la tête. Jamie lui avait expliqué comment avait été négociée la reddition d'Alasdair MacGregor et de ses hommes, de quelle manière Archie les avait tous envoyés à une mort certaine. Et, tout aussi horrible, Colin était responsable du viol de la sœur de Patrick.

La pensée que son propre frère...

Elle frissonna.

Les actes des siens étaient effrayants. Après tout cela, comment en vouloir à Patrick de ne pas désirer s'unir à une Campbell ?

— Tu n'insisteras pas, n'est-ce pas, Lizzie ?

Le cœur de la jeune femme bourdonnait dans ses oreilles. Tout ce qu'elle avait toujours désiré, un mari, une famille, lui glissait entre les doigts. Elle savait désormais qu'un mariage sans amour serait impossible.

Elle leva vers son frère ses yeux baignés de larmes.

— À une condition, dit-elle d'une voix chevrotante.

Méfiant, Jamie haussa un sourcil.

— Laquelle ?

— Il n'obtiendra pas sa liberté ainsi. Je veux qu'Archibald veille à ce que lui soit accordée une grâce intégrale, officielle.

Jamie la considéra longuement, puis hocha la tête.

C'était terminé.

La poitrine de Lizzie, sa gorge et ses yeux lui brûlaient. Terminé. Entre une Campbell et un MacGregor, pouvait-on envisager une autre conclusion qu'un cœur brisé et des désillusions ?

La douleur était insoutenable. Les larmes jaillirent de ses yeux et ses épaules furent secouées de sanglots déchirants.

Jamie la prit dans ses bras et la serra contre lui en caressant ses cheveux.

— Viens, je te ramène à la maison. Tu verras, tu l'oublieras vite.

Jamie se trompait lourdement. Lizzie ne l'oublierait jamais. Elle aimerait Patrick MacGregor jusqu'à la fin de ses jours.

22

De la fenêtre de sa chambre, Lizzie contemplait la rivière en contrebas. Ses yeux sondèrent les eaux d'un gris glacé et les berges couvertes de neige, puis, malgré elle, se tournèrent vers le nord. De Dunoon, on ne distinguait pas les montagnes qu'elle avait traversées avec Patrick, mais elle savait qu'elles étaient là-bas.

Il était là-bas.

Le manque lui comprimait la poitrine. Elle batailla contre l'accès familier de solitude et de désespoir.

Inconsciemment, elle resserra autour d'elle la couverture qu'elle portait sur les épaules. C'était celle que Patrick avait tirée de son cheval avant leur fuite dans les contrées sauvages, des semaines auparavant. L'hiver s'était installé dans les Highlands, mais ce n'était pas du froid qu'elle cherchait à se protéger. La couverture déchirée lui donnait l'illusion d'être plus proche de lui.

Elle frotta de sa joue la laine rugueuse sur son épaule. De temps en temps, elle parvenait à saisir la fragrance de pin et d'épices qui s'attardait sur les fils de laine brute. Elle inspira profondément et poussa un soupir déçu. Pas aujourd'hui.

Les souvenirs étaient cruels, mais elle s'y cramponnait : ils étaient tout ce qu'il lui restait.

L'ombre d'un doute ourla les coins de sa bouche, et elle posa les mains sur son ventre. Peut-être n'était-ce pas tout.

Lizzie ferma les yeux et pria le Ciel pour que ses soupçons se confirment. Le discret arrondi de son ventre, ajouté au fait qu'elle n'avait pas saigné depuis des semaines, lui donnait toutes les raisons d'espérer.

Un enfant.

Son enfant.

Ce morceau de lui qu'abritait son cœur, au lieu de se transformer en amertume et en regrets, s'épanouirait avec la nouvelle vie qu'elle portait en elle.

Pour la première fois depuis cette horrible journée où il l'avait quittée sans un mot, Lizzie perçut un petit rayon de bonheur à travers les ombres sinistres de sa vie.

Elle se retourna en entendant s'ouvrir la porte et fut surprise de voir son frère entrer et, sur ses talons, sa femme à la beauté époustouflante, furibonde.

Jamie hésita, et ce fut Katrina qui le poussa sans cérémonie dans la chambre. Les mains sur les hanches, son ventre rond commençant à pointer, elle contempla son mari d'un œil noir avant de reporter les yeux vers Lizzie.

— Ton frère a quelque chose à te dire.

Lizzie séjournait à Dunoon avec Jamie et Katrina depuis plus d'un mois, mais c'était la première fois qu'elle était témoin de ce qui faisait la réputation volcanique de Katrina Lamont. Lizzie avait été sous le charme de l'adorable jeune fille qui avait tant perdu et qui avait pourtant aimé Jamie suffisamment pour lui pardonner la destruction de son clan. Pour l'heure, aucun signe de cette mansuétude. Avec ses yeux qui lançaient des éclairs et son expression outrée, on aurait dit un chat sauvage.

Lizzie fronça les sourcils en se demandant ce qu'avait fait Jamie pour provoquer un tel courroux. Le voir ainsi déconcerté l'amusa. Katrina lui faisait du bien. Il semblait plus léger, désormais, un peu moins sérieux et intransigeant.

C'était aussi à Katrina que l'on devait le fléchissement de son attitude envers les MacGregor. Absorbée par sa douleur, Lizzie n'avait pas médité sur le geste accompli par son frère en autorisant Patrick, le chef du clan proscrit, à redevenir libre. Colin et son cousin Argyll avaient été furieux, mais après quelques heures de discussion avec Jamie, son cousin avait changé d'avis. Il était parti pour Londres peu après leur arrivée à Dunoon. Quant à Colin, il était revenu après le bref procès au cours duquel Gregor MacGregor et ses hommes avaient été condamnés à mort, puis avait aussitôt disparu.

Autre preuve de l'amour que Jamie vouait à sa femme, il avait laissé s'enfuir son frère, Niall Lamont. Personne n'échappait à l'Exécuteur. Jamais.

Lizzie posa sur ses genoux le livre qu'elle essayait de lire et leva vers son frère des yeux interrogateurs.

— Qu'y a-t-il, Jamie ? A-t-on des nouvelles de Duncan ?

Elle avait été ravie, à son retour à Dunoon, d'apprendre que leur frère Duncan rentrait en Écosse.

Malgré l'accusation de trahison qui pendait au-dessus de sa tête telle l'épée de Damoclès, il s'était fait un nom en tant que chef d'un groupe de guerriers farouches sur le continent. Il était temps qu'il revienne prouver son innocence. Il lui avait manqué.

Jamie secoua la tête.

— Non. J'ai envoyé des éclaireurs, mais nul n'a entendu parler de lui. Son retour n'est probablement qu'une rumeur.

Il échangea un regard avec sa femme, et cette dernière l'avertit d'une voix menaçante :

— Je jure de ne te donner que des filles, afin que tu puisses faire bon usage de ta soi-disant sagesse masculine. Toute une nichée de filles qui me ressembleront, et donc tu pourras te faire du souci…

Lizzie aurait juré voir pâlir son frère.

— De quoi s'agit-il, Jamie ? demanda-t-elle.

— Parle, ordonna Katrina.

Jamie se redressa.

— Je n'ai fait que ce que j'estimais juste, ma chère femme. Et je ne m'excuserai pas d'avoir essayé de protéger quelqu'un que j'aime.

Contrit, il se tourna vers Lizzie :

— Je ne pensais qu'à ton bonheur.

La bouche de Katrina frémit.

— A-t-elle l'air heureuse ? jeta-t-elle.

Jamie regarda longuement Lizzie. Sa détresse était palpable.

— Ce que je t'ai dit au sujet de Patrick MacGregor est la vérité. Cependant, j'ai omis de mentionner une chose.

— Quelle chose ? interrogea-t-elle, suspicieuse.

— Lorsque j'ai offert à MacGregor ses terres et sa liberté, il a refusé catégoriquement.

Un poids terrible fut soudain enlevé des épaules de Lizzie. Alors, il m'aimait, songea-t-elle. Je savais que je ne pouvais pas m'être trompée à ce point…

— Et comment l'as-tu convaincu d'accepter ?

— Nous pensions... commença Jamie, avant d'être interrompu par un ricanement sarcastique de son épouse.

— Ce fut ta première erreur.

Lizzie crut comprendre la source de l'irritation de sa belle-sœur et fut gagnée à son tour par l'agacement.

— Laisse-moi deviner. Vous avez décidé, Patrick et toi, que je me porterais mieux en n'épousant pas un MacGregor.

— Un MacGregor proscrit, précisa Jamie.

— Plus maintenant, riposta Lizzie. Tu as donc tenté de me faire croire qu'il ne voulait pas de moi.

Jamie haussa les épaules, mal à l'aise.

— C'est à peu près ça.

Furieuse, Lizzie se leva et traversa la pièce pour se dresser face à son grand frère.

— Comment as-tu pu ! Comment as-tu pu me laisser me morfondre ici en pensant que l'homme que j'aimais tenait si peu à moi qu'il a sauté sur la première occasion pour s'enfuir ? Comment avez-vous pu tous les deux faire preuve d'une telle cruauté ? Je l'aime, James. Et peu importe si cela signifie que je dois vivre dans un taudis !

Il lui fit la grâce d'afficher une mine coupable.

Mais Lizzie n'avait pas fini :

— Comment peux-tu laisser mon enfant grandir sans père ?

Jamie tressaillit.

— Ton enfant ?

— Oh, Lizzie, c'est merveilleux ! s'écria Katrina en se précipitant pour la serrer dans ses bras. Quand ?

Lizzie sourit.

— Je n'en suis pas certaine. Peut-être quelques mois après ton bébé.

Jamie s'apprêtait à battre en retraite, mais Lizzie croisa les bras et haussa un sourcil.

— Où crois-tu donc aller ? Je n'en ai pas terminé avec toi. Je ne suis plus une petite fille. Je n'ai pas besoin que mon grand frère livre mes combats à ma place.

Elle secoua la tête et ajouta :

— J'aurais dû mettre un terme à ton ingérence après ce que tu as fait à John Montgomery.

Jamie sourit.

— J'adorerais m'en attribuer le mérite, petite sœur. Mais quelqu'un m'avait devancé.

Lizzie fronça les sourcils.

— Mais dans ce cas, qui…

Elle leva les yeux vers son frère.

— Patrick, murmura-t-elle. Savais-tu que c'était lui ?

Jamie secoua la tête.

— Non. Je savais qu'il t'avait secourue aux jeux, mais c'est tout.

Lizzie avala sa salive.

— *Je tuerai quiconque vous fait du mal.*

John pouvait s'estimer heureux de n'avoir perdu qu'une oreille et une partie de son bras.

La démarche revêtait un sens certain de la justice, mais Lizzie n'était pas sûre d'apprécier l'idée d'une telle violence infligée en son nom.

— C'est un guerrier, Lizzie. Tu ne peux pas faire de lui ce qu'il n'est pas, lui dit Jamie en lisant ses pensées.

Son frère avait raison. Patrick s'était battu pour sa survie depuis toujours. Comme la plupart des Highlanders, il avait l'habitude de résoudre ses problèmes en croisant le fer. « Fais du mal aux miens et je ferai pire aux tiens » faisait partie du credo des Highlanders. On pouvait certes trouver cela barbare, mais c'était ainsi. Elle s'emploierait à le civiliser un peu.

— Tu as dû faire forte impression sur lui, fit remarquer Jamie. Accomplir un tel geste pour une personne qu'il connaissait à peine…

Ses mots lui revinrent :

— *Dès que je t'ai vue, je n'ai eu de cesse de te vouloir.*

C'était vrai. Dès le début, il s'était intéressé à elle.

— Que vas-tu faire ? demanda Katrina.

Lizzie réfléchit une minute. S'il la voulait, il allait devoir se décider. Et elle ferait en sorte qu'il ne tarde pas trop.

— Après tous les efforts consentis par mon frère et par Patrick pour veiller à mon bonheur, je m'en voudrais de les décevoir, s'amusa-t-elle. Maintenant que je suis libre de me marier, je crois que je vais le faire. Peut-être lui enverrai-je une invitation ?

Les yeux de Katrina s'écarquillèrent.

— Tu en serais capable ?

Lizzie sourit.

— Ma foi, il se pourrait bien que oui.

Jamie la considéra, ébahi.

— Je n'aurais jamais pensé dire cela un jour d'un MacGregor, mais j'ai presque pitié de lui.

Patrick s'exposait peut-être à être enfermé dans un cachot des Campbell, mais au diable le risque !

Il franchit au galop les grilles de Dunoon, n'accordant aucune attention à la masse des guerriers qui gardaient la forteresse.

— Êtes-vous sûr de vous ? demanda Robbie à voix basse. Se jeter dans l'antre du diable n'est probablement pas la meilleure manière de profiter de votre nouvelle liberté.

Patrick lui lança un regard acéré.

— C'est toi qui as insisté pour venir. Je t'avais dit de rester avec Annie.

Robbie secoua la tête.

— Niall Lamont s'occupe d'elle.

— Mais elle refuse de lui parler, répliqua Patrick.

— C'est vrai, mais cela ne signifie pas qu'elle ne l'aime pas.

Patrick ne trouva rien à dire de plus. Son cœur se brisait de voir sa sœur apathique et sans vie. Annie n'avait plus rien de la jeune fille joyeuse d'autrefois.

Et moi, si j'arrive trop tard, que deviendrai-je ?

Lizzie se mariait. Son estomac se souleva. C'était incompréhensible.

Comment pouvait-elle penser à épouser quelqu'un d'autre ? Cela ne faisait que trente-six jours, bon sang !

Mais c'était sa faute. Comme un imbécile, il l'avait laissée lui échapper. Eh bien, il se battrait pour la récupérer ! Elizabeth Campbell lui appartenait depuis le premier moment où il l'avait tenue dans ses bras. Sacrebleu, depuis le moment où il l'avait aidée à se relever de cette maudite flaque !

Son arrivée ayant été annoncée, il ne fut pas surpris de voir Jamie Campbell sortir du château pour l'accueillir. À la vue de Patrick, son visage se ferma, mais il sourit en découvrant Robbie à son côté. S'il existait un MacGregor qui n'avait pas à redouter l'Exécuteur, c'était bien Robbie. Campbell n'oublierait jamais la loyauté du jeune homme envers

Margaret MacLeod, sa vieille amie, lors de troubles qui avaient eu lieu à l'époque de Lewis.

— Robbie, mon garçon, quel plaisir de te voir !

Il toisa Patrick sans aménité.

— MacGregor, je croyais que vous aviez accepté de ne plus revoir ma sœur.

Patrick soutint son regard, acier contre acier.

— Vous savez parfaitement pourquoi je suis ici. Je crains de ne plus pouvoir respecter les conditions de notre accord. Si vous avez l'intention de m'arrêter, je vous conseille de le faire maintenant.

Voyant qu'il ne réagissait pas, Patrick demanda :

— Où est-elle ?

Campbell afficha une étrange expression.

— Je ne suis pas sûr qu'elle désire vous recevoir.

— C'est bien dommage, car je ne partirai pas avant.

Il se comportait de façon irrationnelle, mais s'en fichait éperdument. Ils étaient faits l'un pour l'autre, et si elle ne voulait pas entendre raison, il l'emmènerait avec lui et lui ferait l'amour jusqu'à ce qu'elle l'admette. Même s'il devait affronter pour cela toute une garnison de Campbell.

Il en avait par-dessus la tête de faire ce qui était juste. Au diable l'honneur !

Jamie le précéda dans l'escalier de bois menant à la grande salle. La nuit tombait et les domestiques préparaient le repas du soir, mais le château était tranquille. Il fut surpris que Jamie, au lieu de le faire attendre, le conduise directement dans le cabinet de travail.

Il s'attendait à y trouver son ennemi, le comte d'Argyll, mais, une fois la porte refermée derrière lui, il découvrit la personne pour laquelle il avait chevauché jusqu'ici à bride abattue.

À sa vue, son cœur cessa de battre. Lizzie lui tournait le dos. Elle portait une robe de velours bleu nuit incrustée de minuscules perles. Ses longs cheveux blonds tombaient dans son dos en vagues soyeuses, couronnés par une tiare de diamants et de saphirs.

L'espace d'un instant, il hésita ; le contraste entre eux était plus flagrant que jamais. La richesse, le pouvoir, les privilèges, elle possédait tout. Et, bien que sa situation se soit considérablement améliorée depuis qu'il n'était plus traqué, il faudrait longtemps avant que son clan se remette de toutes ces années de persécutions.

Elle se retourna. S'il avait espéré un signe lui montrant qu'elle était heureuse de le revoir, il en fut pour ses frais. Son visage, aussi lisse que de l'albâtre, ne trahissait aucune émotion.

Jamais elle ne l'avait regardé avec une telle... indifférence. L'angoisse s'enfonça telle une lourde pierre dans son ventre.

Suis-je arrivé trop tard ? songea-t-il.

Elle haussa un sourcil délicat.

— Êtes-vous venu m'adresser vos félicitations ?

Son ton froid et sa question brutale le ravagèrent.

— Non, bon sang, je ne suis pas venu te féliciter !

— Non ? Dans ce cas, que faites-vous ici ?

Il fit quelques pas vers elle, puis s'obligea à s'arrêter. Il devait maîtriser sa fureur.

— Tu ne peux pas épouser quelqu'un d'autre. Tu t'es unie à moi pour un an. Cet engagement ne peut être rompu.

— Oh, cela...

Elle agita une main désinvolte.

— Mon frère me dit qu'en l'absence de témoins, il serait difficile de prouver la validité de cet engagement.

Patrick serra les poings et son corps se crispa sous la colère, qu'il jugula difficilement.

— Il était parfaitement valide à mes yeux.

— Ah oui ? Et pour autant, vous n'avez pas désiré l'honorer.

Elle sourit.

— Quoi qu'il en soit, enchaîna-t-elle, tout est bien qui finit bien. C'était fort charmant de votre part, à mon frère et vous, de songer ainsi à mon bonheur. Je ne sais pas ce que je serais devenue sans votre sollicitude.

L'absence de sarcasme dans sa voix lui indiqua que quelque chose clochait. Mal à l'aise, il étudia son visage.

— Si c'est tout ce que vous avez à me dire, veuillez m'excuser, mais je suis fort occupée.

Il posa une main sur son bras avant qu'elle ne puisse se dérober.

— Ce n'est pas tout ce que j'ai à dire. Tu ne peux pas épouser quelqu'un d'autre parce que tu m'aimes, et parce que je t'aime.

Elle se mordit la lèvre – c'était le premier indice laissant penser qu'elle n'était pas aussi indifférente qu'elle l'affichait.

— Vous m'aimez ? Vous avez une bien étrange façon de le prouver.

Il prit son menton entre ses doigts et l'obligea à lever les yeux vers lui. Le désarroi que trahissait son visage lui fit l'effet d'un coup de poing dans le ventre. Il l'avait fait terriblement souffrir.

— Je t'aime de tout mon cœur. C'est parce que je t'aime que je suis parti. Je pensais faire ce qui était juste. Je pensais que ta vie serait meilleure sans moi.

Les yeux de Lizzie sondèrent les siens.

— Qu'est-ce qui vous a fait changer d'avis ?

— J'ai compris que si tu étais à moitié aussi malheureuse que moi, jamais tu ne pourrais trouver le bonheur avec un autre.

Le cœur battant d'inquiétude, il ajouta :

— Me trompais-je ?

Des larmes voilèrent le regard de Lizzie, et l'espoir comprima la poitrine de Patrick.

— Comment avez-vous pu me quitter ainsi ? Après ce que nous avions partagé ?

Son poing minuscule martela sa poitrine avec une force étonnante.

— Vous vouliez me faire croire que vous ne m'aimiez pas !

Il la prit dans ses bras et lissa ses cheveux soyeux.

— Je suis désolé, mon amour. Ma seule excuse est que je t'aime tant… Je ne voulais que ton bonheur.

Elle le frappa de nouveau.

— Ouille, se plaignit-il en frottant son torse.

— C'est *toi*, mon bonheur, espèce de gros balourd.

Jamais si douces paroles n'avaient été prononcées. Il la serra fort contre lui.

— Cela signifie-t-il que tu ne vas pas épouser quelqu'un d'autre ?

Lizzie s'écarta pour le regarder dans les yeux, ses lèvres formant une moue espiègle.

— Ne veux-tu pas savoir qui je vais épouser ?

Il fronça les sourcils.

— J'avais pensé qu'il s'agissait de Robert Campbell.

Elle secoua la tête, et l'expression de Patrick se durcit.

— Qui est-ce, alors ? Dis-le-moi, que je le tue.

— Encore une attaque par des bandits de grands chemins, peut-être ? Merci, mais plus aucun membre humain ne sera tranché en mon nom.

Il haussa un sourcil. Ainsi, elle avait compris que c'était lui qui s'était occupé de John Montgomery.

— Ce fumier peut s'estimer heureux de s'en être sorti vivant. Dis-moi qui tu vas épouser.

— Je ne sais pas, minauda-t-elle, je n'ai pas encore décidé si je te pardonne ou non.

Il lui couvrit les lèvres d'un baiser tendre et séducteur, le cœur empli de joie devant la douceur de sa réaction. Puis il s'écarta et plongea les yeux dans les siens.

— Quelles sont tes conditions, mon amour ? Je veux te reconquérir, même si je dois te supplier à genoux.

Elle plissa le nez, comme si elle envisageait sérieusement cette possibilité.

— Hmm, c'est très tentant. Je me rappelle la dernière fois que tu étais à genoux devant moi.

Patrick scruta son regard coquin et un élan de désir le traversa.

— Mais je ne pense pas que ce sera nécessaire, ajouta-t-elle. Je crois que ce dont Katrina a menacé mon frère suffira.

— Et qu'est-ce donc ?

Lizzie posa la main sur son ventre.

— Elle lui a juré de ne lui donner que des filles.

Le cœur de Patrick fit un bond, et son visage se vida de son sang. Soudain, il se sentit chanceler et dut s'appuyer à la table en bois derrière eux.

— Un bébé ?

Elle acquiesça de la tête.

Il s'assit sur le banc le plus proche et prit sa tête entre ses mains, submergé par l'émotion.

Elle vint s'asseoir à côté de lui. Lorsqu'il releva la tête, ses yeux lui brûlaient.

— Mon Dieu, Lizzie, je suis désolé... tellement désolé.

Les larmes perlaient sur les cils de la jeune femme.

— J'en conclus que tu es heureux ?

Il la prit dans ses bras.

— Je n'aurais jamais pensé pouvoir connaître un tel bonheur.

Il l'embrassa. Doucement. Tendrement. Avec une intensité poignante qui marquerait à tout jamais cet instant au fer rouge.

Soudain, il s'écarta.

— Tu n'as jamais eu l'intention d'épouser quelqu'un d'autre, n'est-ce pas ?

Un grand sourire illumina le visage de Lizzie. Elle posa sa joue contre sa poitrine et soupira.

— Il n'y a jamais eu que toi.

Le cœur de Patrick lui semblait beaucoup trop gros pour tenir dans sa poitrine.

Et cette fois, quand il l'embrassa, il ne s'arrêta pas.

Note de l'autrice

La persécution du clan MacGregor par les Campbell est un fait notoire. Les Campbell, et le septième comte d'Argyll en particulier, sont entrés dans l'histoire comme les « méchants », tandis que les MacGregor ont été présentés sous un jour romantique en tant que hors-la-loi dans la veine de Robin des Bois ; en grande partie, probablement, grâce à sir Walter Scott. La vérité, je pense, est plus complexe. Il est clair que des abominations ont été commises dans les deux camps. Les MacGregor n'étaient pas tous Errol Flynn, et je n'aurais certainement pas aimé arpenter la lande en pleine nuit et me trouver face à eux. Même les historiens MacGregor concèdent qu'il y avait chez ces hommes une barbarie sans nom ; ce qui, compte tenu de leur histoire, est compréhensible.

L'alliance des MacGregor avec le roi John Balliol entraîna la saisie ultérieure de la plus grande partie de leurs terres sous le règne de Robert Ier d'Écosse. Sans surprise, le clan Campbell, proche allié de Robert Ier, en fut le bénéficiaire, ce qui lui valut la prédominance vis-à-vis des MacGregor. Mais ces derniers continuèrent à occuper nombre de ces terres par le droit de l'épée, ce qui donna lieu à des guerres meurtrières. La situation se compliqua encore lorsque Glenorchy refusa de reconnaître les MacGregor en tant que métayers. À la fin du XVIe siècle, la situation était devenue sans issue. Alasdair MacGregor s'efforça de récupérer ces terres en usant de tous les moyens juridiques, sans succès. Cependant, les MacGregor étaient des guerriers réputés et beaucoup, y compris les Campbell, étaient disposés à les employer.

Le personnage de Patrick MacGregor s'inspire librement de Duncan MacEwin MacGregor, le « Tuteur de Glenstrae ». Le héros de mon prochain livre s'appelant Duncan, j'ai utilisé le prénom de son neveu (et futur chef). Les clans ont une fâcheuse propension à reprendre les mêmes prénoms inlassablement. À travers les générations, les MacGregor possèdent de nombreux Iain, Alasdair, Duncan, Gregor, et quelques Patrick. Ce détail, s'ajoutant à mon souci d'utiliser des prénoms pertinents d'un point de vue historique (qui donc sont très peu nombreux), rend la désignation des personnages extrêmement difficile. Lorsque je l'ai pu, je me suis efforcée d'employer différentes versions du même prénom (par exemple, John au lieu de Iain).

La bataille de Glen Fruin a eu lieu le 7 février 1603. Quatre cents MacGregor y ont vaincu les Colquhoun, et ont tué cent quarante hommes, y compris, d'après sir Walter Scott, des garçons de Dumbarton venus regarder le combat en curieux. Les MacGregor ont affirmé que la tuerie a été ordonnée par un MacDonald. Mais les rumeurs abondent quant aux atrocités commises par les MacGregor. À sa mort, Alasdair, qui ne savait pas écrire mais a dicté ses derniers mots, a rejeté la responsabilité de l'attaque sur

Argyll. Il existe sur mon site Internet un lien renvoyant à ce testament.

Après le combat, les veuves Colquhoun se sont rendues au château de Stirling, en brandissant devant le roi sur des piquets les vêtements imbibés de sang de leurs morts. Avec un talent certain pour la dramaturgie, elles auraient trempé, dit-on, les vêtements dans du sang de mouton pour accentuer l'effet spectaculaire.

Les MacGregor se sont effectivement réfugiés sur une petite île du loch Katrine, mais en 1611, et non après la bataille de Glen Fruin. Cette île est dite s'appeler Mharnoch, mais je pense qu'il s'agit de Molach. Aujourd'hui, Molach est plus communément appelée « l'île d'Ellen », rendue célèbre par sir Walter Scott dans sa *Dame du lac*.

Alasdair MacGregor, connu comme « la flèche de Glen Lyon » pour son talent d'archer, fut exécuté ainsi que dix de ses hommes le 20 janvier 1604. En l'espace de deux mois, vingt-cinq chefs MacGregor furent tués à Édimbourg. La liste figure sur mon site. La tête d'Alasdair, ainsi que celle de son cousin Iain, fut plantée sur les grilles de Dumbarton.

Après l'exécution d'Alasdair, le clan se trouva privé de chef. D'après ce que j'ai pu comprendre, les héritiers d'Alasdair, ses neveux Gregor et Patrick Roy (fils de Black John of the Mailcoat), n'avaient respectivement que trois ans et quelques mois. Duncan MacEwin MacGregor, le farouche cousin d'Alasdair dont s'inspire le personnage de Patrick, fut nommé leur tuteur et servit de seigneur jusqu'à leur majorité.

Élément intéressant, à la suite de la mort d'Alasdair, on dit qu'un autre Gregor, supposé être un fils illégitime d'Alasdair, contesta le pouvoir et revendiqua le statut de chef.

Black Duncan Campbell de Glenorchy mourut à quatre-vingt-un ans et son fils de près de cinquante-cinq ans, Colin, lui succéda ; neuf ans plus tard, ce fut le second fils de Duncan, Robert, âgé de soixante ans. Le château d'Edinample fut édifié par Black Duncan vers la fin du XVIe siècle, probablement sur le site d'un ancien bastion MacGregor. Il ne semble donc pas trop tiré par les cheveux de lier les représailles contre les MacGregor au meurtre de John Drummond (le forestier du roi) en 1589, dont on disait qu'il avait été particulièrement sévère. La relation entre Edinample et la famille de mon héros, cependant, n'est que pure fiction. Le château regorge de vieilles histoires de fantômes et de malédiction, notamment les deux que j'ai évoquées dans ce récit.

Je n'ai pas exagéré la situation désespérée des MacGregor durant la période précédant la capture d'Alasdair. Les persécutions sans relâche avaient frappé très durement les femmes et les enfants, les personnes âgées et les faibles. Avec l'approche de l'hiver, le peuple d'Alasdair cette année-là était entièrement démuni ; il n'y eut pas de récolte, pas de bétail, pas de viande salée pour les provisions hivernales, pas de vaches... Leurs maisons avaient été pillées, brûlées ou détruites, leurs conditions de vie devenaient de plus en plus effroyables.

La tempête de neige qui frappe Patrick et Lizzie de façon aussi inattendue peut paraître étrange aujourd'hui, mais les hivers au début des années 1600 étaient particulièrement rigoureux.

Comme dans mon premier roman, j'ai utilisé la version romantique de cet engagement que l'on appelle en anglais *handfast marriage*, en considérant en quelque sorte ce rite ancien comme un mariage à l'essai. De nombreux érudits estiment que ce type de mariage correspondait plutôt à des fiançailles, et ne devenait mariage qu'une fois consommé. Pendant des siècles avant la Réforme, la notion de déclaration d'intention pour se marier suffisait, avec ou sans témoin. Naturellement, cette méthode posait des problèmes de preuve. Les mariages clandestins ou irréguliers étaient monnaie courante, mais mal vus par l'Église d'Écosse, qui s'efforça d'institutionnaliser le mariage (par la publication de bans et le passage devant un prêtre). L'Église réclamait des amendes et/ou forçait les couples à se remarier, tout en reconnaissant la validité du mariage originel.

Remerciements

J'ai la chance de disposer de deux médecins dans la famille, à qui m'adresser en cas de blessé sur le champ de bataille. C'est mon beau-frère Sean qui a répondu au téléphone, cette fois, pour m'aider à extraire d'une cuisse une balle de mousquet. (Nora, la prochaine fois, décroche plus vite, je crois que Sean passe en tête dans la catégorie « On parle de moi ».)

Un remerciement tout particulier à mon éditrice, Kate, pour son soutien toujours rapide et lucide. Je me suis bien amusée avec vous. (Allez les Boston Red Sox !)

Merci à mes agentes, Andrea et Kelly, dont j'apprécie grandement la patience vis-à-vis de mes questions et de mes appels téléphoniques parfois un brin angoissés quant au « business ».

Jami et Nyree, mon formidable fan-club personnel. J'ai une chance folle de vous connaître ; je frémis à l'idée de ce que je deviendrais sans vous. Je vous interdis formellement de déménager.

Ma compagne de voyage en Écosse, Veronica, lors de la grande tournée 2008 d'Abandon maternel !

Dave, Reid et Maxine, j'ai une bonne et une mauvaise nouvelle pour vous : la bonne, c'est que je vous aime et que j'apprécie votre soutien. La mauvaise, c'est qu'on va encore manger des pâtes au dîner.

10032

Composition
FACOMPO

Achevé d'imprimer en Italie
par GRAFICA VENETA
le 1er septembre 2025

Dépôt légal : octobre 2025
EAN 9782290255322
OTP L21EPSN002353-435715

ÉDITIONS J'AI LU
82, rue Saint-Lazare, 75009 Paris

Diffusion France et étranger : Flammarion